Mrs. Dalloway

VIRGINIA WOOLF

Mrs. Dalloway

Türkçesi
Handan Saraç

Remzi Kitabevi

MRS. DALLOWAY / Virginia Woolf
Özgün adı: *Mrs Dalloway*

Türkçesi: Handan Saraç
Editör: Ayşe Başçı
Kapak: Ömer Erduran

ISBN 978-975-14-1759-6

BİRİNCİ BASIM: Ocak 2017

Kitabın basımı 2000 adet yapılmıştır.

Remzi Kitabevi A.Ş., Akmerkez E3-14, 34337 Etiler-İstanbul
Sertifika no: 10705
Tel (212) 282 2080 Faks (212) 282 2090
www.remzi.com.tr post@remzi.com.tr

Baskı ve cilt: Seçil Ofset, 100. Yıl Mah. Matbaacılar Sitesi
4. Cad. No: 77 Bağcılar-İstanbul
Sertifika no: 12068 / Tel (212) 629 0615

Mrs. Dalloway çiçekleri kendisinin alacağını söyledi. Zira Lucy'nin işi başından aşkındı. Kapılar menteşelerinden çıkarılacaktı; Rumpelmayer'in(*) adamları geliyordu. Hem nasıl bir sabah bu böyle, diye düşündü Clarissa Dalloway, adeta bir kumsaldaki çocuklara gönderilmiş gibi taptaze.

O ne hevesti öyle! O ne dalıştı! Hep öyle hissetmişti Bourton'da, menteşelerin o şimdi de duyabildiği ufacık gıcırtısıyla, terasın camlı kapılarını bir hamlede itip açık havaya daldığı zaman. O erken saatlerde nasıl da taze, nasıl da sakin, elbette şimdikinden daha durgun olurdu hava; bir dalganın usulca kırılışı, bir dalganın kumsalı öpüşü gibi; soğuk, keskin, ama yine de (o zamanlar on sekiz yaşındaki bir kız için) büyüleyici; orada açık pencerenin önünde, sanki müthiş bir şey olacakmış gibi hissederek dikilir, çiçeklere, etraflarını saran dumanların çözülüp gittiği ağaçlara ve yükselip alçalan ekinkargalarına bakardı, ta ki Peter Walsh, "Sebzelerin arasında düşünceye mi daldın?" – böyle miydi? – "İnsanları karnabaharlara tercih ederim" – böyle miydi? – diyene kadar. Bunu galiba bir sabah kahvaltıda, Clarissa terasa çıktığı zaman söylemişti Peter Walsh. Bugünlerde Hindistan'dan dönecekti, Haziran'da ya da Temmuz'da, hangisiydi unutmuştu, çünkü mektupları müthiş sıkıcıydı; sözleriydi

---

(*) Avusturyalı ünlü pastacı Anton Rumpelmayer. (ç.n.)

insanın anımsadığı; gözleri, çakısı, gülüşü, somurtkanlığı, bir de milyonlarca şey tamamen uçup gittiğinde – ne tuhaf! – lahanalar hakkında bu türden birkaç sözü.

Kaldırımın kenarında biraz dikilip Durtnall'ın kamyonetinin geçmesini bekledi. Hoş bir kadın, diye düşündü Scrope Purvis (Westminster'da yan komşularını tanıyan herkes kadar tanıyordu onu); bir nebze kuşa benziyor sanki, mavi-yeşil, çevik bir alakargaya, ellisini geçtiği halde hayat dolu, ama hastalığından bu yana hayli solmuş. İşte orada tünemiş, dimdik duruyor, kendisini hiç görmeden karşıdan karşıya geçmeyi bekliyor.

Çünkü Westminster'da yaşayınca – kaç yıl olmuştu, yirmi küsur mu? – Clarissa emindi ki trafiğin ortasında bile, ya da gece uyandığında, Big Ben çalmadan önce farklı bir sessizlik ya da saygınlık; tarifi imkânsız bir duraklayış; bir gerilim (ama bu onun gripten etkilenmiş dedikleri kalbi de olabilir) hissederdi insan. İşte! Vuruyor! Önce o uyarı, müzikal bir ikaz, sonra da saat, asla geri alınamaz. Kurşundan halkalar havada eridi. Öyle aptalız ki, diye düşündü Victoria Sokağı'nı geçerken. Çünkü ancak Tanrı bilir onu neden bu denli sevdiğimizi, onu nasıl böyle gördüğümüzü, uydurarak, kendi etrafımızda kurarak, yıkarak, onu her dakika yeni baştan yaratarak; ama en rüküş kocakarılar, kapı eşiklerinde oturan en kederli sefiller (ki ölümüne içerler) de aynı şeyi yapıyordu; Clarissa emindi ki parlamentonun yasaları bile baş edemezdi bununla, tam da şu nedenle: Hayatı seviyordu onlar. İnsanların gözlerinde, o salına salına, gezine gezine, yorgun argın yürüyüşlerde, o bağrış çağrış ve curcunada; at arabaları, otomobiller, otobüsler ve kamyonetlerde; sallana sallana, ayaklarını sürüye sürüye yürüyen sandviç adamlarda(*) bandolarda,

(*) *Sandwich man*: İngiltere'de özellikle 19. yüzyılda gözde olan bir yöntemle önüne ve arkasına asılı iki reklam panosuyla sokaklarda dolaşan adamlara verilen ad. (ç.n.)

laternalarda; başının üstünden geçen bir uçağın zafer sevincinde ve o tekdüze, tuhaf, tiz uğultusundaydı onun sevdiği şey; hayat, Londra, Haziran'ın bu ânı.

Çünkü Haziran'ın ortasıydı. Savaş bitmişti, ama dün gece sefarette içi içini yiyen Mrs. Foxcroft gibi biri için değil, çünkü o iyi delikanlı öldürülmüş ve o eski malikâne bir kuzene kalmıştı; ne de Lady Bexborough için, dediklerine göre o da elinde göz bebeği John'un öldürüldüğüne dair telgrafla bir kermes açmıştı; ama bitmişti işte, şükürler olsun, bitmişti. Haziran'dı. Kral ve Kraliçe Saray'daydı. Ve her yerde, vakit hâlâ çok erken olduğu halde bir canlılık, dörtnala koşan midillilerin kıpırtısı, kriket sopalarının pıtırtısı vardı; Lord Ascot, Lord Ranelagh ve tüm diğerleri; hepsi o gri-mavi sabah havasının yumuşak ağına sarınmıştı, gün ilerledikçe o ağ çözülecek ve ön ayakları yere değer değmez sıçrayan gürbüz midillileri; sağa sola koşuşturan delikanlıları; bütün gece dans ettikten sonra daha şimdiden o karışık tüylü gülünç köpeklerini güle oynaya gezmeye çıkaran şeffaf muslin elbiseli genç kızları çimlerin ve oyun alanlarının üstüne indirecekti; daha şimdiden, bu saatte, ihtiyatlı yaşlı dullar gizemli işlerini halletmek üzere arabalarına binmiş fırlayıp gidiyorlardı; dükkâncılar ise vitrinlerinde taklit ve hakiki elmaslarla, Amerikalıların aklını çelecek on sekizinci yüzyıl montürlerine yerleştirilmiş o güzelim deniz yeşili eski broşlarıyla meşguldü (ama insan tasarruf etmeli, Elizabeth'e aceleyle bir şeyler almaya gerek yok); kendisi de saçma ve sadık bir tutkuyla seviyordu bunları, ecdadı bir zamanlar, George'lar döneminde saray mensubu olduğu için kendisi de bir parçasıydı bunların, kendisi de tam o gece vereceği partide parlayacak, ışıldayacaktı. Ama ne garipti, parka girerken, o sessizlik, o sis, o uğultu; ağır ağır yüzen mutlu ördekler, paytak paytak yürüyen keseli kuşlar; bir de kim geliyordu dersiniz? Sırtını hükümet binalarına vermiş, tam da kendisine yakışır biçimde, üstünde Kraliyet Arması olan bir evrak çantasıyla, kim olabilirdi ki Hugh Whitbread'den başka; eski dostu Hugh – o takdire değer Hugh!

"Günün aydın olsun, Clarissa!" diye seslendi Hugh, hayli abartılı bir edayla, zira çocukluklarından beri tanıyorlardı birbirlerini. "Nereye böyle?"

"Londra'da yürümeye bayılıyorum," dedi Mrs. Dalloway. "Gerçekten, kırlarda yürümekten daha iyi bence."

Şehre henüz gelmişlerdi – ne yazık ki – doktorlara görünmek için. Başkaları filmleri görmek, operaya gitmek, kızlarını gezdirmek için gelirdi; Whitbread'ler ise "doktorlara görünmek için." Clarissa, Evelyn Whitbread'i defalarca ziyaret etmişti bir bakımevinde. Evelyn hasta mıydı yine? Epey keyifsiz olduğunu söyledi Hugh, o erkeksi, son derece yakışıklı, mükemmel giyimli (her zaman adeta fazlasıyla iyi giyinirdi, ama muhtemelen mecburdu buna, Saray'da küçük bir görevi vardı ya) gövdesini bir tür gerip şişirerek ima ettiği üzere karısının bir iç rahatsızlığı vardı, ciddi bir şey değildi, açıkça söylemese de, eski bir dost olarak Clarissa Dalloway'in elbette anlayabileceği bir şeydi bu. Ah, evet, tabii anlamıştı; o ne müziç bir şeydi; o anda kendini hem bir kız kardeş gibi yakın, hem de başındaki şapka nedeniyle tuhaf bir biçimde tedirgin hissetmişti. Sabahın erken saatleri için uygun değildi şapkası, bu muydu sorun? Çünkü Hugh şapkasını hayli gösterişli bir edayla kaldırıp aceleyle yoluna devam ederken, on sekizinde bir genç kızmış gibi davranmıştı ona, hep böyle yapardı zaten, ve elbette bu akşam onun partisine gelecekti, Evelyn çok ısrar etmişti gitmesi için, sadece biraz geç kalabilirdi, Jim'in oğullarından birini Saray'daki partiye götürmek zorundaydı da – Hugh'nun yanında hep biraz yetersiz hissederdi kendini Clarissa; okullu bir kız gibi, ama bağlıydı da ona, kısmen onu öteden beri tanıyor olduğu için, ama onun kendince iyi biri olduğunu da düşünmüştü hep, gerçi Richard'ı neredeyse zıvanadan çıkarmıştı

Hugh; Peter Walsh'a gelince, Hugh'dan hoşlandığı için o gün bugündür asla affetmemişti Clarissa'yı.

Bourton'daki sahneleri peş peşe anımsayabiliyordu – Peter küplere binmişti; Hugh hiçbir bakımdan katiyen onun dengi değildi, ama Peter'ın iddia ettiği gibi katıksız bir ahmak da değildi; berberdeki bir peruk kafası değildi yalnızca. Yaşlı annesi avcılıktan vazgeçmesini ya da kendisini Bath kaplıcalarına götürmesini istediğinde, tek söz söylemeden yapardı bunu; gerçekten hiç bencil değildi, eh, Peter onun ne kalbi ne beyni olduğunu, bir İngiliz beyefendisinin görgü ve terbiyesinden başka hiçbir şeyi olmadığını söylerdi ya, bu yalnızca sevgili Peter'ının en kötü haliydi; tahammül edilmez olabilirdi, başa çıkılmaz da; ama böyle bir sabah vakti birlikte yürümek için harika biriydi.

(Haziran, ağaçların tüm yapraklarını çekip çıkarmıştı ortaya. Pimlicolu anneler bebeklerini emziriyordu. Filodan Deniz Kuvvetleri Komutanlığına mesajlar gidiyordu. Arlington Sokağı'yla Piccadilly, parkın havasını adeta kızıştırıyor ve yaprakları Clarissa'nın çok sevdiği o ilahi canlılık dalgaları üzerinde, sıcacık, ışıl ışıl kaldırıyordu. Dans etmeyi, ata binmeyi, hepsini taparcasına sevmişti.)

Belki yüzlerce yıldır ayrı kalmışlardı, Peter'la ikisi; Clarissa hiç mektup yazmamıştı, Peter'ınkiler de ser verip sır vermeyen kuru mektuplardı; ama bazen ansızın bir duyguya kapılırdı Clarissa, eğer şimdi yanımda olsaydı, ne söylerdi acaba? – bazı günler, bazı görüntüler, usulca geri getirirdi onu, eski acılıktan uzak; belki de insanları sevmiş olmasının ödülüydü bu; o görüntüler güzel bir sabah vakti St. James Parkı'nın ortasında gelirdi – gerçekten de gelirlerdi. Ama Peter – o gün, ağaçlar, çimenler ve o pembeli küçük kız ne kadar güzel olsa da – zerrece görmezdi hiçbirini. Eğer Clarissa söylerse, gözlüğünü takıp bakardı. Dünyanın durumuydu onu ilgilendiren; Wagner, Pope'un şiiri, insanların değişmez karakterleri ve Clarissa'nın ruhundaki kusurlar. Nasıl da paylardı onu! Nasıl da tartışırlardı! Bir başbakanla evlenecek ve bir merdivenin tepesinde duracaktı o, mükemmel ev sahibesi diyordu ona (yatak odasında ağlamıştı bu yüzden), mükemmel bir ev sahibesinin tüm özelliklerini taşıdığını söylüyordu.

Böylece kendini St. James Parkı'nda hâlâ kendisiyle tartışırken, hâlâ onunla evlenmemekte haklı olduğunu kanıtlamaya çalışırken buluyordu – haklıydı da. Çünkü bir evlilikte, her gün aynı evde birlikte yaşayan insanlar arasında biraz serbestlik, biraz bağımsızlık olmalıydı; bunları da Richard'la kendisi birbirlerine tanımışlardı (Bu sabah neredeydi mesela? Bir komite toplantısında belki, hiç sormazdı ne diye.) Ama Peter ile her şey paylaşılmalıydı; her şeyin derinine inilmeliydi. Bu da katlanılmaz bir şeydi ve o küçük bahçedeki çeşmenin yanında patlak veren olayla ondan ayrılması şart olmuştu, yoksa mahvolacaklardı, ikisi de perişan olacaktı, emindi bundan; gerçi o kederi, o şiddetli acıyı, kalbine saplanmış bir ok gibi yıllarca taşımıştı içinde: sonra da bir konserde birinden, onun Hindistan'a giden bir gemide rastladığı bir kadınla evlendiğini duyduğu an yaşadığı dehşet! Bütün bunları asla unutmamalıydı. Soğuk, kalpsiz, iffet taslayan bir kadınsın demişti ona Peter. Onu nasıl sevdiğini Clarissa'nın asla anlayamadığını söylemişti. Ama o Hintli kadınlar muhtemelen anlamıştı – o budala, güzel, entipüften kuş beyinliler. Merhametini boşa harcamıştı Clarissa. Çünkü Peter gayet mutluydu, onu temin etmişti – tam anlamıyla mutluydu, gerçi sözünü ettikleri tek bir şeyi bile yapmamıştı; tüm hayatı bir fiyaskoydu. Clarissa'yı hâlâ öfkelendiriyordu bu.

Parkın kapılarına ulaşmıştı. Bir an için durup Piccadilly'deki otobüslere baktı.

Artık dünyada hiç kimse hakkında şudur budur demeyecekti. Kendini çok genç hissediyordu; aynı zamanda da tarife sığmayacak kadar yaşlı. Bir bıçak gibi kesip geçiyordu her şeyin içinden; aynı zamanda da dışarıdan seyrediyordu her şeyi. Taksileri izlerken, tek başına uzakta, çok uzakta, denizin açıklarındaymış duygusunu yaşıyordu sürekli; her zaman tek bir gün bile yaşamanın çok ama çok tehlikeli olduğunu hissetmişti. Kendini zeki ya da çok sıradışı sandığından değil. Fräulein Daniels'ın onlara öğrettiği birkaç bilgi kırıntısıyla nasıl hayatın üstesinden geldiğini düşünemiyordu bile. Hiçbir şey bilmiyordu; ne bir yabancı dil ne de tarih; şu sıralar yatakta okuduğu "hatırat" dışında hemen hiç kitap okumuyordu; yine de tüm bunlar, şu geçen taksiler, kesinlikle çok ilginç geliyordu ona; ayrıca Peter için de, kendisi için de şuyum, buyum demeyecekti.

Yürümeye devam ederken, tek yeteneğim insanları neredeyse içgüdüsel olarak tanımak diye düşünüyordu. Biriyle aynı odaya koysanız sırtını hemen bir kedi gibi kamburlaştırırdı; yahut da usulca mırlardı. Devonshire House, Bath House(*), o porselen papağanlı ev; bir zamanlar hepsinin ışıklarla donatıldığını görmüştü; Sylvia'yı, Fred'i, Sally Seton'ı da hatırlıyordu – bir yığın insan; bütün gece dans; ağır ağır geçip pazar yerine giden yük arabaları; parkın içinden arabayla eve dönüşler. Bir defasında Hyde Park'taki Serpentine Gölü'ne bir şilin attığını hatırlıyordu. Ama herkes hatırlardı; onun sevdiğiyse bu, burası, şimdi, önündeki; şu taksideki şişman kadındı. Öyleyse ne önemi var, diye sordu kendi kendine, Bond Sokağı'na doğru yürürken, kaçınılmaz olarak ölüp gitmesinin, bütün bunların onsuz devam etmesinin ne önemi vardı; buna içerliyor muydu ya da ölümün mutlak son olduğuna inanmak avutmuyor muydu onu? Ama bir şekilde Londra sokaklarında, hayatın gelgitleri içinde, orada, burada, yaşıyordu, Peter da yaşıyordu, birbirlerinin içinde yaşıyorlardı, emindi ki doğduğu yerdeki ağaçla-

(*) Devonshire Dükü ve Bath Kontu'nun Piccadily'deki resmi konutları. (ç.n.)

rın, şuradaki çirkin, viran, derme çatma evin bir parçası olarak; hiç tanışmadığı insanların bir parçası olarak; en iyi tanıdığı insanların, hani görmüştü ya, ağaçlar sisi nasıl kaldırırlarsa, dalları üstünde onu öyle kaldırmalarıyla, aralarına bir sis gibi serilip yayılıyordu, ama ne kadar da uzaklara yayılıyordu, hayatı, kendisi. Peki ama Hatchards'ın vitrinine bakarken neyi hayal ediyordu? Neyi yeniden bulmaya uğraşıyordu? Önündeki kitabın açık sayfasında okuduğu gibi, sayfiyedeki hangi solgun şafağın hayalini?

Korkma artık güneşin kızgınlığından
Ne de öfkeli kışın gazabından.(*)

Dünyanın yaşadığı tecrübelerin bu son dönemi hepsinin, tüm erkeklerin ve kadınların içinde bir gözyaşı kuyusu açmıştı. Gözyaşları ve keder; cesaret ve tahammül; kusursuzca dik ve metin duruş. Örnekse, o en hayran olduğu kadının, Lady Bexborough'nun kermesi açışını düşünün.

Jorrocks' Jaunts and Jollities vardı; *Soapy Sponge* ve Mrs. Asquith'in *Memoirs*'ı ve *Big Game Shooting in Nigeria* vardı, hepsi açılmış duruyordu. Ne çok kitap vardı orada; ama hiçbiri de bakımevindeki Evelyn Whitbread'e götürmek için uygun görünmüyordu. Onu eğlendirecek bir şey bulamamıştı; içeri girdiğinde, ikisi oturup kadınların hastalıklarına dair her zamanki sonu gelmez sohbetlerine başlamadan önce, o tarife sığmayacak kadar kuruyup kalmış ufacık kadının yüzünde bir an için olsun sıcak bir ifade uyandıracak hiçbir şey bulamamıştı Clarissa. Ne çok isterdi bunu – kendisi içeri girince insanların memnun görünmesini. Düşündü, geri döndü ve Bond Sokağı'na doğru yü-

(*) Shakespeare'in *Cymbeline* oyunundan bir replik (4. Perde, 2. Sahne (ç.n.)

rüdü, keyfi kaçmıştı, çünkü bir şeyler yapmak için başka nedenler aramak aptalcaydı. Richard gibi kendileri için bir şeyler yapan insanlardan biri olmayı fazlasıyla tercih ederdi, oysa, diye düşündü karşıya geçmek için beklerken, kendisi bazen bir şeyleri sadece o şeyler için değil, insanlara şunu bunu düşündürmek için yapıyordu; düpedüz ahmaklıktı bu, biliyordu (şimdi de polis elini kaldırıyordu), çünkü hiç kimse bir an için bile kanmıyordu buna. Ah, keşke hayatımı yeni baştan yaşayabilseydim! diye düşündü, adımını kaldırıma atarken, hatta farklı bir görünüşüm olabilseydi!

Her şeyden önce Lady Bexborough gibi esmer olmak isterdi, kırışık deriye benzer cildi ve güzel gözleriyle. Lady Bexborough gibi ağır ve azametli; irice yapılı, bir erkek gibi siyasetle ilgili; bir kır evi olan; gayet vakur; gayet samimi biri olmak isterdi. Oysa kendisinin sırık gibi uzun daracık bir bedeni ve kuş gagasına benzeyen burnuyla ufacık gülünç bir yüzü vardı. İyi bir duruşu olduğu doğruydu; elleri ve ayakları da güzeldi; üstelik az harcadığı dikkate alınırsa, iyi de giyiniyordu. Ama artık çoğu kez, taşıdığı bu beden (Hollandalı bir ressamın tablosuna bakmak için durdu), tüm yetenekleriyle bu beden, bir hiç gibi geliyordu ona – bir hiç. Alabildiğine tuhaf bir duyguydu bu, görünmez gibi hissediyordu kendini; görünmez; bilinmez; artık bir daha evlenmek, bir daha çocuk doğurmak olmayınca; diğerleriyle birlikte Bond Sokağı'ndan yukarı doğru bu şaşırtıcı ve oldukça vakur ilerleyiş vardı yalnızca, bu Mrs. Dalloway olmaktı; artık Clarissa bile olmamaktı; Mrs. Richard Dalloway olmaktı bu.

Bond Sokağı büyülüyordu onu, bu mevsimde sabahın erken saatlerinde Bond Sokağı; uçuşan bayrakları, dükkânlarıyla; ne fiyaka vardı ne şaşaa; babasının elli yıl boyunca takım elbiselerini aldığı dükkânda bir top tüvit kumaş; birkaç inci; bir kalıp buzun üstünde somon balıkları.

"Hepsi bu," dedi balıkçı dükkânına bakarak. "Hepsi bu," diye tekrarladı, Savaş'tan önce neredeyse kusursuz eldivenler satan bir dükkânın vitrini önünde bir an duralayarak. İhtiyar William Amcası da bir hanımefendinin, ayakkabılarından ve eldivenlerinden anlaşıldığını söylerdi hep. Savaşın ortasında bir sabah yatağında sırtını dönüvermiş, "Yetti bu kadar," demişti. Eldivenler ve ayakkabılar; eldivenler bir tutkuydu onun için; oysa kendi öz kızı, Elizabeth, zerrece umursamazdı hiçbirini.

Zerrece, diye düşündü, Bond Sokağı'ndan yukarıya doğru yürürken; parti verdiği zaman seçebileceği çiçekleri bulunduran bir dükkâna gidiyordu. Aslında en çok köpeğini severdi Elizabeth. Bu sabah bütün ev zift kokuyordu. Yine de Miss Kilman'dan iyidir zavallı Grizzle; bir dua kitabıyla havasız bir yatak odasına hapsolmaktan iyidir huysuzluk, zift ve daha fazlası! Her şey daha iyidir, diyecekti neredeyse. Ama Richard'ın dediği gibi, belki bütün kızların yaşadığı türden bir dönemdi bu yalnızca. Âşık olmak gibi. Ama neden Miss Kilman'a? Kötü muameleye maruz kalmış biriydi kuşkusuz; bunu hesaba katmak gerekirdi, hem Richard onun gayet yetenekli olduğunu, zihninin gerçekten tarih bilinciyle çalıştığını söylüyordu. Her neyse, ayrılmaz bir ikiliydiler; kendi öz kızı Elizabeth de dinî ayinlere gidiyordu; giyim kuşamını, yemeğe gelen konuklara davranışlarını hiç mi hiç umursamıyordu, dinsel coşkunun insanları nasıl katılaştırdığını (güdülen bir dava da öyle yapardı), duygularını nasıl köreltttiğini görmüştü Clarissa, çünkü Miss Kilman'ın Ruslar için yapmayacağı şey yoktu, Avusturyalılar için açlıktan ölebilirdi, ama özel hayatında düpedüz eziyet ederdi insana, sırtında o yeşil yağmurlukla, öylesine duyarsızdı ki. Yıllardır giyiyordu o yağmurluğu; terliyordu; odada olduğunda kendisinin üstünlüğünü, sizin bayağılığınızı hissettirmeden asla beş dakika geçirmezdi; o ne kadar yoksuldu, siz ne kadar zengin; o nasıl bir kenar mahallede yastıksız, yataksız, halısız ya da her neyse onsuz yaşıyordu; Savaş sırasında okuldan atılması nedeniyle tüm ruhu, içindeki bu yapış yapış yakınmayla paslanmıştı – zavallı, acılaşmış, bahtsız yaratık! Çünkü insanın nefret ettiği o değil, kuşkusuz içinde Miss Kilman olmayan birçok şeyi de toplamış olan o Miss Kilman kavramıydı; geceleri insanın cebelleştiği o hayaletlerden birine dönüşmüştü; bacaklarını iki yana açıp tepemizde dikilen, kanımızın canımızın yarısını emen zorba ve despot hayaletlerden biri olmuştu; oysa hiç kuşku yok ki zar bir daha atılmış ve üste beyaz değil de siyah gelmiş olsaydı, Miss Kilman'ı çok sevebilirdi! Ama bu dünyada değil. Asla.

İçinde bu gaddar canavarın kıpırdanıp durması yine de asabını bozuyordu! O ruh denen yaprak yüklü ormanın derinliklerinde toynakların tüm ağırlığıyla yere çakıldığını hissedip ince dalların çatırdayışını işitirken asla tamamen rahat ya da tamamen güvende olamazdı, çünkü o canavar her an kıpırdayabilirdi, bu nefret, özellikle hastalandığından bu yana, ona omurgasında bir zedelenme, bir incinme hissi verecek güce sahipti; gerçekten fiziki acı veriyor ve güzelliğin, dostluğun, sağlıklı olmanın, sevilmenin, evini zevkle döşemenin tüm hazzını, sanki sahiden de kökleri didikleyip söken bir canavar varmış gibi sarsıp titretiyor, eğip büküyordu; sanki tüm o rahatlık zırhı, kendini beğenmişlikten başka bir şey değildi! Ah şu nefret!

Saçmalık, saçmalık bu! diye haykırdı içinden, çiçekçi Mulberry'nin yaylı kapılarını itip girerken.

İnce uzun, dimdik bedeniyle ilerledi ve elleri de çiçeklerle birlikte soğuk suda kalmış gibi hep kıpkırmızı olan düğme suratlı Miss Pym tarafından karşılandı hemen.

Oradaydı çiçekler: hezarenler, ıtırşahiler, demet demet leylaklar; sonra karanfiller, yığın yığın karanfiller. Güller vardı; süsenler vardı. Ah, evet – o tatlı, topraksı bahçe kokusunu içine çekti, orada yardıma hazır bekleyen ve onu çok nazik bulan

Miss Pym ile konuşurken; yıllar önce de nazikti, çok nazik; ama bu yıl daha yaşlı görünüyordu, başını süsenlerle güller arasında sağa sola çevirirken, yarı kapalı gözlerle salkım salkım leylakları adeta onaylarken, caddenin gürültüsünden sonra, o enfes kokuyu, o muhteşem serinliği içine çekerken. Sonra da gözlerini açtığında, ne de taze görünmüştü güller, çamaşırhaneden tertemiz çıkıp yayvan hasır sepetlere serilmiş fırfırlı keten çarşaflar gibiydiler; başlarını dik tutan, o ciddi, koyu kırmızı karanfiller; çanaklarına yayılmış, mora çalan, kar beyazı, uçuk renkli bütün o ıtırşahiler – sanki akşam vaktiydi ve muslin elbiseli kızlar, maviden siyaha dönen gökyüzüyle, hezarenleri, karanfilleri, gelinçiçekleriyle sona eren o harikulâde yaz gününün ardından, ıtırşahi ve gül toplamak için dışarı çıkmıştı; akşam altıyla yedi arası, her çiçeğin – güllerin, karanfillerin, süsenlerin, leylakların – beyaz, mor, kırmızı, koyu turuncu renklerle parıldadığı; her çiçeğin sisli tarhlarda kendi başına usulca, safça yanar gibi göründüğü vakitti; Clarissa, boz pervanelerin vişneli tartın üzerinde, gecesefalarının üzerinde fırıl fırıl dönüşünü nasıl da severdi!

Sonra Miss Pym ile birlikte kaptan kaba dolaşıp çiçek seçmeye başlarken, saçmalık, saçmalık, diye söylenip durdu kendi kendine, ama gitgide daha nazikçe, sanki bu güzellik, bu rayiha, bu renk, ayrıca Miss Pym'in onu sevmesi, ona güvenmesi, o nefretin, o canavarın, hepsinin hakkından gelecek bir dalga gibi üzerinden akıp gidiyordu; bu dalga onu yukarıya doğru kaldırdı, kaldırdı ve – ah! dışarıda, sokakta bir tabanca patladı!

"Ah şu otomobiller," dedi Miss Pym, bakmak için pencereye giderken, elleri ıtırşahilerle dolu geri dönerken de özür dilercesine gülümsedi, sanki o otomobiller, o otomobillerin lastikleri, hepsi *onun* kabahatiydi.

Mrs. Dalloway'i yerinden sıçratan, Miss Pym'in de pencereye gidip özür dilemesine neden olan şiddetli patlama, tam da

Mulberry'nin vitrininin karşısındaki kaldırıma yanaşan bir otomobilden gelmişti. Yoldan geçenler elbette durup bakmışlar ve kumru grisi döşemeye yaslanmış fevkalade önemli bir yüzü görmeye ancak vakit bulabilmişlerdi, sonra bir erkek eli güneşliği çekmiş ve kumru grisi bir kare dışında görülecek hiçbir şey bırakmamıştı.

Yine de söylentiler bir çırpıda dolaşıma girmiş, Bond Sokağı'nın ortasından, bir yanda Oxford Caddesi'ne, diğer yanda Atkinson'ın parfümerisine kadar, görülmeden, duyulmadan, tepelerin üzerinde tüllenen bir bulut gibi hızla geçerek, hatta bir bulutun umulmadık vakarı ve sükûnetiyle, daha bir saniye önce alabildiğine allak bullak olmuş yüzlerin üzerine inmişti. Ama şimdi gizem, onlara kanadıyla dokunup geçmişti; otoritenin sesini duymuşlardı; inancın ruhu, sımsıkı bağlı gözleri ve bir karış açık ağzıyla, sır olmaktan çıkmıştı artık. Ne var ki görülenin kimin yüzü olduğunu kimse bilmiyordu. Galler Prensi'nin mi, Kraliçe'nin mi, Başbakan'ın mı? Kimin yüzüydü o? Hiç kimse bilmiyordu.

Kolunun altında kurşun borular taşıyan Edgar J. Watkiss, işitilir bir sesle, şakacı bir edayla, "Başbakan'ın otosu," dedi.

Kendini yürüyüp geçemeyecek gibi hisseden Septimus Warren Smith, onu işitti.

Septimus Warren Smith, otuz yaşlarında, soluk benizli, gaga burunlu, sırtında pejmürde bir pardösü, ayağında kahverengi pabuçlar, ela gözlerinde ona büsbütün yabancı olanları bile kaygılandıran kaygı yüklü bir bakış. Dünya kamçısını kaldırdı; nereye indirecek?

Her şey durma noktasına gelmişti. Araba motorlarının hırıltılı işleyişi, bütün bir vücutta düzensizce gümbürdeyen bir nabız gibi geliyordu kulağa. Otomobil Mulberry'nin vitrininin önünde durmuştu, güneş olağanüstü kızgındı; otobüslerin üst katındaki yaşlı kadınlar siyah şemsiyelerini açtı; burada bir kırmızı, şurada bir yeşil şemsiye çıt diye açıldı. Mrs. Dalloway, kolları ıtırşahilerle dolu, pencereye geldi, ufak pembe yüzü sorularla büzülmüş, dışarıya baktı. Herkes otomobile baktı. Septimus

baktı. Erkek çocuklar bisikletlerinden atladı. Trafik yığıldı. Otomobil orada duruyordu, güneşlikler kapalıydı, üzerlerinde de ağaca benzer tuhaf bir desen, diye düşündü Septimus, sonra gözlerinin önünde her şeyin, sanki bir dehşet neredeyse yüzeye çıkmış da ansızın alev alacakmış gibi, ağır ağır bir merkezde toplanması ödünü patlattı. Dünya bocalıyor, titriyor, birden alev alma tehdidinde bulunuyordu. Yolu tıkayan benim, diye düşündü. Kendisine bakmıyorlar mıydı, parmaklarıyla göstermiyorlar mıydı onu; orada ağırlaşıp kaldırımda kök salmıyor muydu bir amaçla? Ama hangi amaçla?

"Hadi gidelim, Septimus," dedi karısı, sivri çeneli solgun yüzünde kocaman gözleriyle ufak tefek bir İtalyan kızı.

Ama Lucrezia da kendini alamıyordu otomobile ve güneşliklerin üstündeki ağaç desenine bakmaktan. İçerideki Kraliçe miydi acaba – Kraliçe alışverişe mi gidiyordu?

Bir şeyi açmakla, bir şeyi döndürmekle, bir şeyi kapatmakla meşgul olan şoför, sonunda yerine geçip oturdu.

"Hadi ama," dedi Lucrezia.

Ama kocası, çünkü dört-beş yıldır evliydiler, sıçradı, irkildi ve "Pekâlâ!" dedi öfkeyle, karısı araya girip onu engellemiş gibi.

İnsanlar fark ediyordur; insanlar görüyordur, diye düşündü Lucrezia, gözlerini otomobile dikmiş kalabalığa bakarak. İnsanlar, diye düşündü; çocukları, atları ve giysileriyle İngiliz halkı; bir bakıma hayranlık duyuyordu onlara; ama şimdi sadece "insanlardı" onlar, çünkü Septimus, "Kendimi öldüreceğim," demişti; korkunç bir şeydi bunu söylemek. Ya onu duydularsa? Kalabalığa baktı. O kasap yamaklarına ve kadınlara; imdat, imdat! diye haykırmak geldi içinden. İmdat! Daha geçen sonbahar Septimus'la ikisi, Thames kıyısındaki

Embankment üzerinde aynı pelerine sarınmış duruyorlardı, Septimus da onunla konuşacağına gazete okuyordu; bir anda gazeteyi elinden kapmış ve onları gören yaşlı adamın suratına gülmüştü! Ama insan aczini örtbas eder. Onu buradan uzaklaştırıp bir parka götürmeliydi.

"Şimdi karşıya geçeceğiz," dedi Lucrezia.

Onun kolu üzerinde bir hakkı vardı, her ne kadar duygudan yoksun da olsa bu kol. Daha yirmi dört yaşında, İngiltere'de hiç arkadaşı olmayan, öylesine basit, öylesine içinden geldiği gibi davranan, İtalya'yı onun hatırı için terk etmiş kadına sadece bir parça kemik verecekti kocası.

Otomobil, kapalı güneşlikleri ve gizemli bir kayıtsızlık havasıyla Piccadilly'ye doğru ilerledi; bakışları hâlâ üzerinde tutuyor ve yolun her iki yanındaki yüzleri, hâlâ Kraliçe mi, Prens mi yoksa Başbakan mı olduğunu kimsenin bilmediği kişiye yönelik korkuyla karışık saygının karanlık nefesiyle dalgalandırıyordu. O yüz yalnızca bir kez, birkaç saniyeliğine, üç kişi tarafından görülmüştü. Cinsiyeti bile tartışma konusuydu şimdi. Ama hiç kuşku yoktu ki içeride yücelik oturuyordu; yücelik Bond Sokağı'ndan geçiyordu gizlice, sıradan insanların bir karış ötesinden; onlar ki şimdi ilk ve son kez belki İngiltere Kraliçesi ile, devletin o kalıcı sembolüyle, konuşma mesafesindeydiler; o sembol, Londra ot bürümüş bir yola dönüştüğünde ve bu Çarşamba sabahı kaldırımda telaşla yürüyen herkes, tozlarına birkaç alyansın ve sayısız çürük dişin altın dolgularının karıştığı kemiklerden ibaret kaldığında, zamanın yıkıntılarını inceleyen meraklı antikacılar tarafından bilinecekti. Otomobildeki yüz o zaman tanınacaktı.

Belki de Kraliçe'dir, diye düşündü Mrs. Dalloway, çiçekleriyle Mulberry'den çıkarken: Kraliçe. Ve bir an için, güneşlikleri kapalı araba yürüyüş hızıyla geçerken, çiçekçi dükkânının yanında günışığında durup son derece vakur bir görünüme büründü. Kraliçe bir hastaneye gidiyor; Kraliçe bir kermes açıyor, diye düşündü Clarissa.

Daha günün o saatinde müthiş bir izdiham vardı. Lord Ascot mu, Lord Hurlingham mı, neydi bu? Merak ediyordu, çünkü yol tıkanmıştı. Otobüslerin üst katlarında, paketleri ve şemsiyeleriyle, hatta evet, böyle bir günde bile kürkleriyle, yanlamasına oturmuş İngiliz orta sınıfları, akla gelebilecek her şeyden daha farklı, daha gülünç, diye düşündü. Kraliçe'nin kendisi de yolda kalmıştı; Kraliçe'nin kendisi de geçip gidemiyordu. Clarissa, Brook Sokağı'nın bir tarafında kalakalmıştı; o yaşlı Hâkim Sir John Buckhurst öbür tarafında, o araba vardı aralarında (Sir John yıllardır ona buna ahkâm keser ve iyi giyinen kadınlardan hoşlanırdı) ve o sırada şoför hafifçe eğilerek polise bir şey dedi veya gösterdi, o da selam durdu, kolunu kaldırdı, başını hızla sallayıp otobüsü kenara çekti ve otomobil aradan geçti. Ağır ağır, sessiz sedasız, yola koyuldu.

Clarissa tahmin ediyordu; Clarissa elbet biliyordu; uşağın elinde beyaz, sihirli, dairesel bir şey görmüştü, üzerinde – Kraliçe'nin mi, Galler Prensi'nin mi, Başbakan'ın mı? – birinin ismi yazılı bir plaka; o isim, kendi parıltısının gücüyle yolunu tutuşturarak gidiyordu (Clarissa arabanın küçüldüğünü, gözden kaybolup gittiğini gördü). O isim, o gece Buckingham Sarayı'nda, büyük şamdanlar, parlak yıldızlar, meşe yapraklı nişanlarla kaskatı göğüsler, Hugh Whitbread ve tüm çalışma arkadaşları, yani İngiltere'nin beyefendileri arasında ışıldamaya gidiyordu. Clarissa da bir parti veriyordu. Biraz kasılıp dikleştirdi bedenini; o da böyle duracaktı merdivenlerin tepesinde.

Araba gitmişti, ama ardında Bond Sokağı'nın her iki yanındaki eldivencilerin, şapkacıların ve terzihanelerin arasından akıp giden hafif bir dalgalanma bırakmıştı. Otuz saniye boyunca bütün başlar aynı yöne eğilmişti – pencereye doğru. Hanımefendiler bir çift eldiven seçerken – dirseğe kadar mı yoksa daha uzun mu olmalı, limon sarısı mı yoksa uçuk gri mi? – durakladı; cümle bittiğinde bir şey olmuştu. Titreşimini Çin'deki sarsıntıları iletebilecek güçteki hassas cihazların bile kaydedemeyeceği kadar ufak ve önemsiz; ama dolgunluğuyla hayli heybetli, ortak çekiciliğiyle duygu yüklü bir şeydi bu; çünkü tüm o şapkacılarda ve terzihanelerde, yabancılar birbirlerine bakıp, ölmüşleri, bayrağı, İmparatorluğu düşündüler. Arka sokaktaki bir barda, sömürgelerden gelme biri Windsor Hanedanı'na sövdü; bunun yol açtığı ağız kavgası, kırılan bira bardakları ve genel şamata, yolun öte tarafında düğünleri için bembeyaz şeritlerle süslü beyaz keten iç çamaşırı alışverişi yapan genç kızların kulaklarında tuhaf tuhaf yankılandı. Çünkü o geçen arabanın yarattığı yüzeysel çalkantı, yatışırken aslında çok derin bir şeyi sıyırıp geçmişti.

Araba, Picadilly'den kayarcasına geçerek St. James Sokağı'ndan aşağıya döndü. White'ın(*) cumbasında fraklarıyla, beyaz gömlekleriyle, arkaya taranmış saçlarıyla iyi giyimli, uzun boylu, güçlü kuvvetli erkekler, elleri kuyruklu ceketlerinin arkasında kenetlenmiş, anlaşılması güç nedenlerle dikilip dışarıya bakarken, yüceliğin geçmekte olduğunu sezinlediler ve o ölümsüz varlığın solgun ışığı üzerlerine düştü, tıpkı daha önce Clarissa Dalloway'in de üstüne düştüğü gibi. Hep birden daha da dikleştiler, ellerini çözdüler ve atalarının kendilerinden önce yapmış olduğu gibi, gerekirse topun ağzına sürülene kadar, hükümdarlarına hizmete hazırlarmış gibi bir tavır takındılar. Arka plandaki beyaz büstler, *Tatler* dergisi nüshalarıyla, maden suyu şişeleriyle dolu sehpalar da onaylar gibiydi bunu; İngiltere'nin verimli tarlalarına ve malikânelerine işaret eder gibiydiler; hem

(*) 18. yüzyılda Britanyalı üst sınıf erkeklerin üye olduğu, 19. yüzyılda üst orta sınıf erkek ve kadınların katılımıyla popülerliği artan Centilmenler Kulübü. (ç.n.)

de otomobil tekerlerinin hafif uğultusunu, tek bir sesi bütün bir katedralin gücüyle genleştirip gürleştiren bir fısıltı galerisinin duvarlarında yansıtıp geri gönderir gibiydiler. Kaldırımda çiçekleriyle, şalına sarınmış duran Moll Pratt, sevgili delikanlıya iyilikler diledi (kesinlikle Galler Prensi'ydi o) ve eğer polisin, İrlandalı yaşlı bir kadının hevesini kıran gözünü kendi üzerinde hissetmeseydi, o da tamamen kaygısızlığın ve yoksulluğu hor görmenin tetiklediği bir dürtüyle, bir kupa biranın – bir demet gülün – bedelini St. James Sokağı'na fırlatıp atabilirdi. St. James'in önündeki muhafızlar selam durdu; Kraliçe Alexandra'nın polisleri de katıldı onlara.

Bu arada küçük bir kalabalık Buckingham Sarayı'nın bahçe kapılarında toplanmıştı. Hepsi yoksul insanlardı, kayıtsızca ama güvenle bekliyorlardı; bayrağı dalgalanan Saraya, kendi tepeciğinin üstünde yükselen Victoria'ya bakıyor, onun kat kat kayalarının üzerinden akan sularına, sardunyalarına hayran oluyorlardı; Saray'a giden bulvardaki otomobiller arasında önce bunu sonra şunu seçiyorlardı; arabayla gezintiye çıkmış sıradan insanlara boş yere tezahüratta bulunuyorlardı; övgülerini şu ya da bu araba için saklamak üzere geri çekiyorlardı; bu arada rivayetler de damarlarında birikiyor ve Kraliyet ailesinin kendilerine baktığını, Kraliçe'nin eğildiğini, Prens'in selam durduğunu düşündükçe; ilahi biçimde Krallara bahşedilen cennet yaşamını, şahsi hizmetkârları ve zarif reveransları, Kraliçe'nin eski bebek evini, bir İngiliz'le evlenen Prenses Mary'yi ve dediklerine göre yaşlı Kral Edward'a fevkalade benzeyen ama ondan çok daha ince olan Prens'i – ah o Prens! – düşündükçe, uylukları heyecanla ürperiyordu. Prens St. James'de yaşıyordu; ama belki bu sabah annesini ziyarete gelmişti.

Sarah Bletchley böyle söylüyordu kucağında bebeğiyle, sanki Pimlico'da kendi şöminesinin yanındaymış gibi ayağını hafif hafif yere vuruyor ama gözlerini Mall'dan ayırmıyordu; Emily

Coates ise gözleriyle Saray'ın pencerelerini tarıyor ve hizmetçileri, o saymakla bitmez hizmetçileri, yatak odalarını, o saymakla bitmez yatak odalarını düşünüyordu. İskoç teriyeriyle yaşlı bir beyefendinin ve işsiz güçsüz erkeklerin de katılımıyla kalabalık büyüdü. Albany'de oturan ve hayatının daha derin kaynakları balmumuyla mühürlenmiş olan o ufak tefek Mr. Bowley'nin mührü, ansızın, olur olmaz yerde, duygusallıkla kırılabilirdi bu tür şeyleri izlerken: yoksul kadınlar Kraliçenin geçişini görmek için bekliyordu – yoksul kadınlar, sevimli küçük çocuklar, yetimler, dullar ve Savaş, hay aksi – şimdi sahiden yaşlar vardı Mr. Bowley'nin gözlerinde. Mall'dan aşağıya doğru, tek tük ağaçların arasından, bronz kahramanları geçerek esen bir meltem, Mr. Bowley'nin İngiliz göğsünde dalgalanan bir bayrağı havalandırdı ve o da araba Mall'a doğru saparken kaldırdığı şapkasını, araba yaklaşırken havada tuttu; Pimlicolu yoksul annelerin kendisini sıkıştırmasına göz yumdu ve dimdik durdu. Araba ilerledi.

Ansızın Mrs. Coates gökyüzüne baktı. Bir uçağın sesi tehditkârca yırttı kalabalıktakilerin kulaklarını. İşte, ağaçların üzerinden geliyor, ardında kıvrılıp bükülen, aslında bir şeyler yazan beyaz bir duman bırakıyordu! Gökyüzünde harfler oluşturuyordu! Herkes havaya baktı.

Uçak düşercesine alçalıp dümdüz yükseldi, bir halka çizdi, birden hızlandı, indi, çıktı ve her ne yapsa, nereye gitse, ardında çırpınan o kalın, fırfırlı, beyaz duman kıvrılıp bükülerek harfler yazıyordu gökyüzüne. Ama hangi harfleri? Bir C miydi o? Bir E, sonra bir L mi? Yalnızca bir an kıpırtısız kalıyor, sonra kıpırdayıp eriyor ve gökyüzünden siliniyorlardı, sonra uçak daha da uzaklara fırlıyor ve tekrar, gökyüzünün temiz bir boşluğuna bir K, bir E, belki bir Y mi yazıyordu?

"Glaxo," dedi Mrs. Coates, huşu dolu gergin bir sesle, doğruca havaya bakarak; kollarındaki kıpırtısız, solgun bebeği de gözünü doğruca havaya dikti.

"Kreemo," diye mırıldandı Mrs. Bletchley, bir uyurgezer gibi. Elinde hiç kıpırdatmadan tuttuğu şapkasıyla Mr. Bowley de gözlerini doğruca havaya dikti. Mall'un aşağısında insanlar ayakta durmuş, gökyüzüne bakıyordu. Onlar bakarken bütün dünya tam bir sessizliğe büründü ve bir martı sürüsü gökyüzünden geçti, önce bir martı çekiyordu başı, sonra bir başkası, bu olağanüstü sessizliğin ve huzurun, bu solgunluğun, bu saflığın içinde, çanlar on bir kez çaldı, sesleri yukarılarda martıların arasında usulca yitip gitti.

Uçak geri döndü, hızlandı, bir patenci gibi çevik, özgürce, tam nereye isterse oraya dalıyordu...

"Şu bir E," dedi Mrs. Bletchley...

ya da bir dansçı...

"Karamela bu," diye mırıldandı Mr. Bowley...

(ve araba, bahçe kapılarından içeri girdi ve hiç kimse dönüp bakmadı ona), sonra dumanı kesip uzağa, daha uzağa seğirtti uçak, duman gevşeyip dağıldı ve geniş beyaz bulutların çevresinde toplandı.

Gitmişti, bulutların arkasındaydı. Hiç ses yoktu. E, G, ya da L harflerinin iliştiği bulutlar, sanki fevkalade önemli bir misyonla Batı'dan Doğu'ya geçmeye yazgılıymış gibi özgürce hareket ediyorlardı; bu hiçbir zaman açıklanmayacaktı, ama kesinlikle öyleydi – fevkalade önemli bir misyon. Sonra, birdenbire, bir tren tünelden nasıl çıkarsa, uçak da bulutların arasından öyle fırlayıp çıktı; sesi Mall'daki, Green Park'taki, Picadilly'deki, Regent Sokağı'ndaki, Regent Parkı'ndaki tüm insanların kulaklarını yırtıyordu, sonra o dumandan kuyruk arkada kıvrıldı, aşağıya düştü, tekrar yükseldi ve peş peşe harfler yazdı – ama hangi sözcüğü yazıyordu?

Lucrezia Warren Smith, Broad Sokağı'ndaki Regent Parkı'nda bir bankta kocasının yanında otururken yukarıya baktı.

"Bak, bak, Septimus!" diye haykırdı. Çünkü Dr. Holmes ona

kocasını (hiçbir ciddi sorunu yoktu ama biraz rahatsızdı) kendisi dışında bir şeylerle ilgilenmeye teşvik etmesini söylemişti.

Demek ki, diye düşündü Septimus, havaya bakarak, bana bir işaret veriyorlar. Gerçek sözcüklerle değil aslında; yani henüz lisanı okuyamıyordu; ama bu güzellik, bu kusursuz güzellik yeterince açıktı; gökyüzünde gevşeyip eriyen o dumandan sözcüklere bakarken gözleri yaşlarla doldu; onlar o bitip tükenmeyen yardımseverlikleri ve yüz güldüren iyilikleriyle, akla hayale sığmaz güzellikte şekilleri peş peşe kendisine bahşediyor ve hiç karşılıksız, sonsuza dek, sırf bakması için, güzellik, daha çok güzellik sunma vaatlerinin işaretini veriyordu! Gözyaşları yanaklarından süzüldü.

Karamelaydı; karamela reklamı yapıyorlardı, Rezia'ya öyle söylemişti bir çocuk bakıcısı. Birlikte harfleri okumaya başladılar, k... a... r...

"Ka... Ra... " dedi çocuk bakıcısı, Septimus da onun "Kaa... Raa..." deyişini kulağının dibinde, derin, yumuşak, tatlı bir org gibi işitti, ama sesinde bir çekirgeninkine benzer bir hışırtı vardı, omurgasını tatlı tatlı törpüleyip beynine gönderdiği ses dalgaları çarpışarak kırılıyordu. Gerçekten de harikulâde bir keşifti – yani insan sesinin belli atmosferik koşullarda (bilimsel olmalı insan, her şeyden önce bilimsel) ağaçları canlandırabilmesi! Neyse ki Rezia elini muazzam bir ağırlıkla dizine koyunca, bu yükle olduğu yere mıhlanıp kaldı, yoksa karaağaçların yükselip alçalmalarının, tüm yaprakları ışıldayarak, renkleri maviden, derin bir dalganın yeşiline doğru açılıp koyularak, atların başlarındaki sorguçlar, hanımefendilerin başlarındaki tüyler gibi, öylesine gururla, öylesine ihtişamla yükselip alçalmalarının coşkusu onu çıldırtabilirdi. Ama çıldırmayacaktı. Gözlerini kapatacaktı; artık görmeyecekti.

Ne var ki onu çağırıyorlardı; yapraklar canlıydı; ağaçlar canlıydı. Ve kendi bedenine milyonlarca lifle bağlanan yapraklar, orada, bankın üstünde, onu baştan aşağı yelpazeliyordu; dal gerilip uzanınca o da ona uzandı. Kanat çırpan, fıskiyeler gibi yükselip alçalan serçeler de bu desenin parçasıydı; siyah dallarla çizgilenmiş mavi beyaz bir zemin. Sesler önceden tasarlanmış armoniler yaratıyordu; aralarındaki boşluklar da sesler kadar önemliydi. Bir çocuk ağlıyordu. Uzaklarda bir boru çalıyordu. Hepsi birlikte yeni bir dinin doğuşu demekti...

"Septimus!" dedi Rezia. Şiddetle irkildi Septimus. İnsanlar fark etmiş olmalıydı.

"Çeşmeye kadar yürüyüp döneceğim," dedi Rezia.

Çünkü artık dayanamıyordu. Dr. Holmes hiçbir şeyi olmadığını söylese de ne fark ederdi. Septimus ölse çok daha iyiydi! Böyle boşluğa bakıp kendisini görmediği ve her şeyi korkunç gösterdiği sürece onun yanında oturamazdı ki; gökyüzü ve ağaçlar, oyun oynayan, el arabalarını sürükleyen, düdük çalan, düşüp kalkan çocuklar; hepsi korkunçtu. Hem kendini öldürmeyecekti o; hiç kimseye derdini anlatamıyordu Rezia. "Septimus çok fazla çalışıyor bu aralar" – kendi annesine bile bütün söyleyebildiği bundan ibaretti. Sevmek insanı yalnızlaştırıyor, diye düşündü. Hiç kimseye söyleyemiyordu, şimdi Septimus'a bile; arkasına baktığında onun o salaş pardösüsüyle bankın üstünde, tek başına, kamburunu çıkarmış, boşluğa baktığını gördü. Bir erkeğin kendini öldüreceğini söylemesi ödlekçe bir şeydi, halbuki Septimus savaşmıştı, cesurdu, ama artık Septimus değildi o. Rezia dantel yakasını takmıştı. Yeni şapkasını giymişti ve o hiç fark etmemişti; Rezia'sız da mutluydu. Oysa hiçbir şey onu Septimus'suz mutlu edemezdi! Hiçbir şey! Septimus bencildi. Öyledir erkekler. Çünkü hasta değildi. Dr. Holmes onun hiçbir şeyi olmadığını söylemişti. Elini önüne uzatıp parmaklarını açtı. Bak işte! Alyansı kayıp gitmişti – o kadar zayıflamıştı ki. Acı çeken kendisiydi, ama anlatacak kimsesi yoktu.

Uzaklarda kalmıştı İtalya; o beyaz evler, kız kardeşlerinin

oturup şapkalar yaptığı oda, her akşam kahkahalar atarak gezinen insanlarla dolup taşan sokaklar; burada tekerlekli sandalyelerine çöküp, saksılarda sıkışmış birkaç çirkin çiçeği seyreden yarı ölülere benzemeyen insanlardı onlar!

"Asıl Milano bahçelerini görmelisiniz," dedi yüksek sesle. Ama kime?

Hiç kimse yoktu. Sözleri sönüp gitti. Bir havai fişek de öyle sönüp gider ya. Kıvılcımları, içinden yol bulup geçtikleri geceye teslim olur, karanlık çöker, evlerin ve kulelerin dış hatlarını siler; çıplak yamaçlar yumuşayıp göçer. Ama gitmiş olsalar da gece onlarla doludur; renksiz ve penceresiz kalsalar da daha ağırdır varoluşları, çıplak gün ışığının iletmekten aciz kaldığı şeyleri açığa vururlar – duvarları grili beyazlı boyayıp her bir pencere camını yerli yerine koyan, sisi tarlalardan kaldırıp kızıl kahve ineklerin huzur içinde otlayışını ortaya çıkararak, her şeyi bir kez daha allayıp pullayarak gözler önüne seren ve yeniden var eden şafakla gelen ferahlıktan yoksun; orada, karanlığın içinde kümelenmiş; karanlığın içinde yığılıp yumaklanmış şeylerin sıkıntı ve gerilimidir bu. Yalnızım; yalnızım! diye haykırdı Rezia, Regent Parkı'ndaki çeşmenin yanında (gözlerini Hintli ile haçına dikmişti), zira belki de gece yarısı, tüm sınırlar yitip gittiğinde, ülke o kadim şekline geri dönüyordu, hani ilk karaya çıktıklarında Romalıların bulutlar içinde gördükleri gibi, tepelerinin adsız olduğu, nehirlerinin nereye kıvrılıp gittiğinin bilinmediği haline – işte böyleydi onun karanlığı; ansızın, sanki bir kaya terası ileri doğru fırlamış ve kendisi de onun üstünde duruyormuş gibi, Septimus'un karısı olduğunu, yıllar önce Milano'da evlendiklerini söyledi, onun karısıydı ve onun deli olduğunu asla kimseye söylemeyecekti, asla! Rezia dönünce teras çöktü; o da aşağıya, daha aşağıya düştü. Çünkü Septimus gitmişti, öyle sandı bir an – gözdağı verdiği gibi, kendini öldürmeye gitmişti – kendini bir arabanın altına atmaya! Ama hayır, oradaydı işte; hâlâ tek başına o bankta oturuyor, sırtında salaş pardösüsüyle, ayak ayak üstüne atmış, boşluğa bakıyor, yüksek sesle konuşuyordu.

İnsanlar ağaçları kesmemeli. Bir Tanrı var. (Bu tür ilahi ilhamları zarfların arkasına not ederdi.) Dünyayı değiştirin. Hiç kimse nefret yüzünden öldürmez. Duyurun bunu (kaydetti bunu). Bekledi. Dinledi. Karşıdaki parmaklığa tünemiş bir serçe, Septimus, Septimus diye dört beş defa cıvıldadı ve notaları uzatarak taze, içe işleyen bir sesle, Yunanca sözlerle, suç diye bir şey yoktur diye şakımaya devam etti, sonra bir başka serçe daha katıldı ona, içe işleyen seslerle, Yunanca sözlerle, ölüm yoktur diye uzun uzun şakıdılar, bir nehrin ötesinde, ölülerin yürüdüğü yaşam çayırlarındaki ağaçlardan.

Eli şuradaydı işte, orada da ölüler. Karşıdaki parmaklıkların arkasında beyaz beyaz bir şeyler toplanıyordu. Ama bakmaya cesaret edemiyordu. Evans parmaklıkların arkasındaydı!

"Neler söylüyorsun?" dedi Rezia birdenbire, kocasının yanına oturarak.

Yine sözü kesilmişti! Hep kesiyordu sözünü.

İnsanlardan uzağa... insanlardan uzağa gitmeleri gerektiğini söyledi (yerinden sıçrayarak), hemen oraya, bir ağacın altında iskemlelerin olduğu yere; orada parkın uzun yokuşu, yükseklerde mavili pembeli dumandan dokunmuş bez bir tavanı olan yeşil bir kumaş parçası gibi alçalıyor, sislerin arasında belli belirsiz, uzak, dağınık evlerden oluşan bir set görünüyordu; trafiğin uğultusu dinmek bilmiyor, sağ tarafta ise boz renkli hayvanlar boyunlarını hayvanat bahçesinin tahta parmaklıkları üzerinden uzatarak böğürüp uluyorlardı. Orada, bir ağacın altına oturdular.

"Bak," dedi Rezia yalvarırcasına, kriket kale kazıkları taşıyan küçük bir grubu işaret ediyordu; oğlanlardan biri ayağını sürüdü, topuğunun üstünde fırıl fırıl döndü ve yine ayağını sürüdü, sanki müzikholde bir palyaço rolü oynuyordu.

"Bak," dedi ona yalvarırcasına, çünkü Dr. Holmes, Septimus'un dikkatini sahici şeylere çekmesini söylemişti ona, bir müzikhole gitmesini, kriket oynamasını – tam da bu oyunu kastetmişti Dr. Holmes, hoş bir açık hava oyunu, tam kocasına göre bir oyun.

"Bak," diye yineledi.

Bak, diyordu ona gaipten bir ses, şimdi insanoğullarının en yücesi olan kendisiyle iletişime geçen ses; son günlerde yaşamdan ölüme alınmış olan Septimus, topluma yeniden hayat vermek için gelmiş olan Peygamber, bir örtü gibi, yalnızca güneşe âşık kardan bir yorgan gibi yayılan, sonsuza dek tükenmeyen, sonsuza dek çile çeken, günah keçisi, ebedî çilekeş; ama o istemiyordu bunu, inledi, elini sallayarak kendinden uzaklaştırdı o ebedî çileyi, o ebedî yalnızlığı.

"Bak," diye yineledi Rezia, çünkü kocası dışarıda yüksek sesle kendi kendine konuşmamalıydı.

"Ah, ne olur bak," diye yalvardı. Ama bakılacak ne vardı ki? Birkaç koyun. Hepsi buydu.

Regent Parkı metro istasyonuna giden yolu – söyleyebilirler miydi ona Regent Parkı metro istasyonuna giden yolu – bilmek istiyordu Maisie Johnson. Edinburgh'dan daha iki gün önce gelmişti.

"Bu yoldan değil – şuradan!" diye haykırdı Rezia, kadın Septimus'u görmesin diye elini sallayıp öteye yolladı onu.

İkisi de tuhaf görünüyor, diye düşündü Maisie Johnson. Her şey çok tuhaf görünüyordu. Londra'ya ilk gelişiydi, amcasının Leadenhall Sokağı'ndaki işyerinde çalışacaktı ve şimdi sabah vakti yürüyerek Regent Parkı'ndan geçerken, şu iskemlelerde oturan çift bayağı ürkütmüştü onu: genç kadın yabancıya benziyordu, adamın da tuhaf bir hali vardı; öyle ki, Maisie Johnson bir gün çok yaşlansa da, elli yıl önce güzel bir yaz sabahı Regent Parkı'nın içinden nasıl yürüyüp geçtiğini unutmayacak ve anılarının arasında bunun hâlâ titreştiğini hissedecekti. Zira daha on dokuz yaşındaydı ve nihayet istediğini elde edip Londra'ya gelmişti; şimdiyse ne tuhaftı her şey, yol sorduğu bu çift mesela, kız irkilmiş ve elini hızlıca sallamıştı, erkek ise müthiş acayip görünüyordu; kavga ediyorlardı belki; sonsuza dek ayrılıyorlardı belki; bir şeyler döndüğünü biliyordu; şimdi de tüm bu insanlar (geniş yola dönmüştü yine), taş havuzlar, bakımlı çiçekler, yaşlı erkekler ve kadınlar, çoğu sakat, tekerlekli sandalyelerde – Edinburgh'dan sonra hepsi öyle tuhaf görünüyordu ki. Ve Maisie Johnson, o usulca, yavaşça yürüyen, belli belirsiz bakınan, bir meltemin değip geçtiği insanlara katılırken – dallara tüneyip tüylerini yalayan sincaplar; birkaç kırıntı için çırpınan serçeler; parmaklıklara saldıran, birbirleriyle oynaşan köpekler; hepsini sarıp sarmalarken, onların yaşamı algıladığı sabit, şaşmaz bakışlarına değişken ve gevşek bir şeyler katan o ılık, yumuşak hava – Maisie Johnson, Ahh! diye haykıracak gibi oldu (zira sandalyede oturan o genç adam, bayağı ürkütmüştü onu. Bir şeyler döndüğünü biliyordu.)

Korkunç! Korkunç! diye bağırmak istiyordu. (Yakınlarını geride bırakmıştı; başına gelecekler hakkında uyarmışlardı kendisini.)

Neden evinde oturmamıştı ki? Demir parmaklığın tokmağını çevirirken ağlıyordu.

Şu kızın, diye düşündü Mrs. Dempster (öğle yemeğini sık sık Regent Parkı'nda yer, ekmek kabuklarını sincaplara saklardı) daha dünyadan haberi yok; gerçekten de insanın biraz sağlam, biraz gevşek, beklentilerinde biraz ölçülü olması daha iyiydi galiba. Percy içiyordu. Eh, yine de insanın bir oğlunun olması daha iyi, diye düşündü Mrs. Dempster. Hayatta az sıkıntı çekmemişti ve böyle bir kıza için için gülmekten kendini alamıyordu. Evlenirsin, çünkü yeterince sevimlisin, diye geçirdi içinden Mrs. Dempster. Evlen bakalım, diye düşündü, o zaman anlarsın. Ah, yemek yapmak, falan filan. Her erkeğin farklı huyları vardır. Ama bilebilseydim, tam böylesini mi seçerdim, diye düşündü. Maisie Johnson'ın kulağına birkaç söz fısıldamayı, yıpranmış yaşlı yüzünün buruşuk avurdunda bir merhamet öpücüğü hissetmeyi istemekten kendini alamadı. Çünkü zor bir hayattı, diye düşündü Mrs. Dempster. Neler vermemişti ki ona? Gülleri; vücudunu; ayaklarını da. (Yamru yumru topakları eteğinin altına çekti.)

Güller, diye düşündü acı bir alayla. Hepsi palavra canım. Zira gerçekten, yiyip içmeyi, çiftleşmeyi, iyi ve kötü günleri hesaba katarsak, hayat hiç de sırf güllere dair bir mesele olmamıştı, dahası, şöyle diyeyim, Carrie Dempster kendi kaderini Kentish kasabasındaki hiçbir kadınınkiyle değiştirmek istemezdi! Ama, diyordu yalvarırcasına, merhamet. Yitip giden güller için, merhamet. Sümbül tarhlarının yanında dikilmiş, Maisie Johnson'dan merhamet istiyordu.

Ama, ah şu uçak! Mrs. Dempster uzak yerler görme özlemi çekmemiş miydi hep? Bir yeğeni vardı, misyonerdi. Hızla yükselip ileri fırladı uçak. Margate'te hep denize girerdi Mrs. Dempster, karayı gözden kaybetmezdi, ama sudan korkan kadınlara tahammülü yoktu. Hızla ilerleyip alçalıverdi uçak. Midesi ağzına gelmişti. Bir yükseliş daha. O uçakta mutlaka hoş bir genç adam vardı, bahse girebilirdi Mrs. Dempster, uzaklara, daha uzaklara gitti uçak, hızla ve rengi solarak, sonra uzaklara, daha da uzaklara fırlayıp gitti; Greenwich'in ve tüm direklerin tepesinden; St. Paul ve diğerlerinden oluşan o küçük gri kiliseler adasının üzerinden süzülerek, Londra'nın her iki yanında yayılan tarlalara ve maceracı ardıçkuşlarının cesurca sekerek, çabuk çabuk bakınarak, salyangozu kapıp bir, iki, üç kez taşa vurduğu koyu kahverengi koruluklara doğru uçtu.

Uzaklara, daha da uzaklara fırlayıp gitti uçak, ta ki parlak bir kıvılcımdan ibaret kalana kadar; bir büyük gaye; bir odaklanış; bir semboldü o kıvılcım (öyle geliyordu Mr. Bentley'ye, Greenwich'de çimlerini var gücüyle biçerken); insan ruhunun, kararlılığının ve düşünce yoluyla kendi bedeninin dışına çıkma, kendi evinin ötesine gitme azminin bir sembolü, diye düşünüyordu Mr. Bentley, sedir ağacının çevresinden dolanırken... Einstein, faraziye, nazariye, matematik, Mendel teorisi... uzaklara fırlayıp gitti uçak.

O sırada, hırpani görünüşlü sıradan bir adam, elinde deri bir çantayla St. Paul Katedrali'nin merdivenlerinde kararsızca dikiliyordu, çünkü içeride nasıl bir şifa vardı acaba, ne denli sıcak bir karşılama; üzerlerinde dalgalanan bayraklarla kaç mezar; zaferlerin simgeleri, ama ordulara karşı değil, diye düşündü, beni şu anda ekmek kapısız bırakan o belalı hakikat arayışı ruhuna karşı kazanılan zaferlerin simgeleri; dahası, katedral dostluk da demektir, diye düşündü; bir topluluğun ferdi olmaya davet eder sizi; büyük adamların yeri vardır orada; şehitler onun için can vermiştir; neden içeri girmeyeyim ki, diye düşündü, kitapçıklarla tıklım tıklım dolu bu deri çantayı neden bir mihrabın, bir haçın önüne; bir arayışın, sorgulayışın ve sözcükleri tokuşturmanın ötesine yükselmiş ve bedenden ayrılıp bir hayalet gibi tümüyle ruha dönüşmüş bir şeyin sembolünün önüne koymayayım – neden içeri girmeyeyim? diye düşündü ve o tereddüt ederken, uçak Ludgate Meydanı'nın üzerinden uçup gitti.

Tuhaftı doğrusu; durgundu her şey. Trafiğin dışında hiçbir ses duyulmuyordu. Sanki bir yöneteni yoktu uçağın; kendi özgür iradesiyle hızlanıp gidiyor gibiydi. Şimdi de yukarıya daha da yukarıya doğru kıvrılıyor, coşkuyla, katıksız bir zevkle tırmanan bir şeymiş gibi dimdik yükseliyor, arkasından beyaz bir duman boşanıp halkalanıyor, bir K, bir A, bir R yazıyordu.

"Neye bakıyorlar?" diye sordu Clarissa Dalloway, kapıyı açan hizmetçi kıza.

Evin girişi bir mahzen gibi serindi. Mrs. Dalloway elini gözlerine kaldırdı ve hizmetçi kız kapıyı kapatırken Lucy'nin eteklerinin hışırtısını duyunca, aşina tüllerle ve eski bağlılıklara verilen karşılıklarla çepeçevre sarıldığını duyumsayan, dünyadan vazgeçmiş bir rahibe gibi hissetti kendini. Aşçı mutfakta ıslık çalıyordu. Daktilonun tıkırtısını duydu. Kendi hayatıydı bu; başını holdeki masanın üzerine eğip bunu saygıyla benimsedi, kendini kutsanmış ve arınmış hissetti; üstünde telefon mesajının olduğu bloknotu alırken de, böyle anların nasıl hayat ağacının üzerindeki tomurcuklar olduğunu geçirdi içinden; karanlığın çiçekleri bunlar, diye düşündü (sanki güzel bir gül yalnızca onun gözleri için açmıştı); bir an bile Tanrı'ya inanmamıştı; ama yine de günlük hayatta daha çok karşılığını vermeli insan, diye düşündü elinde bloknotla, hizmetçilere, evet, köpeklere ve kanaryalara, her şeyden önce de Richard'a, tüm bunların – bu neşeli seslerin, bu yeşil ışıkların, hatta İrlandalı aşçı Mrs. Walker'ın bütün gün ıslık çalmasının – temeli olan kocasına, bu harikulade anların gizli deposundan ödemeli borcunu insan, diye düşündü, bloknotu yukarı kaldırarak; Lucy ise yanında durmuş bir şeyler söylemeye çalışıyordu.

"Mr. Dalloway, hanımefendi..."

Clarissa bloknotun üzerindeki notu okudu, "Lady Bruton, Mr. Dalloway'in bugün öğle yemeğini kendisiyle yiyip yiyemeyeceğini bilmek istiyor."

"Mr. Dalloway, efendim, öğle yemeğini dışarıda yiyeceğini söylememi istedi size."

"Ya!" dedi Clarissa, Lucy de onun istediği gibi paylaştı düş kırıklığını (ama iç sızısını değil); aralarındaki uyumu hissetti; imayı anladı; seçkinler nasıl severler acaba diye düşündü; kendi geleceğini sessizce allayıp pulladı; sonra da Mrs. Dalloway'in şemsiyesini alıp onu savaş meydanından onuruyla çıkan bir tanrıçanın bıraktığı kutsal bir silah gibi tutarak şemsiyeliğe koydu.

"Korkma artık," dedi Clarissa. Korkma artık güneşin kızgınlığından; zira Lady Bruton'ın, Richard'ı öğle yemeğine onsuz davet etmesinin şoku, içinde durduğu ânı ürpertmişti, tıpkı nehir yatağındaki bir bitkinin, yanından geçen bir küreğin yol açtığı sarsıntıyı hissettiği gibi: öyle sallanmıştı: öyle ürpermişti.

Öğle yemeği davetlerinin olağanüstü eğlenceli geçtiği söylenen Millicent Bruton, kendisini çağırmamıştı. Hiçbir pespaye kıskançlık onu Richard'dan ayıramazdı. Ama zamanın kendisinden korkuyordu; Lady Bruton'ın yüzünde de, o sanki duygusuz taşa oyulmuş bir kadranmış gibi, hayatın nasıl yavaş yavaş küçülüp gittiğini, kendi payının yıldan yıla nasıl dilim dilim eksildiğini; geri kalanın artık ne kadar az esneyebildiğini; varoluşun renklerini, tatlarını, tonlarını o gençlik yıllarındaki gibi özümseyemediğini okuyordu; oysa o yıllarda girdiği odayı doldururdu, çoğu kez de, misafir salonunun eşiğinde bir an duraksadığında, leziz bir gerilim yaşardı; hani bir dalgıç atlamak üzereyken aşağılarda deniz bir kararıp bir parlar ve dalgalar sanki kırılacakmış gibi korkutup sonra usulca yarılıp devrilir ve yosunları incilerle örtüp gizler ya, belki o dalgıcı duraksatan türden bir gerilimdi bu.

Bloknotu holdeki masanın üstüne bıraktı. Eli tırabzanın üstünde, ağır ağır üst kata çıkmaya başladı, sanki bir partiden çıkıp gelmişti de, orada kâh bir dostu kâh bir başkası, bir anlığına yansıtmıştı kendi yüzünü, sesini; kapıyı kapatmış, dışarı çıkmış ve yalnız başına dikilip durmuştu öyle; tek başına o ürkünç geceye karşı, ya da daha doğrusu bu sıradan Haziran sabahının sabit bakışına karşı; kimilerine göre gül yapraklarının ışıltısıyla asude bir sabahtı, biliyordu; açık merdiven penceresinin yanında durakladığında hissediyordu da bunu, uçuşan panjurlar, köpek havlamaları giriyordu o pencereden, aynı zamanda, diye düşündü, kendini ansızın kuruyup buruşmuş, yaşlanmış, göğüssüz kalmış hissederek, günün velvelesi, esintisi, serpilip çiçeklenişi de giriyordu içeri; kapıların dışında, pencerenin dışında, şimdi güçten düşen beyninin ve bedeninin dışında kalmıştı her şey – çünkü öğle yemeği davetlerinin olağanüstü eğlenceli olduğu söylenen Lady Bruton kendisini çağırmamıştı.

Kabuğuna çekilen bir rahibe ya da bir kuleyi dolaşıp keşfeden bir çocuk gibi üst kata çıktı, bir pencerede durakladı, banyoya geldi. İşte oradaydı o yeşil muşamba ve o damlayan musluk. İşte oradaydı hayatın kalbine dair bir boşluk; tavan arasında bir oda. Kadınlar pahalı güzel giysilerini üzerlerinden atmalılar. Gün ortasında soyunmalılar. İğnedenliği deldi ve tüylü sarı şapkasını yatağın üstüne koydu. Çarşaflar temizdi, bir yandan öbür yana, geniş beyaz bir kuşak gibi iyice gerilmişti. Yatağı daha da, daha da daralacaktı. Mum yarıya inmişti, Baron Marbot'nun *Hatıralar*'ının derinlerine dalmıştı. Moskova bozgununu okumuştu gecenin geç saatlerine kadar. Mecliste oturumlar öyle uzuyordu ki, Richard onun rahatsız edilmeden uyumasında ısrarcı olmuştu şu hastalığından sonra. Hem aslında kendisi de Moskova bozgununu okumayı tercih ediyordu. Bunu biliyordu Richard. O yüzden odası tavan arasındaydı; yatağı dardı; orada yatıp okurken de, uykuları kötüydü ya, doğurduğundan bu yana bedenine bir çarşaf gibi yapışan bekâreti silkip atamıyordu. Güzel bir genç kızdı, ama birdenbire öyle bir an gelmişti ki – örneğin Clieveden'de ormanın aşağısındaki nehrin üzerinde – bu soğuk ruhun kasılmasıyla Richard'ı düş kırıklığına uğratmıştı. Sonra da İstanbul'da, defalarca. Kendisinde neyin eksik olduğunu görebiliyordu. Güzellik değildi; akıl değildi. Bir merkezden yayılan, içe işleyen bir şeydi; sıcak bir şeydi, yüzeyleri parçalayıp geçen ve erkekle kadının ya da kadınla kadının arasındaki donuk teması usulca dalgalandıran bir şey. *Onu* belli belirsiz sezebiliyordu. Ona içerliyordu, Tanrı bilir nereden kapmıştı o şüpheyi, ya da belki Tabiat (ki onun bilgeliği tartışılmaz) tarafından gönderilmişti; ama bazen, kendi başına açtığı bir derdi, giriştiği bir çılgınlığı itiraf eden, ki sık sık olurdu bu, bir kadının, hayır bir kızın değil bir kadının, cazibesine teslim olma arzusuna direnemezdi. Ve ister acıma, ister onların güzelliği, ya da kendisinin daha yaşlı olması veya bir tesadüf – belli belirsiz bir koku ya da yandaki evden bir keman sesi (belli anlarda öyle tuhaftır ki seslerin gücü) — nedeniyle olsun, o zaman erkekler ne hissediyorsa aynen onu hissederdi kuşkusuz. Yalnızca bir an için, ama yeterliydi bu. Ani bir aydınlanıştı, yüzün kızarması gibi engellemeye çalıştığın hafif bir renk, sonra da yayıldıkça yayılmasına boyun eğdiğin ve en uzak sınıra koşup orada titreyerek dünyanın giderek yaklaştığını, ve şaşırtıcı bir anlamla, hazla kendinden geçişin baskısıyla kabararak ince derisini çatlatıp fışkırdığını, çatlakların ve yaraların üzerine boşanarak acıları olağanüstü bir ferahlıkla dindirdiğini hissettiğin bir şey. Sonra, o anda, bir ışık görmüştü; bir çiğdemin içinde yanan bir kibrit; neredeyse açığa vurulmuş içsel bir anlam. Ama yakın olan geri çekilmiş; sert olan yumuşamıştı. Bitmişti – o an. (Kadınlarla da yaşadığı) böyle anlarla (şapkasını yerine koydu) bu yatak, Baron Marbot ve bu yarı yanmış mum bir tezat oluşturuyordu. Öyle uyanık yatarken, döşeme gıcırdardı; aydınlık ev ansızın kararırdı, eğer başını kaldırırsa, Richard'ın elinden geldiği kadar nazikçe bıraktığı kapı kulbunun çıt sesini duyabilirdi; ayağında çoraplarıyla usulca üst kata çıkar ve sonra, sık sık yaptığı gibi sıcak su torbasını düşürüp küfrederdi! Nasıl da gülerdi Clarissa!

Ama şu aşk meselesi (diye düşündü, mantosunu kaldırırken), şu kadınlara âşık olma meselesi. Sally Seton'ı ele alalım; eski günlerde Sally Seton ile ilişkisini. Her şeye karşın, aşk değil miydi o?

Yere oturmuş – Sally'ye dair ilk izlenimi buydu – kollarını dizlerine dolamış, sigara içiyordu. Nerede olabilirdi bu? Manning'lerde mi? Kinloch-Jones'larda mı? Bir partideydi (neredeydi, emin olamıyordu), çünkü birlikte olduğu erkeğe, "*Şu* da kim" diye sorduğunu açık seçik anımsıyordu Clarissa. O da cevap vermiş ve Sally'nin annesiyle babasının birbiriyle geçinemediğini söylemişti (bu nasıl da dehşete düşürmüştü kendisini – birinin annesiyle babasının kavga ediyor olması!). Ama o akşam boyunca gözlerini Sally'den alamamıştı. En çok hayranlık duyduğu türden olağanüstü bir güzellikti bu; esmer, iri gözlüydü, kendinde olmadığı için hep imrendiği bir özelliği de vardı – bir tür boşvermişlik, sanki her şeyi söyleyebilirmiş, her şeyi yapabilirmiş gibi; yabancılarda İngiliz kadınlarından çok daha sık rastlanan bir özellik. Sally, damarlarında Fransız kanı olduğunu söylerdi hep, atalarından biri Marie Antoinette'in maiyetindenmiş, kafası kesilmiş, bir yakut yüzük bırakmış geride. Belki de o yaz gelmişti Bourton'da kalmaya, bir gece yemekten sonra, hiç umulmadık bir anda, cebinde tek kuruş olmadan girmişti içeri, zavallı Helena Hala o denli altüst olmuştu ki hiçbir zaman affetmemişti onu. Evinde müthiş bir çıngar çıkmıştı Sally'nin. O gece onlara geldiğinde kelimenin tam anlamıyla meteliksizdi – oraya gelebilmek için bir broşu rehine vermişti. Heyecanla koşup gelmişti. Bütün gece uyumadan konuşmuşlardı. Bourton'daki hayatın ne kadar korunaklı olduğunu ona ilk kez hissettiren Sally olmuştu. Cinsellik hakkında hiçbir şey bilmiyordu – toplumsal sorunlar hakkında da. Bir defasında tarlada düşüp ölen yaşlı bir adam görmüştü – inekleri, buzağılarını doğurduktan hemen sonra görmüştü. Ama Helena Hala hiçbir şeyin tartışılmasından hoşlanmazdı. (Sally, Clarissa'ya William Morris'in(*) bir kitabını verirken onu paket kâğıdına sarması gerekiyordu). Orada, evin en tepesindeki yatak odasında oturup saatlerce konuşurlardı, hayattan, daha iyi bir dünya için neler

(*) İngiliz tekstil tasarımcısı, şair, romancı, çevirmen ve sosyal eylemci. İngiltere'de ilk sosyalist hareketin yayılmasında önemli bir rol oynamıştır. (ç.n.)

yapmak gerektiğinden söz ederlerdi. Özel mülkiyeti lağvetmek için bir dernek kurmaya niyetleniyorlardı, aslında yazdıkları bir mektup da vardı ama gönderilmemişti. Fikirler Sally'ye aitti elbette – ama çok geçmeden Clarissa da aynı derecede heyecanlanmıştı – yatakta Platon okuyordu kahvaltıdan önce; Morris okuyordu; Shelley okuyordu sürekli.

Sally'nin gücü şaşırtıcıydı, yeteneği, kişiliği. Örneğin, çiçekleri düzenleyişi farklıydı. Bourton'da, masada her zaman boydan boya dizili dimdik küçük vazolar olurdu. Sally dışarı çıkar, gülhatmiler, yıldızçiçekleri – bir arada hiç görülmemiş her çeşit çiçeği – toplar, tepelerini kesip çanaklarda suyun üstünde yüzdürürdü. Günbatımında akşam yemeği için eve girdiklerinde olağanüstü bir etki yaratırdı bu. (Tabii Helena Hala çiçeklere böyle davranmanın haince olduğunu düşünürdü.) Ya da süngerini unutup koridor boyunca çırılçıplak koşardı Sally. O suratsız yaşlı hizmetçi Helen Atkins homurdanarak dolaşırdı etrafta – "Ya beyefendilerden biri görseydi?" Gerçekten de insanları kesinlikle dehşete düşürüyordu. Derbederdi üstelik, öyle diyordu babası.

Geriye dönüp baktığında, Sally'ye beslediği duygunun saflığı, sağlamlığıydı ona garip gelen. İnsanın bir erkeğe karşı hissettiklerine benzemiyordu. Zerrece çıkar gözetmeyen, üstelik yalnızca kadınlar arasında, yetişkinliğe henüz erişmiş kadınlar arasında var olabilecek bir niteliğe sahipti. Kendi tarafında, koruyucuydu; birlikte bir ittifak içinde olma algısından, onları birbirinden ayıracağı kesin olan bir şeye dair bir önseziden kaynaklanıyor (evlilikten hep bir felaket gibi söz ederlerdi) ve bu da bir tür şövalyeliğe, Sally'den çok kendi tarafında olan bu koruyucu duyguya yol açıyordu. Çünkü o günlerde adamakıllı pervasızdı Sally; bir cesaret gösterisi uğruna en budalaca şeyleri yapardı; terasın korkuluğu üzerinde bisikletle dolaşırdı; puro içerdi. Gülünçtü, çok gülünç. Ama cazibesi olağanüstü güçlüydü, en azından Clarissa için, öyle ki evin tepesindeki yatak odasında, ellerinde tuttuğu sıcak su bidonuyla dikilip yüksek sesle, "O bu çatının altında... O bu çatının altında!" deyip durduğunu anımsayabiliyordu.

Hayır, sözcükler artık hiçbir anlam ifade etmiyordu ona. Geçmişteki duygusunun bir yankısına bile erişemiyordu. Ama heyecandan buz kesişini, ekinkargaları pembe akşam ışığında çalımla alçalıp yükselirken saçını adeta kendinden geçerek yapışını (şimdi firketelerini çıkarıp tuvalet masasının üstüne koyduktan sonra saçlarını düzeltmeye başlarken, geri geliyordu o eski duygu), giyinip alt kata inişini, holden geçerken "eğer ölseydim şimdi, en büyük mutluluk olurdu bu" diye hissedişini anımsayabiliyordu. Buydu duygusu – Othello'nun duygusu, ve bunu Shakespeare'in Othello'ya hissettirmeyi amaçladığı kadar şiddetle hissettiğinden emindi, çünkü Sally Seton ile buluşmak için üstünde beyaz bir elbiseyle akşam yemeğine iniyordu!

Sally pembe tüller içindeydi – mümkün müydü bu? Her neyse, safi ışıktı sanki, parıldıyordu, uçarak içeri girmiş ve bir an için bir böğürtlen çalısına tutunmuş bir kuş ya da balon gibiydi. Ama insan âşık olduğunda (ve âşık olmak değilse neydi bu?) hiçbir şey diğer insanların katıksız kayıtsızlığı kadar tuhaf gelmez ona. Helena Hala yemekten sonra usulca çekip gitmişti; babası gazete okuyordu. Peter Walsh belki oradaydı, yaşlı Miss Cummings de; Joseph Breitkopf kesinlikle oradaydı, çünkü her yaz gelirdi zavallı ihtiyar, haftalarca kalırdı ve Clarissa ile Almanca okuyormuş gibi yapardı, ama aslında piyano çalıp, hiç sesi olmadığı halde Brahms söylerdi.

Bütün bunlar Sally için yalnızca bir arka plandan ibaretti. Şöminenin yanında durup, söylediği her şeyi bir okşayışa dönüştüren o güzelim sesiyle, tam da iradesi hilafına kendisinden hoşlanmaya başlamış olan babayla konuşurken (Clarissa'nın babası ona kitaplarından birini ödünç verip sonra da terasta sırılsıklam bulmanın sarsıntısını hiç atlatamamıştı), birdenbire, "İçeride oturmasak, çok yazık!" demiş ve herkes terasa çıkıp bir aşağı bir yukarı yürümüştü. Peter Walsh ve Joseph Breitkopf, Wagner'den söz etmeyi sürdürmüşlerdi. Kendisi Sally ile biraz geride kalmıştı. Sonra, çiçeklerle dolu ayaklı bir taş vazonun yanından geçerlerken, tüm hayatının en harikulade ânı gelmişti. Sally durmuş; bir çiçek koparmış; onu dudaklarından öpmüştü. Dünyanın altı üstüne gelmişti sanki! Diğerleri gözden kaybolmuştu; Sally ile yalnız kalmıştı orada. Ve kendisine bir armağan verildiğini hissetmişti, sarılıp sarmalanmış bir şey, bakmaması, sadece muhafaza etmesi istenmişti – bir elmas, sarılmış, son derece değerli bir şey, sonra, bir aşağı bir yukarı, bir aşağı bir yukarı yürürlerken açmıştı onu; ya da o parıltı akmıştı dışarı, o ilahî ilham, o huşu! – tam o anda ihtiyar Joseph ve Peter çıkmıştı karşılarına.

"Yıldızların altında hayale mi daldınız?" demişti Peter.

Karanlıkta yüzünü granit bir duvara çarpmak gibiydi bu! Sarsıcıydı; korkunçtu!

Kendisi için değil. Sadece Sally'nin daha şimdiden nasıl ezildiğini, hırpalandığını hissetmişti; Peter'ın düşmanlığını, kıskançlığını, ikisinin arasına zorla girme kararlılığını hissetmişti. İnsan bir şimşek çaktığında bir manzarayı nasıl görürse öyle görmüştü hepsini – Sally ise (hiç bu kadar hayran olmamıştı ona!) kahramanca, yenik düşmeden, kendi bildiğini okumuştu. Gülmüştü. İhtiyar Joseph'a yıldızların adlarını söyletmişti, o da bunu büyük bir ciddiyetle yapmayı severdi zaten. Sally orada durmuş, dinlemişti. Yıldızların adlarını duymuştu.

"Ah bu korku!" dedi kendi kendine, sanki ta başından beri bir şeyin araya gireceğini, onun mutluluk ânını acılaştıracağını biliyordu.

Yine de, sonraları ne çok şey borçlu olmuştu Peter Walsh'a. Onu ne zaman düşünse, hep kavgalarını düşünürdü nedense –

belki de onun kendisi hakkında olumlu düşünmesini çok istediği için. Ona borçlu olduğu sözcükler vardı: "duygusal" gibi, "uygar" gibi; bunlar hayatının her gününü sanki Peter'ın himayesi altındaymış gibi başlatıyordu. Bir kitap duygusaldı; hayata karşı bir tavır duygusaldı. Belki kendisi de "duygusal"dı, geçmişi düşünüyor olduğu için. Merak ediyordu, Peter ne düşünecekti acaba döndüğünde?

Yaşlandığını mı? Bunu söyler miydi, yoksa böyle düşündüğünü mü görecekti onun yüzünde, döndüğü zaman? Gerçekti bu. Hastalığından bu yana hayli sararıp solmuştu.

Broşunu masanın üstüne bırakırken ani bir spazmla kasıldı, sanki kendisi düşüncelere dalmışken, içine yerleşme fırsatı bulmuştu o buz gibi pençeler. Yaşlı değildi henüz. Elli ikisine yeni girmişti. Daha dokunulmamış bir sürü ay vardı. Haziran, Temmuz, Ağustos! Her biri hâlâ neredeyse tam olarak duruyordu ve Clarissa (tuvalet masasına doğru geçerek) sanki düşen bir damlayı yakalıyormuş gibi o ânın tam kalbine daldı ve mıhladı onu – aynayı, tuvalet masasını ve tüm şişeleri yeni baştan görerek, kendisini (aynaya bakarken) bütünüyle tek bir noktada toplayarak, tam da o gece bir parti verecek olan kadının; Clarissa Dalloway'in; kendisinin, narin pembe yüzünü görerek – üstünde tüm diğer sabahların baskısını taşıyan bu Haziran sabahının o ânını mıhladı.

Kaç milyon kez görmüştü kendi yüzünü, hep de aynı şekilde belli belirsiz buruşturarak! Aynaya bakarken dudaklarını büzerdi. Yüzüne bir sivrilik vermek için. Buydu işte kendisi – sivri; ok gibi, keskin. Buydu işte; bir çabayla, bir kendisi olma çağrısıyla, alabildiğine farklı, alabildiğine uyumsuz olup yalnızca etraftaki insanlar için öyle bir düzene girdiklerini bir tek kendisinin bildiği parçaları bir merkezde, bir elmasta, salonunda oturup bir buluşma noktası yaratan bir kadında topladığı zaman; kuşkusuz bazı yavan hayatlarda bir parıltı, kimsesiz insanlar için belki bir sığınak olmuştu; gençlere yardım etmiş, onlar da minnettar kalmışlardı; her zaman aynı insan olmaya çalışmış, tüm diğer taraflarını asla belli etmemişti – hatalarını, kıskançlıklarını, kibrini, hani Lady Bruton kendisini öğle yemeğine davet etmediği için yaşadığına benzer kuşkularını. Düpedüz adilikti o! diye düşündü (nihayet saçlarını tararken). Peki, elbisesi neredeydi?

Gece elbiseleri dolapta asılıydı. Clarissa elini o yumuşaklığın içine daldırıp yeşil tuvaleti usulca yerinden çıkardı, pencerenin yanına götürdü. Yırtılmıştı. Biri eteğine basmıştı. Sefaretteki davette, üstteki kıvrımların arasında bir yerin açılıverdiğini hissetmişti. Elektrik ışığında parlıyordu o yeşil, ama şimdi güneşte rengini kaybetmişti. Onu kendisi onaracaktı. Hizmetçi kızların çok işi vardı. Bu gece onu giyecekti. İbrişimlerini, makasını, bir de – neydi o? – yüksüğünü tabii, alt kattaki salona götürecekti, çünkü aynı zamanda bir şeyler yazması ve genel olarak işlerin az çok yolunda gidip gitmediğine bakması gerekiyordu.

Ne tuhaf, diye düşündü, sahanlıkta duraklayıp parçaları birleştirerek, o elmas şeklini, o benzersiz tek insanı oluşturarak; bir evin hanımının, evinin tam o ânını, tam o halini bilebilmesi ne tuhaf! Hafif sesler merdiven boşluğundan yukarıya döne döne yükseliyordu; bir temizlik paspasının hışırtısı; pıtırtılar; tıkırtılar; ön kapı açıldığında gürültüler; bodrumda bir mesajı tekrarlayan bir ses; bir tepside şıngırdayan gümüşler; parti için parlatılmış gümüşler. Parti içindi her şey.

(Lucy, önünde tepsisiyle salona girip şöminenin üstüne, gümüş kutu ortada olmak üzere kocaman şamdanlar koydu, kristal yunus balığını saate doğru çevirdi. Geleceklerdi; hanımefendiler ve beyefendiler; ayakta durup, kendisinin taklit edebildiği çıtkırıldım tonlarda konuşacaklardı. Hepsinin içinde en güzeli kendi hanımıydı – gümüşlerin, keten çarşafların, porselenlerin hanımı; çünkü güneş, gümüşler, menteşelerinden sökülen kapılar, Rumpelmayer'in adamları, ona, kâğıt keseceğini kakmalı masanın üstüne koyarken, başarılmış bir iş duygusunu veriyordu. Bakın! Bakın! diyordu, Caterham'de hizmetçi olarak ilk çalıştığı fırındaki eski arkadaşlarıyla konuşuyordu sanki, aynaya göz atarken. Prenses Mary'ye hizmet eden Lady Angela idi o, Mrs. Dalloway içeri girdiğinde.)

"Oo, Lucy," dedi Clarissa, "Gümüşler pek güzel görünüyor!"

"Sahi, nasıldı," dedi sonra, kristal yunusu düz konuma getirerek, "dün geceki oyunu beğendiniz mi?" "Ah, bitmeden kalkmak zorunda kaldılar!" dedi Lucy. "10'da dönmeleri gerekiyordu!" dedi. "Bu yüzden ne olduğunu bilmiyorlar." "Şanssızlık olmuş besbelli," dedi Mrs. Dalloway (çünkü kendisinden izin isteseler, daha geç saate kadar kalabilirdi hizmetçiler). "Sahiden yazık olmuş," dedi, sonra kanepenin ortasındaki eski, havı dökülmüş görünen minderi Lucy'nin kucağına koyup hafifçe itti onu.

"Al götür bunu!" diye bağırdı. "Mrs. Walker'a ver, selamlarımla! Hadi al götür bunu!"

Lucy salonun kapısında, kollarında minderle durup, hayli çekinerek, biraz da kızararak sordu, o elbiseyi onarmaya yardım edemez miydi?

Ama elinde zaten çok iş olduğunu, kendi işinin ona haydi haydi yeteceğini söyledi Mrs. Dalloway.

"Ama teşekkür ederim Lucy, teşekkürler," dedi Mrs. Dalloway, sonra teşekkürler, teşekkürler demeye devam etti (dizlerinin üstünde elbisesi, makası ve ibrişimleriyle kanepeye otururken), teşekkürler, teşekkürler demeye devam etti, hizmetçilerine duyduğu minnetle, onun böyle olmasına, olmak istediği gibi, nazik, gönlü bol biri olmasına yardım ettikleri için. Hizmetçileri onu severdi. Gelelim şu elbiseye – yırtık neredeydi? Şimdi de iplik geçirecekti iğnesine. Çok sevdiği bir elbiseydi bu, Sally Parker'ınkilerden, hemen hemen en son diktiği, heyhat, Sally artık emekli olmuştu, Ealing'de yaşıyordu, eğer biraz zaman bulursam, diye düşündü Clarissa (ama artık hiç zaman bulamayacaktı), gidip Ealing'de görürüm onu. Çünkü kimseye

benzemeyen biriydi o, diye düşündü Clarissa, gerçek bir sanatçı. Alışılmışın dışında şeyler düşünürdü, ama elbiseleri hiçbir zaman tuhaf değildi. Onları Hatfield'de, Buckingham Sarayı'nda giyebilirdiniz. Kendisi de Hatfield'de, Buckingham Sarayı'nda giymişti onları.

Bir sükûnet çökmüştü üstüne, bir huzur, bir hoşnutluk, iğnesi ipeği usulca kaydırıp durdururken, yeşil kıvrımları bir araya toplayarak hafifçe kemere tuttururken. Dalgalar da bir yaz günü böyle toplanır, dengesini kaybeder ve devrilir; toplanır ve devrilir; ve bütün dünya gitgide artan bir ağırlıkla, "hepsi bu" der gibidir, ta ki kumsalda güneşin altında uzanmış yatan bedenin içindeki yürek bile "hepsi bu" diyene kadar. Korkma artık, der yürek. Korkma artık, der yürek, yükünü tüm kederler için topluca iç çeken ve yeniden başlayan, biriktiren, bırakan bir denize teslim ederek. Ve yalnızca beden kulak verir geçen arıya; kırılan dalgaya; havlayan, uzaklarda havlayıp duran köpeğe.

"Tanrım, kapı çalınıyor!" diye haykırdı Clarissa, iğnesini bırakarak. Heyecanla dinledi.

"Mrs. Dalloway beni kabul edecektir," diyordu holdeki yaşlıca adam. "A evet, kabul edecektir beni," diye tekrarladı, Lucy'yi gayet müşfik bir tavırla yana itip son hızla üst kata koşarak. "Evet, evet, evet," diye mırıldanıyordu yukarıya çıkarken. "Beni görecektir. Hindistan'da beş yıldan sonra, Clarissa görecektir beni."

"Kim olabilir... ne olabilir..." diye soruyordu kendine Mrs. Dalloway, merdivenlerde bir ayak sesi duyduğunda (bir parti vereceği gün, sabahın on birinde rahatsız edilmenin ölçüyü aşan bir şey olduğunu düşünerek). Kapıya bir elin dokunduğunu duydu. Elbisesini saklamaya yeltendi, iffetini koruyan, mahremiyete özen gösteren bir bakire gibi. İşte pirinç tokmak döndü.

İşte kapı açıldı, ve içeriye – bir an için adını hatırlayamadı! Öyle şaşırmıştı ki onu gördüğüne, öyle sevinmiş, öyle mahcup olmuş, öyle donup kalmıştı ki Peter Walsh o sabah hiç ummadığı bir anda kendisini görmeye geldiği için! (Mektubunu okumamıştı.)

"Ee, nasılsın bakalım?" dedi Peter Walsh, besbelli titreyerek; Clarissa'nın iki elini birden tutarak; iki elini birden öperek. Yaşlanmış, diye düşündü otururken. Buna dair bir şey söylemem ona, diye düşündü, çünkü sahiden yaşlanmış. Bana bakıyor, diye düşündü sonra, üstüne ani bir mahcubiyet çökerek, gerçi ellerini öpmüştü demin. Elini cebine sokup büyücek bir çakı çıkardı ve bıçağını yarı yarıya açtı.

Hiç değişmemiş, diye düşündü Clarissa; aynı tuhaf bakış; aynı ekose takım; belki yüzü biraz farklı; biraz daha zayıf; daha kuru, ama müthiş iyi görünüyor, tıpkı eskisi gibi.

"Seni tekrar görmek harika!" diye haykırdı sonra. Peter çakısını çıkarmıştı. Ne kadar tipik, diye düşündü Clarissa.

Şehre daha dün gece varmıştı; hemen şehir dışına gitmesi gerekiyordu; peki her şey nasıldı, herkes nasıldı? Richard? Elizabeth?

"Ya bu ne oluyor?" dedi, çakısını eğip yeşil tuvaleti işaret ederek.

Kendisinin kılık kıyafeti yerinde, diye düşündü Clarissa; ama *bana* gelince hep eleştirir.

Al işte, elbisesini onarıyor; elbisesini onarıyor her zamanki gibi, diye düşündü Peter; ben Hindistan'dayken o hep burada oturuyormuş; elbisesini onarıyormuş; gezip tozuyormuş; davetlere gidiyormuş; bir koşu Meclis'e gidip geliyormuş falan filan, diye düşündü, sinirlendikçe sinirleniyor, canı sıkıldıkça sıkılıyordu, zira bazı kadınlar için dünyada evlilik kadar kötü bir şey yoktur, diye düşündü; bir de siyaset; bir de Muhafazakâr kocası olmak, şu övgüye değer Richard gibi. Böyle gelmiş, böyle gider diye düşündü, çakısını çat diye kapatarak.

“Richard gayet iyi. Richard bir komite toplantısında,” dedi Clarissa.

Ve makasını alıp açtı, bir sakıncası yoksa elbisesine yaptığı şu şeyi bitirebilir miydi, o gece bir parti veriyorlardı da?

“Ama seni çağırmayacağım,” dedi. “Sevgili Peter'ım!”

Yine de bunu söyleyişini duymak enfesti – sevgili Peter'ım! Doğrusu her şey öyle enfesti ki – gümüşler, koltuklar; hepsi öyle enfesti ki!

Kendisini neden partisine çağırmayacağını sordu Peter.

Şimdi elbette, diye düşündü Clarissa, büyüleyici biri o! Tam anlamıyla büyüleyici! Şimdi hatırlıyorum da, o korkunç yaz onunla evlenmemeye karar vermek imkânsız denecek kadar zordu – ve neden karar vermiştim ki acaba?

“Ama tam da bu sabah gelmen öyle olağanüstü bir şey ki!” diye haykırdı, ellerini üst üste tuvaletinin üzerine koyarak.

“Hatırlıyor musun,” dedi sonra, “Bourton'da panjurlar nasıl çarpardı?”

“Hem de nasıl,” dedi Peter, sonra Clarissa'nın babasıyla tek başına, acemice kahvaltı edişini hatırladı; ölmüştü babası; Clarissa'ya yazmamıştı o zaman. Ama zaten hiçbir zaman geçinememişti ki ihtiyar Parry ile; o huysuz, iradesiz, yaşlı adamla, Clarissa'nın babası Justin Parry ile.

“Keşke babanla daha iyi geçinseydim diye düşünürüm sık sık,” dedi.

“Ama o hiç hoşlanmazdı zaten benimle... yani arkadaşlarımızın hiçbirinden,” dedi Clarissa; ah şu dilini tutsaydı da Peter'ın kendisiyle evlenmek istemiş olduğunu hatırlatmasaydı!

Elbette istedim, diye düşündü Peter; kalbim de kırıldı; sonra, batan günün ışığında amansız güzelliğiyle bir terastan seyredilen ay gibi yükselen kendi kederine boğuldu. Daha sonra hiç olmadığım kadar mutsuzdum o sırada, diye düşündü. Ve sanki gerçekten orada terasta oturuyormuş gibi Clarissa'ya biraz yanaştı; elini uzattı, kaldırdı, indirdi. Orada ikisinin tepesinde asılıydı o ay. Clarissa da onunla birlikte terasta, ay ışığında oturuyor gibiydi.

"Şimdi Herbert'ın orası," dedi Clarissa. "Ben artık hiç gitmiyorum."

Sonra, tıpkı ay ışığında bir terasta olup bittiği gibi, hani biri canı sıkıldığı için utanmaya başladığında diğerinin sessiz sakin oturup aya hüzünle baktığını ve konuşmak istemediğini görünce belki ayağını kıpırdatır, boğazını temizler, gözü bir masa ayağındaki demirden sarmal süse ilişir, bir yaprağı yerinden oynatır, ama hiçbir şey söylemez ya – Peter Walsh da öyle yapıyordu şimdi. Zira neden böyle geçmişe dönülsün ki? diye düşünüyordu. Neden tekrar hatırlasındı bunu? Neden daha da acı çeksindi, Clarissa zaten cehennem azabıyla kıvrandırmışken onu? Neden?

"Gölü hatırlıyor musun?" diye sordu Clarissa boğuk bir sesle, kalbini yakalayıp boğazının kaslarını geren ve "göl" derken dudaklarını bir spazmla büzdüren yoğun bir duygunun baskısı altında. Çünkü annesiyle babasının arasında ördeklere ekmek atan bir çocuktu o; aynı zamanda yetişkin bir kadındı, gölün kıyısında duran annesiyle babasına, kollarında hayatıyla, yaklaştıkça gitgide büyüyen ve nihayet eksiksiz bir bütün olan hayatıyla gelip onu önlerine koyarak "İşte bu!" diyordu. "Budur yaptığım şey!" Ve ne yapmıştı ondan? Gerçekten, neydi o? Bu sabah orada Peter ile oturup dikiş dikmek.

Peter Walsh'a baktı; bakışı bütün o zamanın ve o duygunun içinden geçip kuşkuyla ulaştı ona; gözyaşlarıyla kondu üzerine; sonra kalkıp çırpınarak uzaklaştı, bir kuşun bir dala dokunması, sonra havalanıp kanat çırparak uzaklaşması gibi. Clarissa basitçe sildi gözlerini.

"Evet," dedi Peter. "Evet, evet, evet," dedi, sanki yükseldikçe onu kesinlikle inciten bir şeyi çekip yüzeye çıkarmıştı Clarissa.

Dur! Dur! diye haykırmak istiyordu. Çünkü yaşlı değildi daha, hayatı hiçbir şekilde sona ermemişti. Ellisini henüz geçmişti. Ona söylesem mi, söylemesem mi? diye düşündü. Her şeyi itiraf etmek istiyordu. Ama çok soğuk davranıyor, diye düşündü; elinde makas, dikiş dikiyor. Clarissa'nın yanında alelade görünecekti Daisy. Clarissa da benim başarısız biri olduğumu düşünecek, onların anlayışına göre öyleyim de, diye düşündü, Dalloway'lerin anlayışına göre yani. A evet, hiç şüphesi yoktu bundan; başarısız biriydi o, tüm bunların – şu kakma masanın, şu kakma kâğıt keseceğinin, şu yunusun ve şamdanların, şu koltuk örtülerinin, uçuk renkleriyle şu değerli eski İngiliz baskılarının – yanında başarısızın tekiydi o! Bütün bu kendini beğenmişlikten tiksiniyorum, diye düşündü; Richard'ın marifeti bu, Clarissa'nın değil, onunla evlenmiş olması dışında. (O sırada Lucy girdi içeri, gümüşleri getirmişti, daha da çok gümüşü, ama alımlı, narin, zarif görünüyor, diye düşündü Peter, kız yükünü bırakmak için eğilirken.) Ve bu hep böyle sürüp gidiyormuş! diye düşündü; art arda haftalarca; Clarissa'nın hayatı; oysa ben – diye düşündü; bir anda her şey benliğinden ışıyarak yayılır gibi oldu; seyahatler; atla, arabayla gezintiler; kavgalar; maceralar; briç partileri; aşk ilişkileri; iş; iş, iş! Ve göstere göstere çakısını – şu otuz yıldır cebinde taşıdığına Clarissa'nın yemin edebileceği boynuz saplı eski çakısını – çıkarıp avucunda sımsıkı tuttu onu.

Amma da acayip bir alışkanlıktı o, diye düşündü Clarissa; bir çakıyla sürekli oynaması yani. İnsana kendini hep havai, boş kafalı, onun tabiriyle, budala bir lafebesinden başka bir şey değilmiş gibi de hissettirirdi. Ama ben de, diye düşündü, iğnesini eline alarak, muhafızları uyuyakalıp korunmasız bırakınca böğürtlen çalılarının altında kıvrılıp yatarken herkesin serbestçe gelip göz atabileceği bir kraliçe gibi (bu ziyaret onu adamakıllı afallatmış, altüst etmişti), yaptığı şeyleri, hoşlandığı şeyleri, kocasını, Elizabeth'i, kendi benliğini, kısacası Peter'ın artık hemen hiç bilmediği her şeyi, etrafına toplanıp düşmanı püskürtmeleri için çağırdı.

"Ee, sen neler yaptın bakalım?" dedi. Hani bir savaş başlamadan önce atlar toynaklarıyla yeri eşeler; başlarını sağa sola savururlar; sağrıları parıldar; boyunları gerilip kavislenir ya, Peter Walsh ve Clarissa da, mavi kanepede yan yana otururken, birbirlerine öyle meydan okuyorlardı. Peter'ın güçleri kızışıp silkiniyordu içinde. Farklı köşelerden her çeşit şeyi toparlıyordu; övgüler; Oxford'daki kariyeri; evliliği, ki bu konuda Clarissa hiçbir şey bilmiyordu; nasıl âşık olduğunu ve her ne olursa olsun üzerine düşeni yaptığını.

"Milyonlarca şey!" diye haykırdı; şimdi içinde sağa sola saldıran ve artık göremediği insanların omuzlarında havayı uçarcasına yarıp geçmenin hem ürkütücü hem de son derece canlandırıcı duygusunu ona yaşatan güçler birliğinin kışkırtmasıyla, ellerini alnına götürdü.

Clarissa dimdik oturuyordu; soluğunu içine çekti.

"Âşığım," dedi Peter, ne var ki ona değil, karanlığın içinde yükselen birine söylemişti bunu, dokunamadığınız, çelengini ancak karanlıkta çimenlerin üstüne bırakmak zorunda olduğunuz bir kadına.

"Âşığım," diye tekrarladı, şimdi hayli duygusuz bir tonda Clarissa Dalloway ile konuşuyordu; "Hindistan'da bir kıza âşık oldum." Çelengini bırakmıştı. Clarissa istediğini yapabilirdi onunla.

"Âşık ha!" dedi Clarissa. Demek bu yaşında, şu küçük papyonuyla, o canavar dibe çekmişti onu! Hem boynunda hiç et yok; elleri de kızarmış; üstelik benden altı ay büyük! Gözü şimşek hızıyla kendine döndü; ama ne olursa olsun, âşık o, diye hissetti yüreğinde. Bunu yaşıyor, diye geçirdi içinden; âşık o.

Ne var ki o boyun eğmez bencillik, kendisine karşı çıkanları daima yıkıp geçen, ileri, ileri, ileri diyen nehir, belki hiçbir hedefimiz olmadığını kabul etse bile, yine de ileri, ileri diyen o boyun eğmez bencillik, Clarissa'nın yanaklarını renklendirdi; orada dizinde elbisesi, yeşil ipek ipliğin ucuna tutunmuş iğnesiyle usulca ürpererek otururken, onu çok genç, tenini çok pembe; gözlerini çok parlak gösterdi, Peter âşıktı! Ona değil. Daha genç bir kadına elbette.

"Peki kim bu kadın?" diye sordu.

Şimdi bu heykel yükseklerden indirilip ikisinin arasına konulmalıydı.

"Evli bir kadın ne yazık ki," dedi Peter, "Hint Ordusu'ndan bir binbaşının karısı."

Ve onu bu anlamsız gülünçlükle Clarissa'nın önüne koyarken, tuhaf, müstehzi bir tatlılıkla gülümsedi.

(Ne olursa olsun, âşık o, diye düşündü Clarissa.)

"İki de küçük çocuğu var," diye gayet makul bir tavırla devam etti, "bir kız bir oğlan; ben de boşanma konusunda avukatlarımla görüşmeye geldim."

İşte karşındalar! diye düşündü Peter. Onlarla istediğini yap, Clarissa! Karşındalar işte! Ve ona öyle geldi ki, her geçen saniye Hint Ordusu'ndaki binbaşının karısı (yani onun Daisy'si) ve iki küçük çocuğu, Clarissa onlara baktıkça gitgide güzelleşiyorlardı; sanki Peter bir paletin üstündeki ufak gri bir topağa ışık tutmuş ve orada, yakınlıklarının (çünkü bir bakıma hiç kimse onu Clarissa kadar anlamamış, onunla aynı şeyleri hissetmemişti), o enfes yakınlıklarının deniz tuzu kokan, canlı havasında güzelim bir ağaç yükselmişti.

Bu kadın onu pohpohlamış, aptal yerine koymuştur, diye düşündü Clarissa; üç bıçak darbesiyle o kadını, Hint Ordusu'ndaki binbaşının karısını şekillendirmişti işte. Ne yazık! Ne ahmaklık! Peter hayatı boyunca böyle aptal yerine konmuştu işte; önce Oxford'dan atılması; sonra Hindistan'a giden bir gemideki kızla evlenmesi; şimdi de bir binbaşının karısı – şükürler olsun ki onunla evlenmeyi reddetmişti! Yine de, âşıktı işte; eski dostu, sevgili Peter'ı âşık olmuştu.

"Peki ama ne yapacaksın?" diye sordu ona. Ha, avukatlar ve dava vekilleri, hani şu Lincoln's Inn'deki Messrs. Hooper & Grateley, onlar yapacaktı gerekeni. Sonra resmen çakısıyla tırnaklarını düzeltmeye girişti.

Tanrı aşkına, bırak şu çakıyı! diye bağırdı içinden, zaptedilmez bir öfkeyle; Peter'ın budalaca aykırılığı, zayıflığı; başkalarının ne hissettiğine dair zerrece fikri olmayışıydı onu kızdıran, her zaman kızdırmış olan; hem de şimdi, bu yaşında, ne budalalık!

Hepsini biliyorum, diye düşündü Peter; karşımda ne olduğunu biliyorum, diye düşündü, parmağını çakısının ağzında kaydırarak, Clarissa ve Dalloway ve tüm diğerleri; ama göstereceğim ben Clarissa'ya – sonra ansızın, tam bir şaşkınlık içinde, o zapt edilemez güçlerce havaya savrulup gözyaşlarına boğuldu; ağladı; zerrece utanmadan, gözyaşları yanaklarından süzülerek ağladı o kanepede otururken.

Clarissa eğilmiş, onu elinden tutmuş, kendisine çekmiş, öpmüştü – aslında göğsünde tropikal bir fırtınaya tutulmuş pampas otları gibi savrulan gümüş parıltılı tüyleri daha yatıştıramadan hissetmişti yüzünün üstünde onun yüzünü; fırtına dindiğinde kendini Peter'ın elini tutup dizini usulca okşarken bulmuş, arkasına yaslanıp kendini onun yanında olağanüstü rahat ve tasasız hissetmişti ki birden kafasına dank etti: Onunla evlenseydim, bu sevinci gün boyu yaşayacaktım.

Her şey bitmişti onun için. Çarşaf gergin, yatak dardı. Kuleye tek başına çıkmış, onları güneşte böğürtlen toplarken bırakmıştı. Kapı kapanmıştı, orada dökülmüş sıvaların tozu ve kuş yuvalarının çerçöpü arasında manzara ne kadar uzak görünmüştü, sesler de zayıf ve soğuk geliyordu kulağa (bir defasında Leith Hill'de, hatırlıyordu), Richard, Richard! diye haykırmıştı, gece uyurken irkilip sıçrayan ve karanlıkta yardım arayışıyla elini uzatan biri gibi. Lady Bruton ile öğle yemeği, yine gelmişti aklına. Beni terk etti; sonsuza dek yalnızım artık, diye düşündü, ellerini dizlerinin üzerinde kavuşturarak.

Peter Walsh ayağa kalkıp pencerenin yanına gitmiş, orada sırtı Clarissa'ya dönük, büyücek bir mendili sağa sola sallayarak dikiliyordu. Ceketini hafifçe kaldıran zayıf kürek kemikleriyle, burnunu şiddetle sümkürürken, buyurgan, sert ve yalnız görünüyordu. Beni de al götür, diye geçirdi içinden Clarissa, ani bir dürtüyle, sanki Peter doğruca büyük yolculuğa çıkıyormuş gibi; bir an sonra da, sanki çok heyecanlı ve dokunaklı bir oyunun şimdi sona eren beş perdesinin içinde bir ömür boyu yaşamış gibiydi, kaçıp gitmiş, Peter ile yaşamış ve şimdi hepsi bitmişti.

Artık harekete geçme zamanıydı, bir kadın nasıl her şeyini, pelerinini, eldivenlerini, opera gözlüklerini toparlar ve tiyatrodan çıkıp caddeye gitmek üzere yerinden kalkarsa, o da kanepeden öyle kalkıp Peter'a doğru gitti.

Ne tuhaf, diye düşündü Peter, nasıl da hâlâ o güce sahipti Clarissa, çıngırdayarak, hışırdayarak gelirken; Bourton'da terasta, o yaz semasında kendisinin nefret ettiği ayı yükseltecek o güce nasıl da hâlâ sahipti, odanın öbür yanından gelirken.

"Söyle bana," dedi onu omuzlarından yakalayarak. "Mutlu musun, Clarissa? Richard..."

Kapı açıldı.

"İşte benim Elizabeth'im," dedi Clarissa, heyecanla, belki aşırı bir duygusallıkla.

"Nasılsınız?" dedi Elizabeth, onlara doğru gelerek.

Buçuğu vuran Big Ben'in sesi, aralarında olağanüstü bir enerjiyle gidip geldi, sanki güçlü, kayıtsız, duyarsız bir genç adam sağa sola gülleler savuruyordu.

"Merhaba Elizabeth!" diye seslendi Peter, mendilini cebine tıkıştırıp çabucak kıza doğru giderek; "Hoşça kal Clarissa," dedi onun yüzüne bakmadan; odayı hızla terk etti, koşar adım alt kata indi ve holün kapısını açtı.

"Peter! Peter!" diye seslendi Clarissa, dışarıya çıkıp sahanlığa kadar peşinden giderek. "Unutma! Bu geceki partimi unutma!" diye bağırdı; açık havanın uğultusunda sesini yükseltmek zorunda kalmıştı, ama hem trafiğin hem de çalan tüm saatlerin gürültüsüne karışıp boğulduğundan, "Bu geceki partimi unutma!" diye haykıran sesi cılız ve güçsüz ve çok uzaklardan gelir gibiydi, Peter Walsh kapıyı kapatırken.

* * *

Partimi unutma, partimi unutma, diye söyleniyordu Peter Walsh, sokaktan aşağı yürürken; kendi kendine konuşmasının ritmini, buçuğu vuran Big Ben'in o dolaysız kesin sesinin akışına uyduruyordu. (Kurşundan halkalar havada eridi.) Şu malum partiler ha? diye düşündü; Clarissa'nın partileri. O partileri neden verir ki? Onu ya da üstünde bir frak ceketi, yakasında bir karanfille kendisine doğru yürüyen şu kukla kılıklı adamı suçlayacak değildi. Dünyada yalnızca bir tek kişi kendisi gibi olabilirdi, yani âşık. İşte oradaydı, Victoria Sokağı'nda bir otomobil imalatçısının aynalı camdan vitrininde yansıyan bu talihli adam kendisiydi. Tüm Hindistan arkasında uzanıyordu; ovalar, dağlar, kolera salgınları; İrlanda'nın iki katı büyüklüğünde bir bölge; tek başına varmış olduğu kararlar – o, şimdi hayatında ilk kez gerçekten âşık olan Peter Walsh. Clarissa katılaşmış, biraz duygusallaşması da cabası, diye düşündü, o büyük otomobillere bakarak – kaç galonla kaç mil yapabiliyorlar acaba? Çünkü mekaniğe yatkınlığı vardı; kendi bölgesinde bir saban icat etmişti, İngiltere'den el arabaları sipariş etmişti, ama Hintli rençperler onları kullanmak istememişti, bunlardan zerrece haberi yoktu Clarissa'nın.

"İşte benim Elizabeth'im!" deyişi sinirine dokunmuştu. Neden sadece "İşte Elizabeth!" değil? İçtenlikten uzaktı. Hem Elizabeth de hoşlanmamıştı bundan. (O muazzam, gürleyen sesin son titreşimleri hâlâ sarsıyordu etrafındaki havayı; buçuk, hâlâ erken; daha sadece on bir buçuk.) Zira gençleri anlardı; severdi onları. Clarissa'nın öteden beri soğuk bir yanı vardı, diye düşündü. Her zaman, genç kızken bile, bir tür çekingenliği vardı, bu da orta yaşta basmakalıp davranışlara dönüşür, sonra da her şey biter, her şey biter, diye düşündü, aynalı camın derinliklerine sıkıntıyla bakarken; o saatte uğramakla onu rahatsız etmiş miydi acaba; birdenbire utanca boğuldu, aptal gibi davranmıştı; ağlamıştı; duygusallaşmıştı; her şeyi anlatmıştı ona, her zamanki gibi, her zamanki gibi.

Bir bulut güneşin önünden geçerken, Londra'ya sessizlik çöker; zihinlere de. Çaba sona erer. Bir direğe çarpar zaman. Orada dururuz; orada dikiliriz. Eğilip bükülmezliğiyle, yalnızca alışkanlığın iskeleti dik tutar insan yapısını. Hiçbir şeyin olmadığı bir yer, dedi Peter Walsh kendi kendine; içinin oyulup boşaldığını, bomboş kaldığını hissederek. Clarissa beni reddetti, diye düşündü. Clarissa beni reddetti, diye düşünerek dikilip kaldı orada.

Ah, dedi St. Margaret'ın çanı, salonuna tam da saatin vurduğu anda girip, misafirlerini kendisini beklerken bulan bir ev sahibesi gibi. Geç kalmadım ya? Yo, saat tam on bir buçuk, diyor. Yine de, tamamen haklı olduğu halde, ev sahibesinin sesi olduğu için, kendi kişiliğini dayatmaktan çekiniyor. Geçmişe dair bir keder, şimdiye dair bir kaygı, engelliyor onu. Saat on bir buçuk diyor St. Margaret'ın sesi, ve içini dökmek, yayılmak, bir haz ürperişiyle huzura ermek isteyen canlı bir varlık gibi kalbin gizli derinliklerine kayarak peş peşe halkalarla gömülüyor oraya – tam saat çalarken beyazlar içinde merdivenden inen Clarissa gibi, diye düşündü Peter. Derin bir duygulanış ve harikulâde berrak ama bilmecemsi bir anımsayışla, Clarissa'nın ta kendisi, diye düşündü; sanki bu çan, yıllar önce onlar yoğun bir yakınlık anında otururken odaya giren bir bal arısı gibi ikisi arasında gidip gelmiş ve o ânı yüklenmiş olarak çekip gitmişti. Ama hangi oda? Hangi an? Ve çan çalarken neden öylesine derin bir mutluluk hissetmişti? Sonra, St. Margaret'in sesi canlılığını yitirirken, onun hasta olduğunu, bu sesin de dermansızlık ve ızdırabı dile getirdiğini düşündü. Kalbinden hastaydı, diye anımsadı; son vuruştaki ani yükseliş de, hayatın ortasında şaşırtıveren ölüm içindi, Clarissa'nın salonunda olduğu yere yığılışı için. Hayır! Hayır! diye haykırdı. Ölmedi o! Yaşlı değilim ben, diye haykırdı içinden ve Whitehall'dan yukarı hızlı adımlarla yürüdü, sanki oradan, güçlü kuvvetli, bitmez tükenmez, geleceği akıyordu kendisine doğru.

Yaşlı değildi, durmuş oturmuş, ya da azıcık olsun kuruyup kalmış da değildi. Kendisi hakkında ne dediklerine gelince – Dalloway'lerin, Whitbread'lerin ve o tayfadan olanların ne dedikleri zerrece umurunda değildi – zerrece (gerçi, doğru ya, ileride bir gün Richard bir iş bulmasına yardım edebilir mi diye bakması gerekecekti). Etrafa bakınarak geniş adımlarla yürürken, Cambridge Dükü'nün heykeline ters ters baktı. Oxford'dan atılmıştı – doğru. Sosyalistti o sıralar, yani bir anlamda başarısız – doğru. Yine de, diye düşündü, uygarlığın geleceği böyle genç adamların elinde; otuz yıl önceki kendisi gibi olan; soyut ilkelere sevdalı; ta Londra'dan Himalayalar'da bir zirveye kitaplar getirten; bilim okuyan; felsefe okuyan genç adamların. Gelecek böyle gençlerin elinde, diye düşündü.

Bir ormanda yaprakların pıtırtısına benzer bir pıtırtı geldi geriden, onunla birlikte de, düşüncelerini bölüp yanından geçerek Whitehall'dan uygun adım yukarı çıkan, hışırtılı, patırtılı sesler. Üniformalı, silahlı gençler, gözler ileride, marş marş, kollar gergin, marş marş, yüzlerdeki ifade bir heykelin kaidesinde yazılı bir efsanenin harfleri gibi; göreve, değerbilirliğe, sadakate, İngiltere sevgisine övgü.

Onlara ayak uydurmaya başlayan Peter, bu çok iyi bir eğitim, diye düşündü. Ama pek sağlıklı görünmüyorlardı. Çoğunlukla çelimsiz, on altı yaşlarında oğlanlardı; belki yarın, üstünde pirinç kâseleri, kalıp kalıp sabunlar olan tezgâhların arkasında duracaklardı. Şimdi ise üzerlerinde, Finsbury Pavement Sokağı'ndan alıp boş mezara götürdükleri çelengin, tensel hazlardan ve günlük tasalardan arınmış vakarı vardı. Ant içmişlerdi. Trafik saygı gösterdi buna; minibüsler durduruldu.

Onlara ayak uyduramam, diye düşündü Peter Walsh, Whitehall'dan yukarı uygun adım yürürlerken, hakikaten de o şaşmaz tempoda onu geçip, herkesi geçip, yürümeye devam ettiler; sanki tek bir irade, bacakları ve kolları hep aynı şekilde çalıştırıyordu ve hayat, tüm çeşitlilik ve gevezelikleriyle, bir anıtlar ve çelenkler kaldırımının altına serilmiş, disiplin marifetiyle uyuşturulup kaskatı ama dik dik bakan bir cesede dönüştürülmüştü. Ona saygı duymak zorundasınız; gülebilirsiniz; ama saygı duymanız gerekir, diye düşündü Peter Walsh. İşte gidiyorlar, diye düşündü kaldırımın kenarında duraklayarak; bütün o yüce anıtlar, Nelson, Gordon, Havelock, o büyük askerlerin simsiyah muhteşem heykelleri ayakta durmuş ileriye bakıyordu, sanki onlar da aynı feragatte bulunmuş (Peter Walsh da aynı büyük feragatte bulunduğunu hissediyordu), aynı kışkırtıcı dürtülerin altında ezilmiş ve en nihayet mermer bir bakışa erişmişlerdi. Ama başkalarında saygı duyabilse de Peter Walsh kendisi için zerrece istemiyordu o bakışı. Erkek çocuklarda saygı duyabilirdi ona. Şehvet derdini bilmiyorlar daha, diye düşündü, uygun adım yürüyen oğlanlar Strand yönünde gözden kaybolurken – yani benim bütün çektiklerimi, diye düşündü, yolun karşısına geçip Gordon'ın heykelinin altında durarak; çocukken taptığı Gordon; bir ayağını kaldırmış, kollarını kavuşturmuş, yapayalnız dikilen Gordon – zavallı Gordon, diye düşündü.

Ve Londra'da olduğunu Clarissa dışında henüz kimse bilmediğinden, yeryüzü de yolculuktan sonra gözüne hâlâ bir ada gibi göründüğünden, sabahın on bir buçuğunda Trafalgar Meydanı'nda tek başına, tanınmayan bir canlı olarak dikilmenin garipliği sardı benliğini. Nedir bu? Neredeyim ben? Ve neticede neden yapar bunu insan? diye düşündü, şu boşanma işi tam bir saçmalık gibi görünüyordu. Zihni birdenbire bir bataklık gibi dümdüz oldu ve üç harika duygu kabardı içinde; anlayış; engin bir insanseverlik; ve nihayet, sanki diğerlerinin sonucuymuş gibi, bastırılamayan, çok derin bir haz; sanki beyninin içinde, başka bir el tarafından, ipler çekilmiş, kepenkler kaldırılmıştı ve o, bunlarla hiç ilgisi olmadan, ama isterse girip gezebileceği uçsuz bucaksız yolların başlangıcında duruyordu. Yıllardır kendini bu kadar genç hissetmemişti.

Kurtulmuştu! tamamen özgürdü – bir alışkanlık yıkılıp çöktüğünde zihin nasıl korunmasız bir alev gibi eğilip bükülür ve tutunduğu yerden uçup gidecekmiş gibi olursa, öyle olmuştu işte. Yıllardır kendimi bu kadar genç hissetmemiştim! diye düşündü Peter, tam ne ise o olmaktan kurtulmuş (tabii sadece bir saat kadar süreyle), kendini açık havada koşan, koşarken de yaşlı dadısının yanlış pencereden el salladığını gören bir çocuk gibi hissetmişti. Ama şu kadın harikulâde çekici, diye düşündü, zira Trafalgar Meydanı'nı geçip Haymarket'a doğru yürüyen genç bir kadın geliyordu karşıdan; Gordon'ın heykelinin yanından geçerken de, Peter Walsh (hemen sevdalanırdı ya) onun kat kat tülleri birer birer atıp soyundukça, sonunda hep hayalinde olan kadına dönüşüyormuş gibi olduğunu düşündü; genç ama ağırbaşlı; neşeli ama ketum; karanlık ama büyüleyici.

Sırtını dikleştirip, çaktırmadan çakısını parmaklarıyla yoklayarak, bu kadını, bu heyecanı takip etmek üzere harekete geçti; arkası dönükken bile Peter'ın üzerine, ikisini birleştiren, onu diğerlerinden ayırıp seçen bir ışık saçar gibiydi kadın; sanki trafiğin gelişigüzel gürültüsü, birleşmiş avuçlar arasından adını, ama Peter'ı değil de onun kendi kendine taktığı özel adını fısıldıyordu. "Sen," diyordu kadın, yalnızca "sen", beyaz eldivenleri ve omuzlarıyla söylüyordu bunu. Sonra, kadın Cockspur Sokağı'ndaki Dent mağazasının önünden geçerken rüzgârın

canlandırdığı ince uzun pelerin, sarıp sarmalayan bir iyilikle, kederli bir şefkatle kabardı, sanki açılmak ve yorgunları kucaklamak isteyen kollar gibi...

Ama evli değil; genç, hayli genç, diye düşündü Peter; Trafalgar Meydanı'nı geçip gelirken yakasında gördüğü kırmızı karanfil tekrar gözlerinde yanıyor, dudaklarını da kızıla boyuyordu sanki. Ama kaldırımın kenarında bekliyordu kadın. Vakur bir havası vardı. Clarissa gibi dünyevi değildi; Clarissa gibi zengin değildi. Acaba, diye merak etti kadın harekete geçince, saygın biri mi? Espritüel, hem de bir kertenkelenin kırpışan diliyle, diye düşündü (uydurmalı insan, biraz eğlenmeli kendi kendine), serinkanlı, temkinli bir zekâ, keskin bir zekâ; rahatsız etmeyen cinsten.

Kadın hareketlendi; karşıya geçti; Peter da izledi onu. En son istediği şeydi onu rahatsız etmek. Yine de, eğer dursaydı, "Gel bir dondurma yiyelim," diyecekti, o da tek kelimeyle, "Peki," diye yanıtlayacaktı.

Ne var ki sokakta başka insanlar girdi aralarına, Peter'ın yolunu kesiyor, kadını gizleyip siliyorlardı. Peter izliyor, kadın değişiyordu. Yanaklarında renk vardı şimdi; gözlerinde istihza; serüvenciyim ben, gözüm kara, diye düşündü Peter, tez canlıydı, pervasızdı gerçekten (Hindistan'dan daha dün gece gelip çıkmıştı karaya), romantik bir korsandı, umrunda değildi tüm bu lanet görgü kuralları, vitrinlerdeki sarı robdöşambrlar, pipolar, oltalar; saygınlık ve gece davetleri ve yeleklerinin altında beyaz gömlekleriyle titiz giyimli yaşlı erkekler. O bir korsandı. Durup dinlenmeden gidiyordu kadın, Piccadilly'yi boydan boya geçti, Regent Sokağı'ndan yukarı devam etti, Peter'ın önünde yürüyor, pelerininin, eldivenlerinin, omuzlarının, vitrinlerdeki püsküller, danteller ve tüylü boyun atkılarıyla birleşerek yarattığı şıklık ve kapris ruhu, bir lambanın gece karanlıkta titreşerek çitlerde dolaşan ışığı gibi, mağazalardan dışarıya, kaldırıma akıyordu.

Kadın, gülerek ve zarafetle, Oxford Caddesi'ni ve Great Portland Sokağı'nı geçmiş, küçük sokaklardan birine sapmıştı, ve şimdi, işte şimdi, büyük an yaklaşıyordu, çünkü şimdi yavaşlamış, çantasını açmıştı; sonra, Peter'a değil ama onun olduğu yöne doğru bir bakışla, veda eden bir bakışla, bütün durumu özetleyip muzaffer bir edayla sonsuza dek salıverdi onu, anahtarını kilide sokmuş, kapıyı açmış ve gitmişti! Clarissa'nın, Partimi unutma, Partimi unutma diyen sesi kulaklarında çınlıyordu. Ev, müphem bir uygunsuzluk imasıyla sarkan çiçek sepetleriyle şu düzayak kırmızı evlerden biriydi. Bitmişti işte.

Soluk sardunyalarıyla sallanan sepetlere bakarak, eh, eğlendim eğleneceğim kadar, diye düşündü. Tuzla buz olmuştu, eğlencesi yani, çünkü yarı yarıya uydurmaydı, o kızla bu kaçamağın düzmece olduğunu gayet iyi billiyordu; insan nasıl hayatın yarıdan fazlasını uydurursa, o da – kendini uydurarak, o kadını uydurarak; enfes bir eğlenceyi ve daha da fazlasını yaratarak – öyle yapmıştı işte. Ama tuhaftı, üstelik tamamen gerçekti; bütün bunları asla paylaşamazdı insan – hepsi tuzla buz olmuştu.

Döndü; Lincoln's Inn'de Messrs. Hooper & Grateley ile buluşma zamanı gelene kadar oturacak bir yer bulmayı umarak sokaktan yukarıya yürüdü. Nereye gitseydi? Önemi yoktu. Öyleyse sokaktan yukarı, Regent Parkı'na doğru. Botları "önemi yok" diye vuruyordu kaldırıma; çünkü daha erkendi; hâlâ çok erkendi.

Hem de muhteşem bir sabahtı. Mükemmel bir kalbin atışı gibi, hayat da vurup gidiyordu sokakların arasından. Ne bir bocalama vardı, ne bir duraksama. Hızla ilerleyerek, ani dönüşlerle, tam bir kesinlikle, dakikası dakikasına, gürültüsüzce, orada, tam o esnada, kapıda durdu otomobil. İpek çoraplı, tüylerle süslü, uçucu güzellikte, ama ona özellikle çekici gelmeyen (gönlünü eğlendirmişti zaten) bir kız indi. Açılan kapıdan takdire değer uşaklar, sarı kahve çov çov köpekleri, siyah beyaz karolarla döşeli, beyaz güneşlikleri uçuşan salonlar görüp beğendi Peter. Ne de olsa kendince harika bir başarıydı Londra; bu mevsim; bu uygarlık. En az üç kuşaktır bir kıtanın işlerini yönetmiş olan İngiliz-Hintli melezi saygın bir aileden geldiği için (Hindistan'dan, imparatorluktan ve ordudan hoşlanmayan biri olarak böyle hissetmem ne tuhaf, diye düşündü), bu türden bile olsa uygarlığın kendisine kişisel malı gibi değerli göründüğü anlar vardı; İngiltere ile; uşaklarla; çov çov köpekleriyle; güvenlik içindeki genç kızlarla gurur duyduğu anlar. Yeterince saçma, yine de öyle işte, diye düşündü. Ayrıca doktorlar, işadamları, yetenekli kadınlar, hepsi kendi işlerine bakan, bu dakik, uyanık, güçlü kuvvetli insanlar; hayatını emanet edebileceği, tam anlamıyla takdire değer, iyi bireyler, insana destek olmak isteyen, yaşama sanatı yoldaşları gibi görünüyordu ona. Şöyle ya da böyle, hiç de fena bir gösteri değildi; artık gölgede oturup bir puro içecekti.

İşte Regent Parkı. Öyle ya. Çocukken dolaşmıştı Regent Parkı'nda – ne garip, diye geçirdi içinden, çocukluğuma dair düşünceler nasıl da dönüp geliyor bana – Clarissa'yı gördüm ya ondandır belki; çünkü kadınlar bizlerden çok daha fazla yaşar geçmişte, diye düşündü. Mekânlara bağlanırlar; babalarına da – bir kadın daima gurur duyar babasıyla. Bourton hoş bir yerdi, çok hoş bir yer, ama ben o ihtiyarla hiç geçinemezdim, diye düşündü. Bir gece bayağı bir çıngar çıkmıştı – şu ya da bu konuda bir tartışma, neydi, hatırlayamadı. Muhtemelen politikaydı.

Evet, Regent Parkı'nı hatırlıyordu; o uzun düz yürüyüş yolunu; sol tarafta balon satılan o küçük evi; şurada bir yerde üzerinde bir kitabeyle o anlamsız heykeli. Oturacak boş bir yer aradı. Saati soran insanlar tarafından rahatsız edilmek istemiyordu (biraz uyku bastırmıştı). Çocuk arabasında uyuyan bir bebekle yaşlı bir dadı – daha iyisi can sağlığıydı; o dadının yanına, bankın uzak ucuna oturacaktı.

Tuhaf bir kız, diye düşündü, odaya girip annesinin yanında duran Elizabeth'i birdenbire hatırlayarak. Büyümüş, bayağı büyümüş, pek güzel sayılmaz; daha ziyade hoş denebilir; on sekizini geçmiş de olamaz. Herhalde Clarissa ile geçinemiyordur. "İşte benim Elizabeth'im" – o tür bir şey – neden sadece "İşte Elizabeth" değil? Çoğu anne gibi, bir şeyleri olduğundan farklı göstermeye çalışıyor. Cazibesine fazla güveniyor. Aşırıya kaçıyor.

Puronun yoğun yumuşak dumanı döne döne, serinleterek indi boğazından aşağı; halka halka dışarı üfledi onu; bir an için cesurca göğüsledi havayı o mavi halkalar – bu gece bir punduna getirip Elizabeth ile bir çift laf etmeye çalışayım, diye düşündü – sonra titreyerek kum saati şeklini aldılar ve gitgide incelip uzaklaştılar; ne garip şekillere giriyorlar, diye düşündü. Aniden gözlerini kapadı, elini bir gayret kaldırdı ve purosunun ağır dibini fırlatıp attı. Kocaman bir fırça zihnini pürüzsüzce süpürüp geçti; geçerken, kımıldayan dalları, çocuk seslerini, sürtünen ayakları, gelip geçen insanları, uğultuyla inip çıkan trafiği de silip süpürdü. Derinlere, daha derinlere, uykunun kuştüylerine gömüldü Peter, onlarla sarılıp sarmalandı.

Yaşlı dadı, o sıcak bankta yanında oturan Peter Walsh horlamaya başlayınca tekrar örgüsüne döndü. Üstünde gri elbisesiyle, ellerini yorulmak bilmeden ama sessizce oynatırken, sanki uyuyanların haklarının savunucusuydu; alacakaranlıkta ormanlarda beliren, gökyüzü ve dallardan yapılmış o hayalî varlıklardan biri gibiydi. Patikalara dadanan, eğrelti otlarının rahatını kaçıran, iri baldıranları ezip geçen yalnız yolcu, bir an başını kaldırıp baktığında, yolun sonunda beliren o devasa karaltıyı görür.

Belki de ateist olduğundan, bu harikulâde coşkunluk anları hayrete düşürür onu. Bir ruh halinden başka hiçbir şey yok bizim dışımızda, diye düşünür; avunmaya, ferahlığa; bu sefil pigmelerin, bu çelimsiz, bu çirkin, bu açgözlü erkeklerin ve kadınların ötesinde bir şeylere duyulan arzudur o. Ama eğer onu tasavvur edebiliyorsa, bir bakıma yaşıyordur o, diye düşünür, sonra gözleri gökyüzünde ve dallarda, patikadan aşağı ilerlerken, onlara bir çırpıda kadınlık bahşeder; nasıl vakurlaştıklarını görür hayretle; hafif bir rüzgârla kıpırdadıkça nasıl da ihtişamla, yaprakların karanlık bir çırpınışıyla, merhamet, anlayış, ilahî af dağıttıklarını, sonra da ansızın havaya savrularak, görünüşteki dindarlıklarını çılgınca bir cümbüşle yalanladıklarını görür.

Böyledir o hayaller, meyve dolu kocaman bereket çanakları sunarlar yalnız yolcuya, yeşil dalgalar üzerinde ine çıka uzaklaşan baştan çıkarıcı denizkızları misali bir şeyler fısıldarlar kulağına, gül demetleri gibi çarparlar yüzüne, ya da balıkçıların kabaran sulardan çıkabilmek için sarılmaya çabaladığı soluk çehreler gibi yükselirler yüzeye.

Böyledir o hayaller, gerçeğin biteviye üstünde yüzer, yanında yürür, yüzlerini onun önüne koyarlar; çoğu kez yalnız yolcuya boyun eğdirir ve ondan yeryüzü bilincini, geri dönme isteğini alıp, onun yerine sıradan bir huzur verirler, sanki (böyle düşünür orman yolundan aşağı ilerlerken) tüm bu yaşama ateşi sadeliğin ta kendisidir, sayısız şey tek bir şeyde kaynaşmıştır (oldukça yaşlıdır, ellisini aşmıştır artık) ve gökyüzüyle dallardan oluşan bu siluet, muhteşem ellerinden bir merhamet, anlayış, bağışlama sağanağı yağdırmak üzere dalgalardan çekilip çıkarılmış gibi belalı denizlerden yükselmiştir. O halde, diye düşünür, hiç dönmeyeyim o lamba ışığına; o oturma odasına; hiç bitirmeyeyim kitabımı; hiç söndürmeyeyim pipomu; etrafı toparlasın diye hiç çağırmayayım Mrs. Turner'ı; en iyisi, doğruca bu muazzam karaltıya doğru yürüyeyim, o da başını şöyle bir savurup ışık dalgalarına bindirsin beni, diğerleriyle birlikte hiçliğe uçursun.

Böyledir o hayaller. Çok geçmeden ormanın ötesindedir yalnız yolcu; orada, muhtemelen onun dönüşünü beklediği için ellerini gözlerine siper ederek, uçuşan beyaz önlüğüyle kapıya gelen yaşlı bir kadın vardır (öyle güçlüdür ki dermansızlığı); çölde bir kayıp oğulu; artık var olmayan bir atlıyı arar gibidir; oğulları dünyanın savaşlarında öldürülmüş bir anne tasviri gibidir. Böylece yalnız yolcu, kadınların ayakta dikilip örgü ördüğü, erkeklerin bahçelerde toprağı bellediği köy yolundan aşağı ilerlerken, akşam tekinsiz görünür; siluetler kıpırtısızdır; sanki onlara malum olan, korkusuzca beklenen yüce bir kader, hepsini mutlak bir mahvoluşa sürüklemek üzeredir.

İçeride dolap, masa, sardunyalarıyla pencere eşiği gibi sıradan şeyler arasında sofra örtüsünü kaldırmak üzere eğilen ev sahibesi, ışıkta yumuşayan hatlarıyla ansızın tapılası bir simgeye dönüşür; sadece soğuk insanî temasların anımsanışıdır onu kucaklamamızı engelleyen. Kadın marmelatı alır, dolaba kaldırır.

"Bu gece başka bir şey yok mu, efendim?"

Ama kime yanıt verir o yalnız yolcu?

Yaşlı dadı Regent Parkı'nda uyuyan bebeğin tepesinde öylece örüp duruyordu örgüsünü. Peter Walsh da öylece horluyordu. Sonra pat diye uyandı, "ruhun ölümü" diyordu kendi kendine.

Gerinerek gözlerini açarken, "Tanrım, Tanrım!" dedi yüksek sesle. "Ruhun ölümü." Kelimeler, kendilerini bir olaya, bir odaya, hayal edip durduğu bir geçmişe iliştiriverdiler. O zaman daha netleşti her şey; o olay, o oda, hayal edip durduğu o geçmiş.

Her şey Bourton'da olup bitmişti o yaz, doksanlı yılların başlarıydı, Clarissa'ya deli gibi âşık olduğu zamandı. Bir sürü insan vardı orada, çaydan sonra bir masanın etrafına oturmuş konuşup gülüşüyorlardı; oda sarı bir ışıkla yıkanıyordu, sigara dumanıyla doluydu. Hizmetçisiyle evlenmiş olan bir adamdan söz ediyorlardı, komşu toprak sahiplerinden biriydi, adını unutmuştu. Hizmetçisiyle evlenmiş ve Bourton'a ziyarete getirmişti onu – korkunç bir ziyaret olmuştu. Gülünç derecede süslenip püslenmişti kadın, "tepeli papağan gibi," demişti Clarissa, onu taklit ederek, üstelik durmadan konuşuyordu. Hiç kapanmıyordu çenesi. Vır vır vır, konuşup duruyordu. Clarissa taklidini yapıyordu kadının. Sonra birisi – Sally Seton'dı o – daha evlenmeden bir bebeği olduğunu bilseniz değişir miydi duygularınız? diye sormuştu. (O günlerde kadınlı erkekli bir ortamda cüretkârca bir şeydi bunu söylemek.) Peter şimdi bile görür gibiydi Clarissa'yı, yüzünü al basmış; her nedense kasılıp kalmış; "Ah, bir daha asla konuşamam onunla!" demişti. Bunun üzerine çay masasının etrafında oturan herkes bocalar gibi olmuştu. Çok rahatsız edici bir durumdu.

Bu olayı umursadığı için suçlamamıştı onu Peter, çünkü o günlerde onun gibi yetiştirilmiş bir genç kız hiçbir şey bilmezdi, ama Clarissa'nın tavrıydı onu rahatsız eden; ürkek; katı; kibirli; bağnaz. "Ruhun ölümü." Bunu içgüdüsel olarak söylemişti Peter, âdeti olduğu üzere o ânı etiketleyerek – Clarissa'nın ruhunun ölümü.

Herkes bocalamıştı; herkes öne eğilmiş gibiydi o konuşurken, sonra farklı gibiydiler başlarını kaldırdıklarında. Sally Seton'ı görebiliyordu, yaramazlık yapmış bir çocuk gibi, öne eğilmiş, alı al moru mor, konuşmaya istekli ama ürkekti, Clarissa da insanları sahiden korkuturdu. (Clarissa'nın en iyi arkadaşıydı Sally, hep oradaydı, çekici bir yaratık, etkileyici, esmer, o günlerde gözü karalığıyla nam salmıştı, Peter ona purolarından verirdi, o da yatak odasında içerdi onları, ya biriyle nişanlanmış ya da ailesiyle kavga etmişti, ihtiyar Parry ikisinden de hoşlanmadığından, güçlü bir bağ oluşmuştu Sally ile arasında.) Sonra Clarissa, hâlâ onların hepsine gücenmiş havalarda, yerinden kalkmış, bir bahane uydurmuş ve tek başına çekip gitmişti masadan. Tam kapıyı açarken, koyunların peşinden koşan o kocaman, dağınık uzun tüylü köpek içeri dalmıştı. O zaman Clarissa doğruca onun üstüne atılmış, heyecandan neredeyse kendini kaybetmişti. Sanki Peter'a – hepsi kendisine yönelikti; biliyordu Peter – "Biliyorum, demin o kadın hakkında saçmaladığımı düşündün; ama bak ne kadar cana yakın bir insanım, bak ne çok seviyorum Rob'umu!" der gibiydi.

Hep bu tuhaf güce sahipti onlar, tek sözcük söylemeden anlıyorlardı birbirlerini. Clarissa onun kendisini eleştirdiğini bal gibi bilirdi. Sonra kendini savunmak için apaçık bir şey yapardı, bu köpekle ilgili gereksiz heyecan gibi – ama o hiç aldanmazdı, her zaman ciğerini okurdu Clarissa'nın. Bir şey söylediği yoktu tabii; sadece suratını asıp otururdu. Çoğu kez böyle başlardı kavgaları.

Clarissa kapıyı kapatmıştı. Peter ise bir anda derin bir kedere kapılmıştı. Her şey boştu – âşık olmayı sürdürmek; kavga etmeyi sürdürmek; barışmayı sürdürmek; o da tek başına yürüyüp gitmiş, müştemilat ve ahırlar arasında dolanıp atlara bakmıştı. (Oldukça mütevazı bir yerdi; Parry'ler hiçbir zaman çok varlıklı olmamıştı ama etrafta hep uşaklar ve seyisler – Clarissa ata binmeye bayılırdı – ve yaşlı bir arabacı – adı neydi onun? – bir de yaşlı dadı vardı, ihtiyar Moody, ihtiyar Goody, öyle bir adı vardı işte, içinde bir sürü fotoğraf, bir sürü kuş kafesi olan küçük bir odada ziyaret etmişlerdi onu.)

Korkunç bir akşamdı! Gitgide daha çok kararıyordu içi, sırf bu konuda değil, her konuda. Üstelik onu göremiyordu; ona açıklama yapamıyordu; onunla yüzleşip anlaşmazlığı halledemiyordu. Etrafta hep insanlar vardı – Clarissa sanki hiçbir şey olmamış gibi davranmayı sürdürecekti. Şeytani tarafıydı bu onun – bu soğukluk, bu katılık, bu sabah onunla konuşurken yine hissettiği çok derin bir şey; bir nüfuz edilemezlik. Yine de, Tanrı biliyor ya, seviyordu onu. İnsanın sinirleri üzerinde keman çalmak gibi tuhaf bir gücü vardı, evet, keman tellerine çeviriyordu sinirlerini.

Varlığını hissettirmek gibi aptalca bir fikirle akşam yemeğine oldukça geç gitmiş ve Mr. Parry'nin, ev sahibesi konumunda olduğu farzedilen kız kardeşi yaşlı Miss Parry'nin, yani Helena Hala'nın yanına oturmuştu. Orada beyaz kaşmir şalına sarınmış, başını pencereye dayamış oturuyordu Helena Hala – biraz korku uyandıran bir yaşlı hanımefendiydi ama kendisi için nadir bir çiçek bulan Peter'a karşı nazikti, zira esaslı bir botanikçiydi, omuzlarına asılı siyah bir teneke kutu ve ayaklarında kalın çizmelerle bitki toplamaya giderdi. Peter onun yanına oturmuştu ama konuşamıyordu. Her şey yanından hızla akıp gidiyor gibiydi; o sadece orada oturmuş, yemeğini yiyordu. Sonra, yemeğin ortalarında, kendini zorlayıp ilk defa Clarissa'ya bakmıştı. Sağında oturan bir genç adamla konuşuyordu. Peter ansızın bir aydınlanma ânı yaşamıştı. "O adamla evlenecek," demişti kendi kendine. Daha adını bile bilmiyordu.

Çünkü elbette tam da o öğle sonrası gelmişti oraya Dalloway; Clarissa da "Wickham" diyordu ona; her şey böyle başlamıştı işte. Birisi onu yanında getirmişti ve adını yanlış anlamıştı Clarissa. Onu herkese Wickham diye tanıtıyordu. Sonunda "Benim adım Dalloway!" demişti adam – Richard'ı ilk görüşüydü bu – beyaz tenli bir genç adam, hayli sakar, bir şezlonga oturmuş, "Benim adım Dalloway!" diyor birdenbire. Sally bunu diline dolamıştı, artık sürekli "Benim adım Dalloway!" diye söz ediyordu ondan.

O dönemde sezgilerin tutsağı olmuştu Peter. Bu da – yani Clarissa'nın Dalloway ile evlenecek olması – körleştiriciydi, kahrediciydi o anda. Clarissa'nın Dalloway'e karşı tavrında

– nasıl deseydi? – bir çeşit rahatlık, bir anaçlık, bir yumuşaklık vardı. Siyasetten söz ediyorlardı. Yemek boyunca onların söylediklerini işitmeye çalışmıştı.

Daha sonra salonda Miss Parry'nin koltuğunun yanında dikilip durduğunu anımsayabiliyordu. Clarissa yanlarına gelmiş, o kusursuz görgüsüyle gerçek bir ev sahibesi gibi, onu birine takdim etmek istemişti – sanki daha önce hiç karşılaşmamışlar gibi konuşuyordu, bu da çileden çıkarıyordu Peter'ı. Yine de, o zaman bile hayranlık duymuştu ona bu yüzden. Cesaretine, sosyal içgüdüsüne hayran olmuştu; her şeyi sonuca taşıma gücüne hayran olmuştu. "Mükemmel ev sahibesi," demişti ona, tepeden tırnağa irkilmişti o da. Ama zaten ona hissettirmek istediği de buydu. Onu Dalloway ile birlikte gördükten sonra, her şeyi yapabilirdi onu incitmek için. Böylece onu bırakıp gitmişti Clarissa. O da hepsinin kendisine karşı gizli bir ittifak içinde birleştiği – arkasından konuşup gülüştükleri – duygusuna kapılmıştı. Orada Miss Parry'nin koltuğunun yanında, adeta tahtadan kesilip çıkarılmış biri gibi dikilmiş, kır çiçekleri hakkında konuşuyordu. Hiç ama hiç böyle cehennemî bir azap çekmemişti! Dinliyor gibi görünmeyi bile unutmuş olmalıydı; nihayet uyanmış; sabitleşmiş pörtlek gözleriyle hayli rahatsız, hayli içerlemiş duran Miss Parry'yi görmüştü. Cehennemde olduğu için dikkatini veremediğini haykıracaktı neredeyse! İnsanlar salondan çıkmaya başlamışlardı. Onların konuşmalarını duyuyordu, gidip pelerinlerini almaktan, suyun üzerinde soğuk olacağından filan söz ediyorlardı. Mehtapta gölde sandalla gezmeye gidiyorlardı – Sally'nin çılgınca fikirlerinden biriydi bu. Onun ayı tasvir edişini duyabiliyordu. Sonra hepsi birden dışarı çıkmıştı. O tek başına kalmıştı.

"Onlarla gitmek istemez miydin?" diye sormuştu Helena Hala – zavallı ihtiyarcık! – tahmin etmişti. Sonra arkaya dönmüştü Peter ve işte yine oradaydı Clarissa. Kendisini alıp götürmek için dönüp gelmişti. Peter nasıl da etkilenmişti onun cömertliğinden, iyiliğinden!

"Hadi gel," demişti Clarissa. "Bekliyorlar."

Hayatı boyunca hiç bu kadar mutlu olmamıştı! Tek söz etmeden barışmışlardı. Yürüyerek göle inmişlerdi. Yirmi dakikalık kusursuz bir mutluluk yaşamıştı. Onun sesi, onun gülüşü, onun elbisesi (kırmızılı beyazlı uçuş uçuş bir şeydi), onun ruhu, onun maceraperestliği; herkesi karaya, adayı keşfe çıkarmış, bir tavuğu ürkütmüş, gülmüş, şarkı söylemişti. Ve bütün bu süre zarfında, Peter gayet iyi biliyordu ki, Dalloway ona âşık oluyordu, o da Dalloway'e âşık oluyordu, ama bunun önemi yok gibiydi. Hiçbir şeyin önemi yoktu. Yere oturup konuşmuşlardı – Clarissa'yla ikisi. Birbirlerinin zihnine çabasızca girip çıkmışlardı. Sonra bir saniyede bitmişti her şey. Tekneye binerlerken kendi kendine, "O adamla evlenecek," demişti, donuk donuk, hiç içerlemeden; ama bu aşikârdı. Dalloway, Clarissa ile evlenecekti.

Dalloway kürek çekerek onları kıyıya götürmüştü. Hiçbir şey söylememişti. Ama her nasılsa, onun bisikletine atlayıp ormanın içinden otuz kilometre katetmek üzere harekete geçişini, araba yolundan aşağı iki yana yalpa vurarak gidişini, el sallayıp gözden kayboluşunu seyrederlerken, belliydi ki o, içgüdüsel olarak müthiş bir güçle hissediyordu her şeyi; o geceyi, o romansı, Clarissa'yı. Ona sahip olmayı hak ediyordu.

Kendisi ise, sadece gülünçtü. Clarissa üzerindeki talepleri (şimdi görebiliyordu bunu) gülünçtü. İmkânsız şeyler istiyordu. Hiç yoktan olay çıkarıyordu. Eğer daha az saçmalamış olsaydı, Clarissa onu yine de kabul ederdi belki. Sally öyle düşünüyordu. Yaz boyunca uzun mektuplar yazmıştı ona; nasıl kendisinden söz ettiklerini; onu nasıl övdüğünü, Clarissa'nın nasıl gözyaşlarına boğulduğunu! Olağanüstü bir yazdı – mektuplar, olaylar, telgraflarla dolu – Bourton'a sabah erkenden varıp hizmetçiler kalkana kadar beklemeler; kahvaltıda ihtiyar Mr. Parry ile korkunç *tête-à-tête* sohbetler; ürkütücü ama nazik Helena Hala; Sally'nin konuşmak için onu apar topar sebze bahçesine götürmeleri; baş ağrılarıyla yatağından çıkmayan Clarissa.

Son olay, tüm hayatında her şeyden önemli olduğuna inandığı o korkunç olay (abartma olabilirdi, ama yine de öyle görünüyordu şimdi) çok sıcak bir günün öğle sonrasında saat üçte cereyan etmişti. Sudan bir sebepti ona yol açan; öğle yemeğinde Sally'nin Dalloway hakkında bir şey söylemesi ve ondan "Benim adım Dalloway!" diye bahsetmesi; Clarissa birdenbire gerilmiş, kızarmış, "Bu yavan espriden de gına geldi," diye sertçe kesip atmıştı. Hepsi bundan ibaretti, ama Peter'a göre, "Seninle sadece gönül eğlendiriyorum; Richard Dalloway ile ciddi bir ilişkim var," demişti sanki. Öyle anlamıştı o. Gecelerce uyumamıştı. "Şöyle ya da böyle bitmesi gerek," demişti kendi kendine. Sally ile bir not göndermişti ona, saat üçte çeşmenin yanında buluşmak için. "Çok önemli bir şey oldu," diye karalamıştı notun sonuna.

Çeşme küçük bir fundalığın ortasındaydı, evden uzakta, çepeçevre çalılar ve ağaçlarla sarılı bir yerdeydi. Clarissa vaktinden bile önce gelmişti oraya; çeşmenin iki yanında dikiliyorlardı, musluk (kırıktı) sürekli su damlatıyordu. Kimi görüntüler nasıl da çakılır kalır zihinde! Mesela o göz alıcı yeşil yosunlar.

Clarissa kıpırdamıyordu. "Bana doğruyu söyle, bana doğruyu söyle," deyip duruyordu Peter. Alnı çatlayacakmış gibiydi. Clarissa ise büzülüp kalmış, taş kesilmişti. Kıpırdamıyordu. "Bana doğruyu söyle," diye yineliyordu Peter, tam o sırada ihtiyar Breitkopf, elinde *Times* ile, geçerken uğrayıvermişti oraya; onlara şaşkın şaşkın bakakalmış, sonra da çekip gitmişti. Ne biri ne öbürü kımıldamıştı. "Bana doğruyu söyle," diye yinelemişti Peter. Sanki sert bir şeyi aşındırmaya çalışıyordu; Clarissa inatçıydı. Demir gibiydi, taş gibiydi, kaskatıydı belkemiği boyunca. Ve Peter, gözyaşları yanaklarından süzülerek saatlerce – öyle gelmişti kendisine – konuştuktan sonra o, "Boşuna uğraşma. Boşuna uğraşma. Bitti artık," dediğinde sanki yüzüne bir tokat yemiş gibi olmuştu. Clarissa arkasını dönmüş, onu orada bırakmış, çekip gitmişti.

"Clarissa!" diye haykırmıştı. "Clarissa!" Ama o hiç dönmemişti. Bitmişti her şey. Peter o gece uzaklara gitmişti. Onu bir daha hiç görmemişti.

Korkunçtu, diye haykırdı kendi kendine, korkunç, korkunç!

Yine de, güneş sıcaktı. Yine de, insan her şeyi atlatıyordu işte. Yine de, günleri uç uca eklemenin bir yolunu buluyordu hayat. Yine de, diye düşündü, esneyerek ve çevresinin farkına varmaya başlayarak – çocukluğundan bu yana sincaplar dışında pek az değişmişti Regent Parkı – yine de bazı şeyler telafi edilmişti galiba; tam o sırada küçük Elise Mitchell da, erkek kardeşiyle çocuk odasındaki şömine rafında yaptıkları çakıl taşı koleksiyonu için çakıl topluyordu, avucundakileri pat diye dadısının kucağına bırakıp tam hız seğirtince bir kadının bacaklarına tosladı. Peter Walsh bir kahkaha attı.

Oysa Lucrezia Warren Smith kendi kendine söylenmekle meşguldü, hainlik bu; neden ben acı çekeyim? diye soruyordu geniş yoldan aşağıya yürürken. Yok, artık katlanamam buna, diyordu, Septimus'u oradaki iskemlede bırakmıştı, Septimus değildi o artık, sert, acımasız, haince şeyler söylüyordu, kendi kendine konuşuyordu, ölmüş bir adamla konuşuyordu; derken çocuk son hız çarptı ona, yere kapaklandı ve ânında gözyaşlarına boğuldu.

Bu bayağı yatıştırmıştı Rezia'yı. Küçük kızı yerden kaldırdı, elbisesinin tozunu silkti, öptü.

Ama o kendi hesabına hiç yanlış bir şey yapmamıştı ki; Septimus'u sevmişti; mutlu olmuştu; güzel bir evde yaşamıştı;

kız kardeşleri hâlâ orada yaşıyor, şapka yapıyorlardı. *O* neden acı çeksindi?

Çocuk doğruca dadısına koştu, Rezia da dadının örgüsünü bırakıp onu payladığını, avuttuğunu, kucağına aldığını, o nazik görünüşlü adamın da oyalansın diye kapaklı saatini kıza verdiğini gördü – ama neden *kendisi* kalsındı ortada? Neden Milano'da kalmamıştı ki? Neden böyle eziyet çeksindi? Neden?

Gözyaşlarıyla hafifçe dalgalanan o geniş yol, dadı, grili adam, çocuk arabası, gözünün önünde inip çıkıyordu. Bu uğursuz işkencecinin zulmüne uğramakmış kaderi. Ama neden? Bir yaprağın incecik oyuğuna sığınmış, yaprak kımıldadıkça güneşten gözlerini kırpıştıran; bir kuru dalın çıtırtısıyla irkilen bir kuş gibiydi. Açıkta kalmıştı; umursamaz bir dünyanın devasa ağaçlarıyla, uçsuz bucaksız bulutlarıyla çepeçevre sarılmıştı, korunmasızdı; canı yanıyordu; oysa neden böyle acı çeksindi ki? Neden?

Kaşlarını çattı, ayağını yere vurdu. Septimus'a dönmek zorundaydı yine, çünkü Sir William Bradshaw'a gitme vakti gelmişti neredeyse. Geri dönmeli ve ona söylemeliydi bunu; Septimus orada ağacın altındaki yeşil iskemlede oturmuş, kendi kendine ya da Rezia'nın yalnızca bir kez, bir an için dükkânda görmüş olduğu şu ölü adam Evans ile konuşuyordu. İyi, sessiz bir adama benziyordu Evans; Septimus'un çok yakın arkadaşıydı ve savaşta öldürülmüştü. Ama böyle şeyler herkesin başına gelir. Herkesin savaşta öldürülmüş arkadaşları vardır. Evlenince herkes bir şeylerden vazgeçer. Kendisi de evinden vazgeçmişti. Burada, bu berbat şehirde yaşamaya gelmişti. Ama Septimus kendini koyverip korkunç şeyler düşünüyordu; uğraşsa o da yapabilirdi bunu. Gitgide yabancılaşmıştı kocası. Yatak odasının duvarları ardında insanların konuştuğunu söylüyordu. Mrs. Filmer'ın tuhafına gitmişti bu. Bir şeyler de görüyordu – bir eğrelti otunun ortasında yaşlı bir kadının kafasını görmüştü. Yine de, isteyince mutlu olabiliyordu. Bir otobüsün tepesinde Hampton Court'a gittiklerinde pekâlâ da mutluydular. O küçük sarı kırmızı çiçeklerin hepsi açmıştı çimenlerin üstünde; yüzen lambalar gibi demişti Septimus; konuşmuş, gevezelik etmiş, gülmüş, hikâyeler uydurmuştu. Sonra nehrin kıyısında dururlarken ansızın, "Şimdi kendimizi öldüreceğiz," demişti; Rezia'nın bir tren ya da otobüs geçerken onun gözlerinde görmüş olduğu bir bakışla bakmıştı nehre – sanki bir şey büyülemişti onu; Rezia onun kendisinden uzaklaşıyor gibi olduğunu hissedip kolundan yakalamıştı. Ama eve giderken gayet sakindi Septimus, son derece makuldü. Kendilerini öldürme konusunda onunla tartışıyordu; insanların ne kadar kötü olduğunu; yoldan gelip geçerken nasıl yalanlar uydurduklarını görebiliyordu. Onların tüm düşüncelerini biliyordu; her şeyi biliyordu. Dünyanın anlamını biliyordu, öyle diyordu.

Sonra, eve döndüklerinde zar zor yürüyebiliyordu. Kanepeye uzanmış ve elini tutmasını istemişti Rezia'dan, aşağıya, aşağıya, alevlerin içine düşüyorum, diye haykırıyordu! Duvarlarda kendisiyle alay eden, korkunç, iğrenç küfürler savuran suratlar, paravananın etrafında kendisini işaret eden eller görüyordu; Oysa yapayalnızdılar. Yüksek sesle konuşmaya başlamıştı, insanlara cevap veriyor, tartışıyor, gülüyor, ağlıyor, çok heyecanlanıyor ve bir şeyler yazdırıyordu Rezia'ya. Düpedüz saçmaydı hepsi; ölüm hakkında; Miss Isabel Pole hakkında. Artık dayanamıyordu Rezia. Geri dönecekti.

Şimdi yakınına gelmişti kocasının; ellerini birbirine kenetlemiş, gözlerini gökyüzüne dikmiş, mırıldanıp durduğunu görebiliyordu. Oysa Dr. Holmes hiçbir şeyi yok demişti. Peki öyleyse ne olmuştu – neden kendinden geçmişti öyle, yanına oturduğunda neden irkilmiş, kaşlarını çatmış, uzaklaşmış, sonra neden onun elini işaret etmiş, elini tutmuş ve dehşet içinde bakmıştı ona?

Alyansını çıkardığı için miydi bu? "Elim öyle inceldi ki, alyansı çantama koydum," dedi.

Septimus, elini bıraktı Rezia'nın. Evlilikleri bitmişti, öyle düşündü ızdırapla, ferahlıkla. İp kesilmişti; yükseliyordu; özgürdü, çünkü hükme bağlanmıştı ki o, Septimus, insanların efendisi, özgür ve tek başına olmalıydı (karısı yüzüğünü attığına göre, kendisini terk ettiğine göre), o, Septimus, artık tek başınaydı, kitlelerden önce çağrılmıştı gerçeği duymaya; şimdi, en sonunda, uygarlığın tüm emeklerinden sonra – Yunanlılar, Romalılar, Shakespeare, Darwin ve şimdi de kendisi – bir bütün olarak açıklanacaktı o sır... "Kime?" diye sordu yüksek sesle, "Başbakana," diye yanıtladı başının tepesinde hışırdayan sesler. O yüce sır kabineye anlatılmalı; önce, ağaçlar canlıdır; sonra, suç diye bir şey yoktur; sonra, sevgi, evrensel sevgi, diye mırıldandı, soluk soluğa, titreyerek; bu derin gerçekleri güç bela çekip çıkarıyordu, öyle derin, öyle çetin gerçeklerdi ki bunlar, dile getirilmeleri muazzam bir çaba gerektiriyordu, ama dünya onlar tarafından tamamen, sonsuza dek değiştirilmişti.

Suç yok; sevgi... diye yineledi, el yordamıyla kartını ve kurşunkalemini ararken, o anda bir Skye teriyeri pantalonunu koklayınca acı bir korkuyla irkildi. Bir insana dönüşüyordu köpek! Bunu izlemeye katlanamazdı! Bir köpeğin insanlaşmasını görmek korkunçtu, feciydi! Köpek hemen koşup uzaklaştı.

İlahî merhamet, sonsuz sevgi vardı Tanrı katında. Esirgerdi onu Tanrı, zaaflarını bağışlardı. Ama bilimsel açıklaması neydi (zira her şeyden önce bilimsel olmalıydı insan)? Nasıl oluyordu da bedenlerin içini, geleceği, köpeklerin ne zaman insanlara dönüşeceğini görebiliyordu? Büyük olasılıkla, o sonsuz evrim sürecinin hassaslaştırdığı bir beyni etkileyen sıcak dalgasıydı bunun nedeni. Bilimsel konuşmak gerekirse, dünyanın eti eriyip gitmişti. Kendi bedeni de, ıslatılıp yumuşatılmış, sadece sinir lifleri kalana kadar inceltilmişti. Bir kayanın üzerine tül gibi yayılmıştı.

Oturduğu yerde arkasına yaslandı, bitkindi ama dayanıyordu. İnsanlığa tekrar tercümanlık yapma çabasına girip ızdırap çekmeden önce, dinlenerek bekliyordu. Dünyanın sırtında, çok yükseklerde uzanmıştı. Aşağıda yeryüzü heyecan uyandırıyordu. Kırmızı çiçekler fışkırıyordu etinin içinden, diri yaprakları başının etrafında hışırdıyordu. Burada müzik kayalara çarpıp çınlamaya başlamıştı. Aşağıda caddede çalan bir araba kornası bu, diye mırıldandı; ama yukarıda, burada, kayaları topa tutarcasına birinden öbürüne çarpıyor, bölünüyor, ses darbeleri birbiriyle buluşup pürüzsüz sütunlar halinde yükseliyor (müziğin gözle görülür olması bir keşifti), bir ilahiye; şimdi genç bir çobanın çaldığı kavalın sesiyle kuşatılan bir ilahiye dönüşüyordu (Birahanenin yanında küçük bir flüt çalan bir ihtiyar bu, diye mırıldandı); bu ilahi, çoban öyle kıpırtısız dururken kavalından fokurdayarak çıkıyor, sonra o daha yükseklere tırmandıkça, aşağıda arabalar geçerken keskin bir matem feryadına dönüşüyordu. Bu oğlanın ağıtı trafiğin içinde çalınıyor, diye düşündü Septimus. Şimdi yukarıya, karların içine çekiliyor, etrafına güller dolanıyor – yatak odamın duvarlarında yetişen dolgun kırmızı güller, diye hatırlattı kendine. Müzik susmuştu. Ekmek parasını kazanmış, bir sonraki birahaneye gitmiştir ihtiyar, diye karara vardı kendince.

Oysa kendisi, bir kayanın üzerindeki boğulmuş bir denizci gibi, kayasının tepesinde kalakalmıştı. Teknenin kenarından sarkıp düştüm aşağı, diye düşündü. Denizin dibine gittim. Ölmüştüm, oysa şimdi canlıyım, ama bırakın hareketsiz kalayım diye yalvardı (yine kendi kendine konuşuyordu, korkunçtu, korkunç!); sonra, hani uyanmadan önce, kuş sesleri ve tekerleklerin sesi tuhaf bir ahenk içinde cıvıldar, gıcırdar ve giderek yükselir, yükselir ve uyuyan kişi yaşamın kıyılarına doğru çekildiğini hisseder ya, o da yaşama doğru öyle çekildiğini hissetti, güneş kızgınlaşıyor, çığlıklar ayyuka çıkıyordu; mahşerî bir şey olmak üzereydi.

Yalnızca gözlerini açıverse yeterdi; ama bir ağırlık vardı onların üzerinde; bir korku. Gerildi, zorlandı, baktı, Regent Parkı'nı gördü önünde. Gün ışığının uzayan huzmeleri ayaklarında oynaşıyordu. Ağaçlar dalgalanıyor, sağa sola sallanıyorlardı. Hoş geldin, der gibiydi dünya; biz kabul ederiz, biz yaratırız güzelliği, der gibiydi dünya. Ve sanki bunu (bilimsel olarak) kanıtlarcasına, evlere, parmaklıklara, çitlerin üzerinden boyunlarını uzatan ceylanlara, yani nereye baksa, güzellik hemen çıkıyordu ortaya. Âni bir esintiyle titreyen bir yaprağı izlemek olağanüstü bir keyifti. Gökyüzünde ansızın inişe geçen, yön değiştiren, daireler çizerek bir içeri bir dışarı fırlayan, yine de sanki lastiklerle tutturulmuş gibi hep o kusursuz düzeni koruyan kırlangıçlar; kâh yükselen kâh alçalan sinekler; bir şu yaprağı bir ötekini eğlenerek benekleyen, onları katıksız bir iyi niyetle yaldızlayan güneş; ara sıra da otların saplarında ilahî bir dokunuşla çınlayan bir ses (belki bir araba kornası) – bunların hepsi, şimdi olduğu gibi huzurlu ve akla yakındı, sıradan şeylerden yapılmaydı, hepsi gerçekti şimdi; gerçek olan güzellikti şimdi. Güzellik her yerdeydi.

"Zamanı geldi," dedi Rezia.

"Zaman" sözcüğü kabuğunu yardı; servetini Septimus'un üzerine boşalttı; sonra, mermiler gibi, bir rendeden dökülen talaşlar gibi, kendi iradesi dışında oluşan sert, beyaz, ölümsüz kelimeler döküldü dudaklarından; Zaman'a bir övgünün içindeki yerlerine ilişmek üzere uçtular; ölümsüz bir övgüydü bu Zaman'a. Septimus şarkı söylüyordu, Evans bir ağacın arkasından yanıtlıyordu. Ölüler Tesalya'daydı, öyle diyordu şarkısında Evans, orkidelerin arasındaydılar. Savaş sona erene kadar orada beklemişlerdi ve şimdi ölüler, şimdi Evans'ın kendisi...

“Tanrı aşkına, gelme!” diye haykırdı Septimus. Çünkü ölülere bakamazdı.

Ne var ki dallar aralanmıştı. Griler içinde bir adam sahiden de onlara doğru yürüyordu. Evans’tı bu! Ama üstünde hiç çamur yoktu; yara da yoktu; değişmemişti o. Elini kaldırarak, bütün dünyaya söylemeliyim diye haykırdı Septimus (gri takım elbiseli ölü yaklaşıyordu); çölde tek başına, yanakları çaresizlikten kırış kırış, ellerini alnına bastırmış, insanoğlunun kaderi için çağlar boyunca yas tutan ve şimdi çölün sınırlarında genişleyerek o demir-siyahı siluete vuran ışığı gören devasa bir karaltı gibi kaldırdı elini (Septimus da iskemlesinde yarı doğruldu) ve arkasında tümenlerce bitkin adamla o yaslı dev, bir an için yüzünde bütün o...

“Ama ben öyle mutsuzum ki, Septimus,” dedi Rezia, onu oturtmaya çalışarak.

O milyonlar yas tutuyordu; çağlar boyunca acı çekmişlerdi. Dönecekti Septimus, birkaç dakika sonra, yalnızca birkaç dakika sonra anlatacaktı onlara bu rahatlamayı, bu sevinci, bu şaşılası aydınlanışı...

“Zaman, Septimus,” diye tekrarladı Rezia. “Saat kaç?”

Septimus konuşuyordu, irkilip sıçrıyordu, şu adam mutlaka fark etmişti. Onlara bakıyordu.

“Sana saati söyleyeceğim,” dedi Septimus, ağır ağır, uyuşuk uyuşuk; gri takım elbiseli ölüye gizemli bir tavırla gülümsüyordu. O gülümseyerek otururken, çeyreği çaldı saat – on ikiye çeyrek kalayı.

İşte genç olmak bu, diye düşündü, Peter Walsh, onların yanından geçerken. Sabah sabah berbat bir gerginlik yaşamak – kızcağız kesinlikle çaresizlikten bunalmış görünüyordu. Peki ama neydi acaba nedeni? Pardösülü genç adam ne söylemişti onun böyle görünmesine yol açacak; hangi berbat çıkmaza girmişlerdi ki güzel bir yaz sabahı ikisi de bu denli çaresiz görünüyordu? Beş yıl aradan sonra İngiltere'ye dönmenin eğlenceli yanı buydu işte; en azından ilk günlerde nesneleri, olayları, sanki insan onları daha önce hiç görmemiş gibi öne çıkarmasıydı; bir ağacın altında atışan âşıklar; parklardaki evcil aile hayatı. Londra hiç bu kadar büyüleyici görünmemişti gözüne; mesafelerin esnekliği, zenginlik, yeşillik; Hindistan'dan sonra işte uygarlık, diye düşündü, çimenlerin üzerinde yürürken.

Hiç kuşku yok ki izlenimlerden böyle kolayca etkilenmesiydi onu mahveden. Bu yaşında hâlâ, bir oğlan, hatta bir kız çocuğu gibi, bu peş peşe dönüşümleri yaşıyordu ruh halinde; iyi günler, kötü günler; hiç nedensiz, güzel bir yüze bakınca yaşanan mutluluk, rüküş bir kadın karşısında da düpedüz bedbahtlık. Tabii Hindistan'dan sonra insan her karşılaştığı kadına âşık oluyordu. Bir tazelik vardı onların havasında; en yoksulu bile kesinlikle beş yıl öncesinden daha iyi giyiniyordu; üstelik, moda hiç bu denli cazip görünmemişti gözüne; o uzun siyah pelerinler; o incelik, o şıklık; bir de o enfes ve besbelli yaygın boyanma alışkanlığı. Her kadının, en saygın olanların bile, cam altında açan gülleri; bıçakla kesilmiş dudakları; Hint mürekkebinden bukleleri vardı; tasarım, sanat vardı her yerde; bir çeşit değişim rüzgârı esmişti kuşkusuz. Ya gençler ne düşünüyor acaba? diye sordu Peter Walsh kendi kendine.

1918'den 1923'e o beş yılın her nasılsa çok önemli olduğunu sanıyordu. Artık insanlar farklı görünüyordu. Gazeteler farklı görünüyordu. Şimdi mesela, saygın haftalık dergilerden birinde alenen helalar hakkında yazan bir adam vardı. Bunu on yıl önce yapamazdınız – saygın bir haftalık dergide alenen helalar hakkında yazamazdınız. Sonra bir de rujunu ya da pudriyerini çıkarıp herkesin ortasında makyaj yapmak vardı. Memlekete dönerken, gemide kızlı erkekli bir sürü genç – Betty ile Bertie'yi hatırlıyordu özellikle – ortalık yerde kırıştırıyordu; yaşlı anne de oturmuş örgü örerken kılı kıpırdamadan onları seyrediyordu.

Kız ayakta durmuş herkesin önünde burnunu pudralıyordu. Hem nişanlı filan da değillerdi; hoş vakit geçiriyorlardı sadece; iki tarafta da incinen duygular yoktu. Kız – Betty Bilmemkim – fazlasıyla sertti ama çok da sağlam bir tipti. Otuzunda gayet iyi bir eş olabilirdi, ama ne zaman işine gelirse o zaman evlenirdi; zengin bir adamla evlenip Manchester civarında büyük bir evde yaşardı.

İyi de, kimdi bunu yapmış olan, diye sordu kendine Peter Walsh, Broad Sokağı'na saparken – kimdi zengin bir adamla evlenip Manchester civarında büyük bir evde yaşayan? Kendisine tam da şu son günlerde "mavi ortancalar" hakkında uzun, coşkulu bir mektup yazmış olan biri. Hani mavi ortancaları görünce onu ve eski günleri hatırlamıştı – Sally Seton, tabii ya! Sally Seton – dünyada zengin bir adamla evlenip Manchester civarında büyük bir evde yaşaması beklenecek son kişi, o delişmen, pervasız, romantik Sally!

Ama Clarissa'nın o kadim gruptaki arkadaşları – Whitbread'ler, Kindersley'ler, Cunningham'lar, Kinloch Jones'lar – arasında en iyisi Sally idi galiba. Şöyle ya da böyle, her şeyi doğru tarafından kavramaya çalışırdı. Şöyle ya da böyle, ciğerini okumuştu Hugh Whitbread'in – o takdire değer Hugh'nun – hem de Clarissa ve arkadaşları onun ayağının dibinden ayrılmazken.

"Whitbread'ler mi?" dediğini hâlâ duyabiliyordu onun. "Kim bu Whitbread'ler? Kömür tacirleri. Saygıdeğer ticaret erbabı."

Her nedense Hugh'dan hiç mi hiç hoşlanmazdı Sally. Kendi görünüşünden başka hiçbir şey düşünmez, derdi. Bir dük olmalıymış, kesinlikle kraliyet ailesindeki prenseslerden biriyle evlenirdi, derdi. Peter ömrü boyunca, İngiliz aristokrasisine Hugh kadar olağanüstü, ulvî, tabii bir saygı besleyen hiç kimseye rastlamamıştı. Bunu Clarissa bile teslim etmek zorunda kalmıştı.

Ah, ama öyle tatlı, öyle fedakâr biriydi ki Hugh, yaşlı annesini memnun etmek için avlanmaktan vazgeçmişti, teyzelerinin doğum günlerini hatırlardı falan filan.

Doğruya doğru, Sally tüm bunların içyüzünü görmüştü. En iyi hatırladığı şeylerden biri, Bourton'da bir pazar sabahı kadın hakları (Şu nuh nebiden kalma konu) üzerine yapılan bir tartışmaydı, Sally bir anda çileden çıkıp parlamış ve Hugh'ya İngiliz burjuva hayatında tiksindirici ne varsa hepsini temsil ettiğini söylemişti. "Piccadilly'deki şu zavallı kızların" durumundan onu sorumlu tuttuğunu da söylemişti. Hugh, o kusursuz centilmen, zavallı Hugh! – daha çok dehşete kapılmış görünen hiç kimse olamazdı! Daha sonra bunu kasten yaptığını söylemişti Sally (zira Peter ile ikisi sebze bahçesinde buluşup görüş alışverişinde bulunurlardı). "Hiçbir şey okumamış, hiçbir şey düşünmemiş, hiçbir şey hissetmemiş biri o," diyen o çok vurgulu, güçlü sesini duyabiliyordu şimdi, o ses Sally'nin sandığından çok daha uzaklara yayılırdı. Seyislerde bile Hugh'dan daha çok hayatiyet var, demişti Sally. Özel okul tipinin mükemmel bir örneği, demişti. İngiltere'den başka hiçbir ülkeden çıkamazdı o. Her nedense gerçekten kin doluydu Sally; garezi vardı ona. Bir şeyler olmuştu sigara odasında – neydi o, unutmuştu Peter. Sally'yi aşağılamıştı – öpmüş müydü onu? İnanılır şey değil! Hiç kimse Hugh aleyhinde tek kelimeye inanmazdı tabii. Kim inanabilirdi ki buna? Sally'yi sigara odasında öpmek ha! Hani bir Soylu Edith, ya da Lady Violet olsaydı, belki; ama şu meteliksiz, pasaklı Sally, şu Monte Carlo'da kumar oynayan bir babanın ya da annenin kızı, olamazdı elbette. Çünkü Peter'ın ömründe tanıdığı tüm insanlar arasında en büyük züppe – en büyük dalkavuk – Hugh idi, hayır, el etek öpmezdi. Bunu yapmayacak kadar kendini beğenmiş bir ukalaydı. Birinci sınıf bir uşağa benzetilmesi gayet bariz bir kıyaslama olurdu, arkada yürüyüp valizleri taşıyan; telgrafları göndereceğine güvenilen, yani ev sahibeleri için vazgeçilmez olan biri. Ve işini bulmuştu işte, soylu Evelyn'i ile evlenmiş; Sarayda küçük bir memuriyet elde etmişti; Kral'ın kilerleriyle ilgileniyor, Kraliyet Ailesi'nin ayakkabı tokalarını parlatıyor, üstünde diz boyu pantalonlar ve kırmalı dantel yakalarla etrafta dolanıyordu. Hayat ne kadar acımasız! Sarayda küçük bir iş!

Bu hanımefendiyle, o soylu Evelyn ile evlenmişti ve buralarda bir yerde yaşıyorlardı, öyle sanıyordu Peter (parka nazır gösterişli evlere bakarken), zira bir defasında orada bir evde öğle yemeği yemişti, Hugh'nun sahip olduğu her şey gibi, başka hiçbir evin katiyen sahip olamayacağı bir şeyler vardı orada – çamaşır dolaplarıydı belki. Gidip bakmak zorundaydınız onlara – her ne iseler, onlara daima hayran hayran bakmak için hayli zaman harcamanız gerekirdi – çamaşır dolapları, yastık kılıfları, eskiden kalma meşe mobilyalar, tablolar, yani Hugh'nun oradan buradan yok pahasına toparlamış olduğu şeyler. Ne var ki Mrs. Hugh bazen onun sırrını açığa vurup oyunu bozardı. İri yarı erkeklere hayranlık duyan şu silik, fare gibi, ufak tefek kadınlardandı. Hani neredeyse yok sayılabilirdi. Sonra birdenbire hiç beklenmedik bir şey söyleyiverirdi – çarpıcı bir şey. Onda klasik estetik tarzın kalıntıları vardı belki. Kazan kömürü biraz ağır geliyordu ona, havayı yoğunlaştırıyordu. Ve işte orada, çamaşır dolaplarıyla, usta ressamlarıyla, kenarları sahici dantelle çevrili yastık kılıflarıyla, yılda tahminen beş-on bin sterlinlik bir hayat sürüyordu onlar, oysa Hugh'dan iki yaş büyük olan kendisi, dilenircesine iş peşindeydi.

Elli üç yaşında, bir ofiste kâtiplik ya da erkek çocuklarına Latince öğretmenliği yapmak üzere üst mevkideki birinin emrinde olacağı bir iş için ricada bulunmak zorundaydı, yılda beş yüz sterlin getiren bir şey; zira Daisy ile evlenirse, emekli maaşını hesaba katsalar bile bundan azıyla asla idare edemezlerdi. Whitbread muhtemelen yapabilirdi bunu, ya da Dalloway.

Dalloway'den bir şey istemekten çekinmezdi. Tepeden tırnağa iyi bir adamdı o; biraz yaratıcılıktan yoksun, biraz kalın kafalıydı, doğru, ama tepeden tırnağa iyi bir adamdı. Ne işe kalkışsa hep aynı soğukkanlı, akla uygun biçimde yapardı onu; bir nebze düş gücünden, bir zekâ kıvılcımından yoksundu, ama kendi tipinin o anlatılamaz zarafetiyle yapardı her şeyi. Bir taşra beyefendisi olmalıymış o – siyasette harcanıp gidiyordu. En formunda olduğu zamanlar, açık havada atlarla ve köpeklerle birlikte geçirdiği anlardı – ne kadar mükemmeldi mesela Clarissa'nın o dağınık tüylü kocaman köpeği bir kapana kısılıp ayağı kısmen koptuğunda; Clarissa neredeyse bayılacaktı, her şeyi Dalloway halletmişti; yarayı sarmış, sabitleyici çubuklar yapmış; Clarissa'ya aptallık etmemesini söylemişti. Belki de bunun için sevmişti onu Clarissa – ihtiyaç duyduğu şey buydu. "Bak canım, aptallık etme. Bunu tut, şunu getir." Bütün bu süre boyunca da köpekle sanki bir insanmış gibi konuşmuştu.

İyi de, Clarissa şiire dair tüm o zırvaları nasıl hazmedebiliyordu? Onun Shakespeare hakkında kafa şişirmesine nasıl izin verebiliyordu? Ciddi ve vakur bir tavırla arka ayaklarının üstüne kalkmış ve edep sahibi hiç kimsenin Shakespeare'in sonelerini okumaması gerektiğini, çünkü bunun insanları anahtar deliklerinden dinlemeye benzediğini söylemişti (üstelik kendisinin tasvip ettiği türden de değilmiş o ilişki). Edep sahibi hiç kimse, yeni karısının, ölmüş karısının kız kardeşini ziyaret etmesine izin vermemeliymiş. İnanılır gibi değil! Yapılacak tek şey onu badem şekeri bombardımanına tutmaktı – akşam yemeğinde olmuştu bu. Ama Clarissa hepsini sineye çekmişti; onun çok açık kalpli, çok başına buyruk biri olduğunu düşünüyordu; Tanrı bilir ya, hayatında rastladığı en özgün zihin onunki diye düşünüyor da olabilirdi!

Sally ile kendisi arasındaki bağlardan biri de buydu işte. Yürüyüş yapmayı âdet edindikleri bir bahçe vardı, gül fidanları ve dev karnabaharların yetiştiği, etrafı duvarla çevrili bir yer – Sally'nin bir gül kopardığını, yürürken ay ışığında lahana yapraklarının güzelliği karşısında çığlık çığlığa bir heyecanla duraladığını hatırlayabiliyordu (hepsinin, yıllardır düşünmediği şeylerin, bu denli canlılıkla geri gelmesi olağanüstüydü), bu arada kendisine yarı şaka yarı ciddi yalvarıyordu Sally; Clarissa'yı kaçırsın diye; onu sadece bir ev sahibesi yapacak, dünyevi tarafını teşvik edecek Hugh'lardan, Dalloway'lerden ve "ruhunu boğacak" tüm diğer "mükemmel centilmenlerden" (o günlerde bir sürü şiir yazıyordu) kurtarsın diye yalvarıyordu. Ama Clarissa'nın hakkını teslim etmeliydi. Hugh ile evlenmeyecekti zaten. Ne istediğine dair son derece net bir fikri vardı. Duyguları tümüyle yüzeydeydi. Yüzeyin altında ise gayet cin fikirliydi – mesela Sally'den çok daha iyi bir insan sarrafıydı, ayrıca saf bir dişiliği de vardı; kadınlara özgü, Tanrı vergisi olağanüstü yeteneğiyle nerede olursa olsun kendi dünyasını yaratabilirdi. Bir salona girdiğinde, Peter'in çoğu kez gördüğü gibi pek çok kişi olurdu etrafında. Ama hep Clarissa'yı anımsardı insan. Çarpıcı olduğundan değil; hiç de güzel sayılmazdı; öyle resmedilmeye değer bir yanı yoktu; özellikle zekice bir şey de söylemezdi; ama oradaydı işte; oradaydı.

Hayır, hayır, hayır! Artık âşık değildi ona! Ancak o sabah, elinde makası ve ibrişimleriyle partiye hazırlanırken gördükten sonra, onu düşünmekten kendini alamadığını hissediyordu; bir trende yanında uyuyakalıp her sarsıntıda kendisine çarpan biri gibi habire geri geliyordu; âşık olmak değildi bu tabii; onu düşünmekti, onu eleştirmekti, otuz yıl sonra tekrar başlamak, onu açıklamaya çalışmaktı. Onun hakkında söylenecek en bariz şey, dünyevi oluşuydu; mevki ve makama, topluma, hayatta başarılı olmaya aşırı önem vermesiydi – bir bakıma doğruydu bu; itiraf etmişti zaten ona. (Eğer o zahmete girerseniz her zaman itiraf ettirebilirdiniz; dürüsttü zira.) Rüküş kadınlardan, eski kafalılardan, muhtemelen Peter'ın kendisi gibi olan başarısız insanlardan nefret ettiğini söylerdi; insanların elleri ceplerinde aylak aylak etrafta dolanmaya hakları olmadığına inanırdı; bir şeyler yapmalılardı; bir şey olmalılardı; ayrıca, onun salonunda rastladığı ve bir nebze önem taşıyan her şeyden anlatılamayacak kadar uzak olduklarını hissettiği bu azametli züppeler, bu Düşesler, bu saçları ağarmış ihtiyar Kontesler, Clarissa için hakiki bir şeyi temsil ediyordu. Bir defasında Lady Bexborough'nun dimdik durduğunu söylemişti (Clarissa'nın kendisi de öyleydi; hiçbir anlamda yayılıp oturmazdı o; ok gibi dik, biraz da katıydı aslında). Onların, yaşlandıkça daha çok saygı duyduğu türden bir cesarete sahip olduklarını söylerdi. Bütün bunlarda Dalloway'in epey payı vardı elbette; epeyce de yurtseverlik, Britanya İmparatorluğu, gümrük reformu, yönetici sınıf ruhu gibi şeyler vardı; zamanla kendine mal etmişti bunları, çoğu kez öyle olurdu zaten. Kocasının iki katı zekâya sahipken, her şeyi onun gözleriyle görmek zorundaydı – evlilik hayatının trajedilerinden biriydi bu. Kendine ait bir akılla, her zaman Richard'ın söylediklerini alıntılamak zorundaydı – sanki insan Richard'ın ne düşündüğünü sabah *Morning Post* gazetesini okuyarak noktasına virgülüne kadar bilemezmiş gibi! Bu davetler, sözgelimi, hep onun içindi, ya da Clarissa'nın kendi hayalindeki Richard için (Richard'a hakkını vermek gerekirse, o Norfolk'ta çiftçilik yaparak daha mutlu olabilirdi). Misafir salonunu bir tür toplantı yerine dönüştürmüştü Clarissa; üstün bir yeteneği vardı bu konuda. Onun acemi bir genci ele aldığını, yoğurup şekillendirdiğini, uyandırıp yola çıkardığını defalarca görmüştü Peter. Sayısız sıkıcı insan onun etrafına yığılırdı elbette. Ama tek tük beklenmedik insan da çıkagelirdi; bazen bir sanatçı sözgelimi; bazen de bir yazar; o atmosferde garip, yabansı biri yani. Hepsinin gerisinde ise, ziyaretlerden, kartvizit bırakmalardan, insanlara nazik davranmalardan; çiçek buketleriyle ortalıkta koşuşmalardan, küçük hediyelerden oluşan o iletişim ağı vardı; Filanca Fransa'ya gidecekti – bir şişme yastık almalı ona; gücünü gerçekten tüketen şeyler; onun türünden kadınların ayak uydurduğu o sonu gelmez trafik; ama o bunu samimiyetle, doğal bir içgüdüyle yapıyordu.

İşin garibi, Peter'ın rastladığı en esaslı kuşkuculardan biriydi o, belki de (bazı bakımlardan çok şeffaf, diğer bakımlardan çok esrarengizdi ya, onu açıklayabilmek için kendisinin uydurduğu bir teoriydi bu), belki de kendi kendine şöyle demişti Clarissa, mademki batan bir gemiye zincirlenmiş, yok olmaya mahkûm bir ırkın mensuplarıyız (genç kızken en sevdiği yazarlar Huxley ve Tyndall'dı, onlar da bu denizcilikle ilgili metaforlara bayılırdı), mademki her şey tatsız bir şakadan ibaret, biz de hiç olmazsa kendimize düşeni yapalım; tutsak hemcinslerimizin ızdırabını hafifletelim (yine Huxley); zindanı çiçekler ve şişme yastıklarla donatalım; elimizden geldiğince iyi insanlar olalım. O zaman o kabadayılar, yani Tanrılar, her istediklerini yapamazlar – inanıyordu ki insanların hayatını yaralamak, köstеklemek, berbat etmek için hiçbir fırsatı kaçırmayan Tanrılar, eğer yine de bir hanımefendi gibi davranırsan, ciddi ölçüde rahatsız olurlardı. Bu evreye Sylvia'nın ölümünden hemen sonra girmişti – ne korkunç bir olaydı o. Öz kız kardeşinin, hem de aramızda en yeteneklisi, derdi Clarissa, tam hayatın eşiğinde, devrilen bir ağacın altında kalıp gözlerinin önünde ölmesine (Hep Justin Parry'nin hatası – hep onun dikkatsizliği) tanık olmak, insanı acılaştırmaya yeterdi. Sonraları olumlu tavrından uzaklaşmıştı galiba; Tanrı yok diye düşünüyordu; suçlayacak kimse yoktu; böylece zaman içinde bir tanrıtanımazın iyilik adına iyilik yapma dinini geliştirmişti.

Ayrıca Clarissa hayattan sınırsız bir zevk de alıyordu elbette. Doğasında vardı zevk almak (gerçi, Tanrı bilir ya, çekinceleri de vardı; bunca yıldan sonra kendisi bile çoğu kez Clarissa'yı ancak kabataslak anlayabildiğini hissediyordu). Her neyse, hiç acılık yoktu içinde; namuslu kadınlarda insana çok itici gelen o ahlakî fazilet duygusu da yoktu onda. Hemen hemen her şeyden zevk alırdı. Eğer onunla Hyde Park'ta yürürseniz, kâh bir lale tarhı olurdu bu; kâh arabasında bir bebek; kâh o anda uyduruverdiği küçük saçma bir oyun. (Muhtemelen şu âşıklarla da konuşurdu, eğer mutsuz olduklarını düşünmüşse.) Gerçekten ince bir güldürü anlayışı vardı, ama insanlara, her zaman bunu ortaya çıkaracak insanlara ihtiyaç duyardı; bunun kaçınılmaz sonucu olarak da, öğle yemekleriyle, akşam yemekleriyle, kendisinin verdiği o ardı arkası kesilmeyen partilerle çarçur ederdi zamanını; saçma sapan konuşur, kastetmediği şeyleri söyler, zihnini köreltir, ince farkları görme yetisini kaybederdi. Masanın baş köşesine oturup, Dalloway'e yararı dokunabilecek yaşlı bir budalaya sınırsız özen gösterirdi – Avrupa'nın en korkunç aylaklarını tanırlardı – ya da içeriye Elizabeth girerdi ve her şey yerini mecburen *ona* bırakırdı. Peter son geldiğinde ortaokulda, hani o kendini doğru dürüst ifade edemediği dönemdeydi, annesinden hiçbir şey almamış, yuvarlak gözlü, soluk benizli, suskun, heyecansız bir yaratıktı; her şeyi olağan görüyor, annesinin gösterdiği aşırı ilgi ve sevgiye tepki göstermiyor, sonra da dört yaşında bir çocuk gibi, "Artık gidebilir miyim?" diyor ve Clarissa'nın – Dalloway'in kendisinin de içinde uyandırdığına benzer o eğlenme ve gurur karışımı duyguyla – açıkladığına göre, hokey oynamaya gidiyordu. Büyük ihtimalle şimdi de "dışarıda" idi Elizabeth; Peter'ın örümcek kafalı bir ihtiyar olduğunu düşünüyor, annesinin dostlarıyla dalga geçiyordu. Eh, boş ver, öyle olsun. Yaşlanmanın olumlu yanı, diye düşündü Peter Walsh, elinde şapkasıyla Regent Parkı'ndan çıkarken, basitçe şu işte; tutkular her zamanki kadar güçlü kalıyor, ama insan – nihayet! – varoluşa o yüce çeşniyi katan gücü; yani deneyimi yakalama ve onu ışığa tutup yavaşça evirip çevirme gücünü de kazanmış oluyor.

Korkunç bir itiraftı bu (şapkasını tekrar giydi), ama şimdi, elli üç yaşında, diğer insanlara hemen hiç ihtiyacı yoktu artık. Hayatın kendisi, her bir ânı, her bir damlası, burada, bu anda, şimdi, güneşin altında, Regent Parkı'nda, yetiyordu ona. Hem de fazlasıyla. Şimdi o gücü, o derin çeşniyi yakalamıştı ama, hazzın her bir zerresini, anlamın her bir nüansını – ki ikisi de eskisinden çok daha sağlam, çok daha az kişiseldi –- açığa vurmaya, çekip çıkarmaya yetmeyecek kadar kısaydı hayat. Clarissa'nın ona çektirmiş olduğu gibi bir acıyı imkânı yok bir daha çekemezdi. Saatlerce (neyse ki kimse duymadan söyleyebiliyordu bunu!), saatlerce ve günlerce, Daisy'yi hiç düşünmemişti.

O geçmiş günlerin bedbahtlığını, azabını, olağanüstü tutkusunu anımsayınca, Daisy'ye âşık oldum diyebilir miydi? Tamamen farklı, çok daha keyifli bir şeydi bu; ama gerçek şuydu ki, şimdi de *Daisy* âşıktı *kendisine.* Ve belki de bu nedenle, gemi denize açıldığında, olağanüstü bir ferahlık hissetmişti içinde, tek başına kalmaktan başka hiçbir şey istemiyordu; kamarasında bulduğu bütün o küçük ilgi gösterileri – purolar, notlar, yolculuk için ufak bir kilim – sinirine dokunmuştu. Samimi olsalar aynı şeyi söylerdi herkes; insan ellisinden sonra başkalarını istemez; kadınlara güzel olduklarını söyleyip durmak istemez; eğer samimi olsalardı, ellilerindeki erkeklerin çoğu böyle derdi, diye düşündü Peter Walsh.

Peki ya bu şaşılası heyecan nöbetleri – sabah sabah göz yaşlarına boğulmak yani, ne demek oluyordu bu? Clarissa onun hakkında ne düşünmüştü acaba? Aptalın biri olduğunu herhalde, hem de ilk defa değil. Kıskançlıktı bunun altındaki – insanoğlunun tüm diğer tutkularından daha uzun yaşayan kıskançlık, diye düşündü Peter Walsh, çakısını kol boyu uzağında tutarak. Binbaşı Orde ile buluştuğunu söylemişti Daisy son mektubunda, mahsus söylemişti, biliyordu Peter; kendisini kıskandırmak için söylemişti; yazarken alnını kırıştırdığını görür gibiydi, onun canını yakmak için ne yazabileceğini düşünüyordu; yine de hiç fark etmemişti işte; Peter düpedüz küplere binmişti! İngiltere'ye gelip avukatları görmek için bunca telaş, Daisy ile evlenmek için değil onun bir başkasıyla evlenmesini engellemek içindi. Buydu ona azap çektiren; Clarissa'yı öyle sakin, öyle soğukkanlı, kendini elbisesine ya da her neyse ona hasretmiş gördüğü zaman onu etkileyen buydu; Clarissa'nın onu neden kurtarmış olabileceğinin, onu neye – mızıldayan, sızlanan ahmak bir ihtiyara – çevirmiş olduğunun farkına varmıştı. Ama kadınlar, diye düşündü, çakısını kapatarak, tutkunun ne demek olduğunu bilmezler. Onun erkeklere ne ifade ettiğini bilmezler. Clarissa bir buz saçağı kadar soğuktu. Kanepede onun yanında oturmuş, elini tutmasına izin vermiş, sonra da yanağına bir öpücük kondurmuştu... İşte yaya geçidine gelmişti.

Derken bir ses girdi araya; cılız, kırılgan, titrek bir ses, ansızın ortaya çıkan, yönü, gücü, başı sonu olmayan bir ses, halsiz ve tiz, tüm insanî anlamdan yoksun,

i am fa am so
fu sui tu im o(*)

diye akan, ne yaşı ne cinsiyeti olan bir ses, topraktan fışkıran kadim bir kaynağın sesi; Regent Parkı metro istasyonunun tam karşısında, bir huniye, paslı bir pompaya, yapraklarından sonsuza dek soyunmuş, dalları arasında rüzgârın inip çıkarak

i am fa am so
fu sui tu im o

(*) *Allerseelen* [*All Souls' Day*] adlı, Richard Strauss imzalı eski bir Alman şarkısı, âşığının ölümünden sonra bile sürüp giden aşktan söz ediyor. (ç.n.)

diye şarkı söylemesine izin veren, öncesiz ve sonrasız esintide sallanan, çatırdayan, inleyen, fırtına yemiş bir ağaca benzeyen uzun titrek bir karaltıdan çıkıp gelen bir ses.

Bu kaldırımın daha otlarla kaplı, daha bataklık olduğu çağlar boyunca, fildişi ve mamutlar çağı boyunca, sessiz gündoğumları çağı boyunca, o hırpalanmış kadın – çünkü bir etek vardı üstünde – sağ eli açıkta, sol eli böğrünü kavramış, orada dikilmiş, aşkı terennüm ediyordu, milyonlarca yıl sürmüş aşkın, hâlâ hüküm süren aşkın şarkısını söylüyordu, milyonlarca yıl önce, şimdi yüzyıllardır ölü olan âşığı, bir mayıs günü onunla birlikte yürümüştü, o mırıldandığı şarkıda; ama yaz günleri kadar uzun ve kızıl yıldızçiçekleriyle alev alev o çağlardan birinde, gitmişti o, anımsıyordu; ölümün devasa orağı o heybetli tepeleri yalayıp geçmişti ve kadın, artık buz tozundan başka bir şey olmayan o ak saçlı ihtiyar başını nihayet usulca toprağa bıraktığında, yalvarmıştı Tanrılara, yanına bir demet mor funda koysunlar diye, oraya, son güneşin son ışınlarının okşadığı o yükseklerdeki mezarına, zira o zaman kâinatın geçit töreni sona ermiş olacaktı.

O kadim şarkı Regent Parkı metro istasyonunun karşısından ansızın yükseldiğinde, yeryüzü hâlâ yeşil ve çiçekli görünüyordu; hâlâ, her ne kadar böyle kaba bir ağızdan, toprakta bir delikten, hem de birbirine dolaşmış kök lifleri ve otlarla keçeleşmiş çamurlu bir delikten çıksa da, hâlâ o eski, fıkır fıkır, şırıl şırıl şarkı, sonsuz çağların düğüm düğüm köklerinin, iskeletlerin ve definelerin arasından ıslanarak geçip, kaldırımın üzerinden, Marylebone Caddesi boyunca yol alıp, aşağıya Euston'a doğru, derecikler halinde, dölleyerek, ardında ıslak bir leke bırakarak, akıp gidiyordu.

Tarih öncesi çağlarda bir mayıs günü âşığıyla birlikte nasıl yürüdüğünü hâlâ anımsayan, bir eli bozuk paralara açık, diğeri böğrünü kavramış bu paslı pompa, bu hırpalanmış yaşlı kadın, on milyon yıl sonra hâlâ orada olacak, bir zamanlar mayısta, şimdi denizin kabardığı yerde, nasıl yürüdüğünü anımsayacaktı, kiminle yürüdüğü önemli değildi – bir erkekti, ah evet, onu sevmiş olan bir erkek. Ama çağların geçişi o kadim mayıs gününün berraklığını bulandırmıştı; parlak taçyapraklı çiçekler kırağıyla gümüşlenip buzlanmıştı; ve âşığına (şimdi de açık seçik yaptığı gibi) "gözlerimin içine dikkatle bak o güzel gözlerinle" diye yalvardığında, karşısında artık kahverengi gözler, siyah favoriler ya da güneş yanığı bir çehre değil, yalnızca belli belirsiz bir karaltı, gölge gibi bir siluet görüyordu, yine de çok yaşlanmışların o kuş gibi tazeliğiyle hâlâ "elini ver bana, usulca sıkayım onu" diye cıvıldıyordu (Peter Walsh, bir taksiye binerken bu zavallı yaratığa biraz bozuk para vermekten kendini alamadı), "hem biri görse de, ne olur ki?" diye sordu kadın; böğrünü avuçlayıp gülümsedi, şilinini cebine indirdi, sonra tüm mütecessis gözler adeta silinip gitti ve geçip giden nesiller – telaşlı orta sınıf insanlarıyla doluydu kaldırım – kayıplara karıştı, ayaklar altında çiğnenecek, sırılsıklam ıslanıp suya doyacak ve o ebedi ilkbahar tarafından biçimlendirilecek yapraklar gibi...

i am fa am so
fu sui tu im o

"Zavallı yaşlı kadın," dedi Rezia Warren Smith.

Ah, zavallı ihtiyarcık! dedi karşıya geçmek için beklerken.

Ya yağışlı bir gece olsaydı? Ya insanın babası, ya da daha iyi günlerinde tanıdığı biri, tesadüfen oradan geçip mazgalın üstünde dikilirken görseydi onu? Hem geceleri nerede uyuyordu acaba?

Neşeyle, neredeyse şen şakrak, o zaptedilmez ses silsilesi, bir kır evinin bacasından çıkan duman gibi döne döne yükseldi havaya, pürüzsüz kayın ağaçlarının etrafından dolanıp yukarılara çıktı ve en tepedeki yaprakların arasında bir öbek mavi dumanın içinde dağıldı. "Hem biri görse de, ne olur ki?"

Haftalardır öyle mutsuzdu ki, olup bitenlere anlamlar yüklüyordu Rezia, bazen iyi, nazik insanlar gibi görünenleri, neredeyse sırf "mutsuzum ben" demek için yolda durdurma ihtiyacı duyuyordu; sokakta "hem biri görse de, ne olur ki?" diye şarkı söyleyen şu yaşlı kadını görünce de, her şeyin yoluna gireceğine birdenbire tamamen emin olmuştu. Sir William Bradshaw'a gidiyorlardı; adamın adı hoş geliyordu kulağa; Septimus'u hemen iyileştirecekti. Sahi, bir de biracının at arabası vardı, o gri atların kuyruklarında dik duran saman çöpleri vardı; duvar gazeteleri de vardı. Saçma sapan bir kuruntuydu mutsuz olmak.

Böylece karşıya geçti Mr. ve Mrs. Septimus Warren Smith; bütün bu olup bitenden sonra, dikkati üzerlerine çekecek herhangi bir şey var mıydı acaba; yoldan geçen birinin içinde "işte dünyanın en önemli mesajını içinde taşıyan, üstelik dünyanın en mutlu ve en bedbaht insanı olan genç adam" diye kuşku uyandıracak bir şey var mıydı? Belki diğer insanlardan daha yavaş yürüyorlardı, bir de erkeğin yürüyüşünde bir duraksama, bir ayak sürüme hali vardı, ama yıllar yılı hafta içi bu saatte West End'de hiç bulunmamış bir kâtibin sürekli gökyüzüne bakmasından, kâh şuna, kâh buna, kâh başka bir şeye bakmasından doğal ne vardı ki; sanki aile uzaktayken girdiği, avizelerin hollanda bezi torbalara konulup asıldığı bir salondu Portland Meydanı, uzun storların bir köşesini kaldırıp tozlu günışığını uzun hüzmeler halinde o terk edilmiş tuhaf görünümlü koltukların üzerine düşüren kâhya kadın, misafirlere burasının ne harika bir yer olduğunu anlatıyordu; ne harika, diye düşünüyordu Septimus, ama aynı zamanda, ne tuhaf.

Şöyle bir bakıldığında, bir memur olduğu sanılabilirdi, ama daha üst düzey bir memur; zira kahverengi botlar vardı ayağında; elleri eğitimli birinin elleriydi, profili de öyle – kemikli, büyücek burunlu, zeki, duyarlı bir profil; ama dudakları tam öyle değildi, çünkü gevşektiler; gözleri ise (gözler genellikle öyledir ya), sadece bir çift iri, elâ gözdü işte; öyle ki bir bütün olarak sınırda bir vak'aydı o, ne böyleydi ne şöyle; belki er geç Purley'de bir ev ve bir araba sahibi olurdu, belki de ömür boyu arka sokaklarda kiralık bir dairede otururdu; şu yarı eğitimli, kendi kendini yetiştirmiş insanlardan biriydi, hani eğitiminin tümünü, mektupla başvurulmuş ünlü yazarların tavsiyesiyle halk kütüphanelerinden ödünç alınıp iş günü sonunda akşamları evde okunmuş kitaplardan edinmiş insanlardan biri.

Diğer deneyimlere gelince, insanların yatak odalarında, işyerlerinde, ya da tarlalarda ve Londra sokaklarında yürüyerek kendi başlarına geçirdikleri deneyimlere aşinaydı; evini daha çocuk yaşta terk etmişti; çünkü annesi yalan söylemişti; çünkü ellinci defa ellerini yıkamadan inmişti çaya; çünkü bir şair için Stroud'da bir gelecek göremiyordu; böylece, küçük kız kardeşini sır ortağı yaparak Londra'ya gitmişti; ardında saçma sapan bir not bırakmıştı; büyük adamların yazdığı ve daha sonra, mücadelelerinin hikâyesi ün kazanınca tüm dünyanın okuduğu türden bir not.

Londra, Smith adlı milyonlarca genci yutmuştu; anne babaların, çocuklarına farklılık kazandıracağını umarak verdikleri Septimus gibi acayip Hristiyan adlarını da hiç önemsemezdi. Euston Yolu'nun uzağında bir pansiyonda kalınca, deneyim üstüne deneyim yaşamıştı; pembe, masum, oval bir yüzü, iki yıl içinde zayıf, kasılmış, düşmanca bir yüze dönüştüren türden deneyimler. Ama bütün bunlar hakkında, en uyanık, en dikkatli dostu bile, sabah limonluğun kapısını açtığında bitkisinin üstünde yeni açmış bir çiçek gören bahçıvanın söylediği şey dışında ne diyebilirdi: Çiçek açmış! O da çiçeklenmişti işte, o olağan tohumlardan, yani kibirden, hırstan, idealizmden, tutkudan, yalnızlıktan, cesaretten ve tembellikten; bunların hepsi (Euston Yolu'nun uzağında bir odada) birbirine karışıp onu çekingen ve kekeme yapmış, kendini geliştirmeye heveslendirmiş, Waterloo

Yolu'nda Shakespeare üzerine ders veren Miss Isabel Pole'a âşık olmasına yol açmıştı.

Keats'e benzemiyor mu? diye soruyordu kendine Miss Pole; *Antonius ve Kleopatra* ve başka eserlerden tat almasına nasıl yardım etsem diye düşünüyordu; ona kitaplar ödünç veriyordu; bölük pörçük mektuplar yazıyordu; onun içinde, hayatta yalnızca bir defa yanan türden bir ateş yakmıştı; sıcaklığı olmayan, Miss Pole, *Antonius ve Kleopatra* ve Waterloo Yolu üzerinde son derece semavî, hayalî, kızıl-sarı bir alevle titreşen bir ateş. Miss Pole'u güzel buluyor, onun kusursuz bir bilge olduğuna inanıyor; hayaller kuruyor; şiirler yazıyor, o da konusunu görmezlikten gelerek kırmızı mürekkeple düzeltiyordu yazdıklarını; onu bir yaz akşamı, üzerinde yeşil bir elbiseyle bir meydanda yürürken görmüştü. "Çiçek açmış" diyebilirdi bahçıvan, eğer bu sıralarda herhangi bir gece kapıyı açsaydı; içeri girseydi ve onu yazarken bulsaydı; yazdıklarını yırtarken bulsaydı; sabahın üçünde bir başyapıtı bitirirken ve dışarı koşup sokaklarda bir aşağı bir yukarı yürürken, kiliselere giderken, bir gün oruç tutup bir gün içerken; Shakespeare'i, Darwin'i, *Medeniyet Tarihi*'ni, Bernard Shaw'u yutarcasına okurken bulsaydı...

Bir şeyler olacaktı, Mr. Brewer biliyordu bunu; şu mezatçılar, muhamminler, arazi ve emlak komisyoncuları Sibleys & Arrowsmiths'te idarî memur olan Mr. Brewer, bir şeyler olacak, diye düşünmüştü; genç elemanlarına baba gibi davranır, Smith'in yeteneklerini de çok takdir ederdi; onun on-on beş yıl sonra iç odada tepe penceresinin altında, kilitli belge kutularıyla çevrili deri koltuğa terfi edeceği kehanetinde de bulunmuştu; ama "eğer sağlığını korursa" diyordu, tehlike de buydu, sağlıksız görünüyordu; futbol oynamasını salık vermiş, onu akşam yemeğine davet etmişti; ayrıca maaşına zam yaptırma yolunu da arıyordu ki, Mr. Brewer'ın hesaplarından birçoğunu altüst eden; en yetenekli gençlerini elinden alan, ve nihayet – Avrupa

Savaşı'nın parmakları o denli sinsi ve haindi ki – Ceres'in(*) alçıdan bir heykelini tuzla buz edip sardunya tarhlarında bir çukur açan ve Mr. Brewer'ın Muswell Hill'deki işyerinde görevli aşçının sinirlerini resmen harap eden bir şey oldu.

Septimus ilk gönüllülerden biriydi. Neredeyse tümüyle Shakespeare'in oyunlarından ve üstünde yeşil elbisesiyle bir meydanda yürüyen Miss Isabel Pole'dan ibaret olan bir İngiltere'yi kurtarmak için Fransa'ya gitti. Orada siperlerde, Mr. Brewer'ın futbolu salık verirken dilediği değişim bir anda gerçekleşti; erkekliği ortaya çıktı; terfi etti; Evans adlı subayının dikkatini çekti, daha doğrusu, sevgisini cezbetti. Bir şöminenin önündeki halının üstünde oynayan iki köpek gibiydiler; sanki biri küçük bir tütün paketini hırpalıyor, hırlıyor, ağzıyla kapmaya çalışıyor, ara sıra yaşlı köpeğin kulağını çekiştiriyor; diğeri yatmış uyukluyor, gözlerini kırpıştırarak ateşe bakıyor, patisini kaldırıp dönüyor, uysalca homurdanıyordu. Sanki sürekli birlikte olmak, birbirleriyle paylaşmak, birbirleriyle kapışmak, birbirleriyle dalaşmak zorundaydılar. Ama ne zaman ki Evans (onu sadece bir kez görmüştü Rezia, "sessiz bir adam" demişti, güçlü kuvvetli, kızıl saçlı, kadınların yanında içine kapanık biriydi), ne zaman ki Evans, ateşkesten hemen önce İtalya'da öldürülmüştü, Septimus herhangi bir duyguyu dışa vurmak ya da bunun bir dostluğun sonu olduğunun farkına varmak şöyle dursun, çok az ve çok makul düzeyde duygulandığı için kendi kendini kutlamıştı bile. Savaş eğitmişti onu. Olağanüstü bir şeydi bu. Dostluğu, Avrupa Savaşı'nı, ölümü, yani gösterinin tümünü yaşamıştı; rütbe kazanmıştı, daha otuzunu geçmemişti ve mutlaka hayatta kalacaktı. Tam oradaydı o da. Son bombalar onu ıska geçmişti. Kayıtsızca izlemişti onların patlayışını. Barış geldiğinde Milano'daydı, askeriyeden al-

(*) Roma mitolojisinde tarım ve bereket tanrıçası. (ç.n.)

dığı yerleştirme tezkeresiyle bir pansiyonda konaklıyordu; evin bir avlusu, fıçılarda sardunyaları, açık havada küçük masaları, şapka yapan kızları vardı; ve ani bir panik yaşadığı – hiçbir şey hissedemiyordu! – bir akşam kızların en küçüğü olan Lucrezia ile nişanlandı.

Zira artık her şey tamamen bitmiş, mütareke imzalanmış, ölüler gömülmüşken, özellikle akşamları bu ani korku nöbetlerini yaşıyordu. Hiçbir şey hissedemiyordu. İtalyan kızların oturup şapka yaptığı odanın kapısını açtığında, onları görebiliyordu; işitebiliyordu; telleri küçük çanaklardaki renkli boncukların içinden geçiriyor, biçim biçim telaları sağa sola döndürüyorlardı; masanın üstü darmadağın tüyler, payetler, ibrişimler, şeritlerle kaplıydı; makaslar masanın üstünde tıkırdıyordu; ama onu yüzüstü bırakıp giden bir şey vardı; hiçbir şey hissedemiyordu. Yine de, tık tık eden makaslar, gülüşen kızlar, yapılan şapkalar onu koruyordu; güvenliğinden emin oluyordu; sığınacak bir yeri vardı. Ama bütün gece orada oturamazdı. Sabahın erken saatlerinde uyanış anları vardı. Yatak düşüyordu; kendisi düşüyordu. Ah şu makaslar, lamba ışığı ve biçim biçim telalar! Lucrezia'ya evlenme teklif etti, kardeşlerin küçüğü, neşeli, uçarı olanı, o küçük sanatçı parmaklarını havaya kaldırıp "Ne varsa onlarda var," diyen kız. İpekler, tüyler ve daha neler neler, hepsi canlıydı onlar için.

"En önemlisi şapkadır," derdi, dışarıda birlikte yürürlerken. Her geçen şapkayı incelerdi; pelerini, elbiseyi ve kadının duruşunu da. Kötü giyinmeyi, aşırı süslenmeyi ayıplardı, öfkelenmeden, daha ziyade iyi niyetle yapılmış aşikâr bir sahtekârlığı kendinden uzaklaştıran bir ressamınkine benzer sabırsız el hareketleriyle; sonra da cömertçe, ama daima eleştirel bir tavırla, elbiseciğini cesurca tersyüz etmiş bir tezgâhtar kızı hoş karşılar ya da çinçilla kürkü, tuvaleti ve incileriyle arabasından inen bir Fransız hanımefendisini, coşkulu ve profesyonel bir anlayışla öve öve bitiremezdi.

"Güzel!" diye mırıldanırdı, görebilsin diye Septimus'u dirseğiyle dürterek. Ama Septimus için güzellik bir camın ardındaydı. Tatların bile (Rezia dondurma, çikolata gibi tatlı şeyleri severdi) zevkine varamıyordu artık. Fincanını küçük mermer masaya koyardı. Dışarıdaki insanlara bakardı; mutlu görünürdü onlar, caddenin ortasında toplanıp bağrışır, güler, sudan şeyler için didişirlerdi. Ama o tat alamıyordu, hiçbir şey hissedemiyordu. Çayhanede masaların ve çene çalan garsonların arasında o müthiş korku sarardı benliğini – hissedemiyordu. Akıl yürütebiliyordu; kolayca okuyabiliyordu, mesela Dante'yi. ("Septimus, ne olur kitabını bırak," derdi Rezia, *Cehennem*'i nazikçe kapatarak), hesap pusulasındaki rakamları toplayabiliyordu; beyni mükemmeldi; o halde mutlaka dünyanın kabahatiydi – hissedemiyor olması yani.

"İngilizler amma da sessiz," derdi Rezia. Bunun hoşuna gittiğini söylerdi. İngiliz erkeklerine saygı duyar, Londra'yı, İngiliz atlarını, ısmarlama takım elbiseleri görmek isterdi; ayrıca mağazaların ne harika olduğunu, evlenip Soho'da yaşayan bir teyzesinden duyduğunu da hatırlıyordu.

Newhaven'dan ayrılırlarken trenin penceresinden İngiltere'ye bakarak, belki de, diye düşünmüştü Septimus, belki de dünyanın kendisi anlamdan yoksundur.

İşyerinde hatırı sayılır sorumluluk taşıyan bir konuma getirilmişti. Onunla gurur duyuyorlardı; madalyalar kazanmıştı. "Sen görevini yaptın; bize düşen..." diye başlamıştı Mr. Brewer; ama bitirememişti cümlesini, öyle hoş duygular yaşıyordu ki. Tottenham Court Yolu civarında harika bir pansiyona yerleşmişlerdi.

Orada Shakespeare'e bir daha döndü. Çocukluğunda o dilin – *Antonius ve Kleopatra* – içinde uyandırdığı coşku tamamen kuruyup gitmişti. Shakespeare nasıl da tiksiniyordu insanlıktan – giyinip kuşanmaktan, çocuk yapmaktan, ağzın ve karnın iğrençliğinden! Septimus şimdi görebiliyordu bunu; sözcüklerin güzelliğinde gizlenen mesaj buydu. Nesilden nesile, maskelenmiş biçimde geçen gizli mesaj tiksinti, nefret ve çaresizlikti. Dante de aynıydı, Aiskhylos da. Rezia masada oturmuş, şapkaları süslüyordu. Mrs. Filmer'ın arkadaşları için süslüyordu şapkaları; saat hesabıyla yapıyordu bunu. Solgun ve gizemli görünüyor, diye düşündü Septimus, suyun altında, boğulmuş bir zambak gibi.

"Şu İngilizler amma da ciddi," derdi Rezia, kollarını Septimus'a dolayıp yanağını yanağına dayayarak.

Erkekle kadın arasındaki aşk, iğrenç geliyordu Shakespeare'e. Çiftleşme, sona varmadan önce, iğrenç bir şeydi ona göre. Ama Rezia mutlaka çocuk sahibi olmak istediğini söylüyordu. Beş yıl olmuştu evleneli.

Birlikte Londra Kulesi'ne, Victoria ve Albert Müzesi'ne gitmişlerdi; kalabalığın arasında dikilip Kral'ın parlamentoyu açışını izlemişlerdi. Bir de dükkânlar vardı – şapkacılar, giyim mağazaları, vitrininde deri çantalar olan dükkânlar; Rezia oralarda duruyor, gözlerini dikip bakıyordu. Ama mutlaka bir oğlu olsun istiyordu.

Septimus gibi bir oğlum olmalı, diyordu. Ama kimse Septimus gibi olamazdı; öyle nazik, öyle ağırbaşlı, öyle akıllıydı ki o. Septimus'a sorardı, kendisi de Shakespeare okuyamaz mıydı? Shakespeare zor bir yazar mıydı?

İnsan böyle bir dünyaya çocuk getiremezdi. Bu ızdırabı ya da bu şehvet düşkünü hayvanların soyunu, sürdüremezdi; onların uzun ömürlü duyguları yoktu, sadece onları kâh şu yana kâh bu yana girdap gibi döndüren geçici hevesleri, kibirleri vardı.

Septimus, Rezia'nın şapkaları kırpıp biçimlendirmesini, bir kuşun çimlerde sıçrayıp uçuşmasını izler gibi, parmağını bile oynatmaya yeltenmeden izliyordu. Zira gerçek şu ki (varsın o görmezlikten gelsin) insanlarda o ânın hazzını arttırmaya yarayacak şeylerin ötesinde ne nezaket, ne sadakat, ne de merhamet vardır. Sürüler halinde avlanır onlar. Çölleri didik didik arar, vahşi doğada çığlık çığlığa yitip giderler. Düşenleri geride bırakıp giderler. Çarpık, nahoş ifadelerle sıvanmıştır yüzleri. İşte şu balmumuyla şekil verilmiş bıyığı, mercan kravat iğnesi, beyaz gömleği, kendisine hoş gelen duygularıyla – oysa içi tümüyle soğuk ve yapış yapış – savaşta harap olmuş sardunyaları ve sinirleri mahvolmuş aşçısıyla, ofisteki Brewer; ya da saat tam beşte etrafa çay dağıtan o kem gözlü, müstehzi, edepsiz küçük cadı Amelia Bilmemkim; bir de o kolalı beyaz gömlekleriyle, bedenlerinden yoğun ahlaksızlık damlaları sızan Tom'lar ve Bertie'ler. Septimus'un, kendilerinin soytarılık ederkenki çıplak resimlerini defterine çizdiğini hiç görmemişlerdi. Caddede kamyonetler kükreyerek yanından geçiyordu; barbarlık, duvar gazetelerinden acı acı haykırıyordu; erkekler maden ocaklarında kısılıp kalmıştı; kadınlar canlı canlı yakılıyordu; bir defasında da ayaktakımı eğlensin diye gezdirilen bir dizi sakat meczup (kahkahalarla gülüyordu herkes), Tottenham Court Sokağı'nda yanından geçmişti; başlarını sallayarak ağır ağır yürüyorlardı ve her biri yarı özür diler gibi ama yine de muzaffer bir edayla, devasız derdini yüklüyordu ona. Yoksa *o* da mı delirecekti?

Çay saatinde Rezia ona Mrs. Filmer'ın kızının bebek beklediğini söyledi. *Kendisi* hiç çocuk sahibi olmadan yaşlanıp gidecek miydi yani! Öyle yalnızdı ki, öyle mutsuzdu ki! Evlendiklerinden beri ilk defa ağlıyordu. Uzaklarda onun hıçkırdığını işitti Septimus; bire bir işitti; açık seçik fark etti; bir pistonun güm güm vuruşuna benzetti onu. Ama hiçbir şey hissetmedi.

Karısı ağlıyordu, o ise hiçbir şey hissetmiyordu, yalnızca onun böylesine derin, böylesine sessiz, böylesine umarsız her hıçkırığında, bir adım daha iniyordu o dipsiz kuyuya.

Nihayet, yapmacıklığının tamamen farkında olduğu melodramatik ve mekanik bir hareketle başını ellerinin arasına bıraktı. Artık teslim olmuştu; artık başkaları ona yardım etmeliydi. Birileri çağrılmalıydı. Pes etmişti.

Hiçbir şey onu canlandıramıyordu. Rezia yatağına yatırdı onu. Bir doktor çağırttı – Mrs. Filmer'ın Dr. Holmes'unu. Dr. Holmes onu muayene etti. Hiçbir şeyi yok, dedi. Oh, çok şükür! Ne nazik bir adam, ne iyi bir adam! diye düşündü Rezia. Kendisini böyle hissettiğinde müzikhole giderdi Dr. Holmes. Karısıyla birlikte işine bir gün ara verip golf oynardı. Neden yatmadan önce bir bardak suda eritilmiş iki bromür tableti almayı denemiyordu? Bu eski Bloomsbury evlerinde, diyordu Dr. Holmes duvara hafif hafif vurarak, çoğu kez gayet kaliteli ahşap kaplamalar vardır, ev sahipleri ise bunları duvar kâğıdıyla örtme ahmaklığını gösterir. Daha geçen gün, Bedford Meydanı'nda, Sir Filanca diye bir hastayı ziyaret ederken...

O halde hiçbir mazereti yoktu; hiçbir şeyi yoktu, insan tabiatının onu ölüme mahkûm ettiği o günah, hissetmeme günahı dışında. Evans öldürüldüğünde aldırmamıştı; en kötüsü oydu, ama sabahın erken saatlerinde tüm diğer suçlar da karyolanın parmaklığının üzerinden kafalarını çıkarıp, alçalmasının bilinci içinde yatan bitkin gövdesine parmak sallıyor, alay edip dudak büküyorlardı; nasıl sevmeden evlenmişti karısıyla, yalan söylemişti ona; baştan çıkarmıştı onu; Miss Isabel Pole'a küstahça davranmıştı; çiçek bozuğu misali o denli damgalanmıştı ki ahlaksızlıkla, kadınlar ürperiyordu onu sokakta görünce. İnsan tabiatının böyle bir sefil için verdiği hüküm ölüm cezasıydı.

Dr. Holmes yine geldi. İri yarı, kanlı canlı, yakışıklı bir adamdı, çizmelerindeki tozu birkaç fiskeyle silkip aynaya bakarak her şeyi – baş ağrılarını, uykusuzluğu, korkuları, hayalleri – bir kenara itti, asabî arazlardan başka bir şey değil, dedi. Dr. Holmes yetmiş kilonun iki yüz elli gram bile altına düştüğünü görse, kahvaltıda bir kâse daha yulaf lapası isterdi karısından. (Rezia yulaf lapası pişirmeyi öğrenecekti.) Ama, diye devam etti, sağlık büyük ölçüde bizim kontrolümüzde olan bir şeydir. Kendinizi açık hava faaliyetlerine verin; bir hobi edinin. Shakespeare'i açtı – *Antonius ve Kleopatra;* Shakespeare'i bir kenara itti. Bir hobi, diyordu Dr. Holmes, çünkü kendi mükemmel sağlığını (hem de Londra'daki herkes kadar sıkı çalışıyordu), ilgisini her an hastalarından antika mobilyalara kaydırabilmesine borçlu değil miydi? Bu arada, söylemesinde bir sakınca yoksa, Mrs. Warren ne kadar güzel bir tarak takmıştı saçına!

O lanet budala tekrar geldiğinde Septimus onu görmeyi reddetti. Öyle mi sahi? dedi Dr. Holmes, uysal bir tebessümle. Sahiden de o sevimli küçük hanımı, Mrs. Smith'i, dostça itmek zorunda kalmıştı, kocasının yatak odasına geçebilmek için.

"Demek korkuyorsunuz," dedi uzlaşmacı bir tavırla hastasının yanına oturarak. Resmen kendini öldürmekten söz etmişti karısına, esaslı bir kız, yabancıydı değil mi? Bu ona İngiliz kocalara dair pek tuhaf bir fikir vermez miydi? İnsanın karısına karşı görevleri yok muydu? Böyle serilip yatmaktansa bir şeyler yapmak daha iyi olmaz mıydı? Zira ardında kırk yılın tecrübesi vardı; Septimus inanabilirdi Dr. Holmes'un sözüne – hiçbir şeyi yoktu onun. Dr. Holmes bir dahaki gelişinde Smith'i yataktan kalkmış ve o sevimli küçük karısını kaygıdan kurtarmış bulacağını umuyordu.

Kısacası, insan tabiatıydı peşine düşen – kan kırmızı burun delikleriyle o iğrenç canavar. Holmes peşindeydi. Sektirmeden her gün geliyordu. Bir kartpostalın arkasına, bir defa tökezledin mi, diye yazmıştı Septimus, insan tabiatı peşine düşer. Holmes peşine düşer. Tek şansları kaçıp kurtulmaktı Holmes'un haberi olmadan; İtalya'ya – nereye olursa olsun, Dr. Holmes'dan uzak olsun da neresi olursa olsun.

Ne var ki Rezia onu anlayamıyordu. Dr. Holmes öyle nazik bir insandı ki. Septimus ile öyle ilgiliydi ki. Bize yalnızca yardım etmek istiyor, diyordu Rezia. Dört küçük çocuğu olduğunu ve kendisini çaya davet ettiğini söylüyordu Septimus'a.

Demek ki terk edilmişti. Bütün dünya çığlık çığlığa haykırıyordu: Öldür kendini, öldür kendini, bizim hatırımız için. Ama neden onların hatırı için öldürsündü kendini? Yiyecekler güzeldi; güneş sıcaktı; hem bu kendini öldürme işi vardı ya, insan nasıl girişirdi buna, bir yemek bıçağıyla mı, ne iğrenç, sel gibi kan akıtarak mı – bir havagazı borusunu emerek mi? Öyle halsizdi ki elini güç bela kaldırabiliyordu. Üstelik, değil mi ki şimdi yapayalnızdı, hüküm giymiş, terk edilmişti, ölümün eşiğinde olanlar gibi tek başınaydı, bir zevk ve rahatlık buluyordu bunda, yücelikle dolu bir ıssızlık, bir şeylere bağlı olanların asla bilemeyeceği bir özgürlük buluyordu. Holmes kazanmıştı elbette; kızıl burun delikleriyle o canavar kazanmıştı. Ama Holmes bile dokunamazdı dünyanın bir ucunda kaybolmuş bu son kalıntıya; gözlerini ardındaki meskûn diyarlara dikmiş, boğulmuş bir denizci gibi dünyanın kıyısında uzanıp kalmış, toplumdan dışlanmış bu kimsesize.

İşte tam o anda (Rezia alışverişe çıkmıştı) gerçekleşti o büyük aydınlanma. Paravanın gerisinden bir ses geldi. Konuşan Evans idi. Ölüler onunla birlikteydi.

"Evans, Evans!" diye haykırdı.

"Mr. Smith kendi kendine konuşuyor!" diye bağırdı hizmetçi kız Agnes, mutfakta Mrs. Filmer'a. "Evans, Evans!" demişti, o tepsiyi içeri getirirken. Yerinden sıçramıştı kız. Paldır küldür aşağıya inmişti.

O sırada Rezia çiçekleriyle içeri girdi, odayı boydan boya geçip gülleri bir vazonun içinde güneşin doğruca vurduğu bir yere koydu, sonra gülerek, hoplayarak dolaştı odayı.

Gülleri sokaktaki yoksul bir adamdan almak zorunda kalmıştı Rezia. "Ama daha şimdiden neredeyse ölmüşler," dedi onlara çeki düzen verirken.

Öyleyse dışarıda bir adam vardı, muhtemelen Evans'tı o; Rezia'nın yarı ölü dediği gülleri de Yunanistan'ın kırlarından o koparmıştı. İletişim sağlıktır; iletişim mutluluktur. İletişim, diye mırıldandı.

"Neler söylüyorsun, Septimus?" diye sordu Rezia, dehşetten çılgına dönmüştü, zira kendi kendine konuşuyordu kocası.

Agnes'ı Dr. Holmes'a koşturdu. Kocam delirdi, dedi kıza. Kendisini tanımıyor gibiydi.

"Seni canavar! Seni canavar!" diye haykırdı Septimus, insan tabiatının, yani Dr. Holmes'un odaya girdiğini görünce.

"Dur bakalım, neler oluyor burada," dedi Dr. Holmes, dünyanın en cana yakın tavrıyla. "Karını korkutmak için mi saçma sapan konuşuyorsun?" Onu uyutacak bir şey verecekti. Eğer zenginlerse, elbette Harley Sokağı(*)'na gitsinlerdi; ince bir alayla göz gezdirdi odaya; bana güvenmiyorsanız yani, dedi; pek de nazik görünmüyordu artık.

Saat tam on ikiydi; Big Ben'e göre on iki; vuruşları Londra'nın kuzeyine doğru sürüklendi; diğer saatlerin vuruşlarıyla kaynaşıp bulutlarla ve tutam tutam dumanlarla karışarak, ince semavî bir yol halinde yükseklerde, martıların arasında yok olup gitti – saat on ikiyi çaldığında Clarissa Dalloway yeşil tuvaletini yatağının üzerine seriyor, Warren Smith'ler ise Harley Sokağı'ndan aşağıya doğru yürüyorlardı. Randevuları saat on ikideydi. Herhalde, diye düşündü Rezia, Sir William Bradshaw'un evi, önünde şu gri otomobil olan evdir. (Kurşundan halkalar havada eridi.)

Gerçekten de oydu – Sir William Bradshaw'un otomobili; alçak, güçlü; gri; panelin üstünde iç içe geçmiş iki sade baş harften oluşan bir monogram; bu adam bir ruhanî yardımcı, bir bi-

(*) 19. yüzyıldan itibaren Londra'nın tanınmış hekim ve cerrahlarının muayenehanelerinin bulunduğu cadde. (ç.n.)

lim rahibi olduğundan, hanedan armalarının ihtişamı yakışıksız kaçardı sanki; bir de otomobil gri olduğundan, onun ağırbaşlı zarafetine uysun diye içine gri kürkler, gümüşî battaniyeler yığılmıştı, hanımefendi beklerken onu sıcak tutmak içindi bunlar. Zira Sir William, tavsiyeleri karşılığında gayet hakkıyla talep ettiği çok yüksek vizitelere gücü yetebilecek dert sahibi zenginleri görmeye gitmek için sık sık kırsal kesimin içlerine doğru en az doksan kilometre katederdi. Hanımefendi de dizlerini saran battaniyelerle bir saat ya da daha uzun bir süre beklerdi; arkasına yaslanıp beklerken, bazen hastayı bazen de, mazur görülebileceği üzere, o beklerken anbean yükselen altın duvarı düşünürdü; kendileriyle tüm o geçim sıkıntıları ve kaygılar (cesurca katlanmıştı bunlara; onların da kendilerince mücadeleleri olmuştu) arasında yükselmekte olan altın duvarı düşünürdü, ta ki kendisini sadece baharat kokulu rüzgârların estiği asude bir okyanusun üzerinde hissedene kadar; saygı görüyor, takdir ediliyor, imreniliyordu, hemen hemen hiçbir şey kalmamıştı istediği, gerçi şişmanlığına hayıflanmadan edemiyordu; her perşembe gecesi meslektaşlara büyük yemek davetleri; ara sıra açılışı yapılacak bir kermes; kraliyet ailesi kabulleri; işi büyüdükçe büyüyen kocasıyla birlikte, heyhat, pek az zaman; Eton'da başarılı bir erkek çocuk; bir kızı olmasını da isterdi; hoş, pek çok uğraşı da vardı; çocuk esirgeme faaliyetleri; sara hastalarının tedavi sonrası bakımı; bir de fotoğrafçılık, öyle ki nerede inşa edilmiş ya da çökmeye yüz tutmuş bir kilise görse, zangoca rüşvet verir, anahtarları alır ve fotoğraflar çekerdi, profesyonellerin eserlerinden hemen hiç ayırt edilemeyecek fotoğraflardı onlar; işte böyle şeyler düşünürdü beklerken.

Sir William da artık genç değildi. Çok çalışmıştı, bu payeyi (bir dükkâncının oğlu olarak) sırf kendi yeteneğiyle kazanmıştı; mesleğine sevdalıydı; törenlerde göstermelik bir liderlik üstlenirdi, iyi konuşurdu – bütün bunlar, daha şövalyelik nişanını almadan ağır, yorgun bir görünüme bürünmesine neden olmuştu (hasta akını öyle aralıksız, mesleğinin sorumluluk ve ayrıcalıkları öyle zahmetliydi ki), ama bu yorgunluk, kırlaşan saçlarıyla da birleşince, duruşunun olağanüstü saygınlığına katkıda bulunmuş ve ona yalnızca (sinir hastalıklarıyla uğraşmada son derece önemli olan) şimşek hızında maharete ve teşhiste neredeyse şaşmaz isabete değil, aynı zamanda halden anlamaya; davranış inceliğine ve insan ruhunu kavrayabilmeye de dayanan itibarı getirmişti. Odaya ilk girdikleri anda görebilmişti (Warren Smith idi adları); adamı görür görmez emin olmuştu; son derece ciddi bir vak'aydı bu, tam bir çöküntü vak'ası – hepsi ileri safhada olan belirtileriyle, tam bir fiziksel ve sinirsel çöküntü olduğunu iki üç dakikada tespit etmişti (soruların ihtiyatla mırıldanılan cevaplarını pembe bir karta yazıyordu).

Dr. Holmes ne zamandır ilgileniyordu onunla?

Altı haftadır.

Biraz bromür mü yazdı? Bir sorun yok mu dedi? Ah evet (şu pratisyen hekimler! diye düşündü Sir William. Zamanının yarısı onların hatalarını düzeltmeye gidiyordu. Bazılarının da telafisi imkânsızdı).

"Savaşta üstün kahramanlık göstermişsin, öyle mi?"

Hasta "savaş" sözcüğünü soru şeklinde tekrarladı.

Sembolik türden sözcüklere anlamlar yüklüyordu. Karta not edilecek ciddi bir araz.

"Savaş?" diye sormuştu hasta. Avrupa Savaşı – hani barutlu okul çocuklarının şu küçük arbedesi mi? Üstün kahramanlık mı göstermişti? Gerçekten unutmuştu. Hem savaşta yenik düşmüştü o.

"Evet, üstün kahramanlık gösterdi," diye temin etti doktoru Rezia; "rütbesini yükselttiler."

"Ayrıca işyerinde de fevkalade değer veriyorlar sana, değil mi?" diye mırıldandı Sir William, Mr. Brewer'ın gayet cömertçe sözcüklere dökülmüş mektubuna göz atarak. "Yani herhangi bir kaygın yok değil mi, ne maddi sıkıntı, ne bir şey?"

Dehşet verici bir suç işlemiş ve insan tabiatı tarafından ölüme mahkûm edilmişti.

"Ben... ben..." diye başladı, "bir suç işledim..."

"Hiç yanlış bir şey yapmadı o," diye temin etti doktoru Rezia. Mr. Smith bekleyebilirse, Sir William yan odada Mrs. Smith ile konuşmak isterdi. Kocanızın hastalığı çok ciddi, dedi Sir William. Kendini öldürme tehdidinde bulunmuş muydu?

Ah, evet, diye bağırdı Rezia. Ama yoktu öyle bir niyeti, dedi. Elbette yoktu. Sadece bir dinlenme meselesi, diyordu Sir William; dinlenme, dinlenme, dinlenme; uzun bir yatak istirahati. Güneyde kırsal bölgede çok hoş bir bakımevi vardı, kocasına çok iyi bakılacaktı orada. Benden uzakta mı? diye sordu Rezia. Ne yazık ki, evet; en sevdiğimiz insanlar, hasta olduğumuz zaman bize iyi gelmezler. Ama deli değildi, değil mi? Sir William hiçbir zaman "delilik" sözcüğünü kullanmadığını söyledi; bunu denge algısından yoksun olma diye adlandırıyordu. Ama kocası doktorları sevmezdi. Oraya gitmeyi reddedecekti. Sir William kısa ve nazik sözlerle ona durumu izah etti. Kendini öldürme tehdidinde bulunmuştu. Başka seçenek yoktu. Yasal bir sorundu bu. Taşrada güzel bir evde, yatağında yatacaktı. Hemşireler takdire değerdi. Sir William haftada bir gidip görecekti onu. Eğer Mrs. Warren Smith başka bir sorusu olmadığından eminse – hastalarını hiç aceleye getirmezdi – kocasının yanına döneceklerdi. Rezia'nın başka bir şeyi yoktu soracak – Sir William'a yani.

Böylece insanoğullarının en yüceltilmişine; yargıçlarının karşısına çıkmış suçluya; yükseklerde korunmasız kalmış kurbana; firarîye; boğulmuş denizciye; ölümsüz kasidenin şairine; yaşamdan ölüme gitmiş olan Tanrı'ya; tepe penceresinin altındaki koltukta oturmuş, gözlerini Lady Bradshaw'un saray kıyafetli bir fotoğrafına dikmiş, güzelliğe dair mesajlar mırıldanan Septimus Warren Smith'e döndüler.

"Küçük sohbetimizi yaptık," dedi Sir William.

"Senin çok, ama çok hasta olduğunu söylüyor," diye haykırdı Rezia.

"Bir bakımevinde kalman gerekiyor da, onu hallediyorduk," dedi Sir William.

"Holmes'un bakımevlerinden birinde mi?" dedi Septimus, alaycı bir tebessümle.

Bu adam nahoş bir izlenim uyandırıyordu. Zira babası esnaf olan Sir William'ın içinde, iyi yetiştirilmeye ve iyi giyinmeye doğal bir saygı olduğundan pejmürdelik batıyordu ona; ayrıca, okumaya hiç vakit bulamamış olan Sir William'ın içinde, odasına girip de, meslekleri en yüksek zihinsel yetileri zorlayan doktorların aslında eğitimli kişiler olmadığını ima eden kültürlü insanlara karşı, derinlere gömülmüş bir kin vardı.

"*Benim* bakımevlerimden birinde, Mr. Warren Smith," dedi, "sana dinlenmeyi öğreteceğiz orada."

Ve şimdi tek bir şey daha vardı.

Mr. Warren Smith'in, sağlığı yerindeyken dünyada karısını korkutacak son erkek olduğundan kesinlikle emindi. Ama kendini öldürmekten söz etmişti.

"Hepimizin bunalıma düştüğü anlar vardır," dedi Sir William.

Bir defa düştün mü, diye kendi kendine tekrarladı Septimus, insan tabiatı düşer peşine. Holmes ve Bradshaw düşer peşine. Çölü didik didik ararlar. Vahşi doğada çığlık çığlığa yitip giderler. Germeli işkence ve başparmak işkencesi yapılır. İnsan tabiatı amansızdır.

"Ani dürtüler yokluyor muydu seni bazen?" diye sordu Sir William kurşunkalemi pembe bir kartın üzerinde.

"Bu benim kendi meselem," dedi Septimus.

"Hiç kimse sadece kendisi için yaşamaz," dedi Sir William, karısının saray kıyafetli fotoğrafına göz atarak.

"Hem önünde parlak bir kariyer var," dedi Sir William. Mr. Brewer'ın mektubu masanın üstünde duruyordu. "Fevkalâde parlak bir kariyer."

Ama eğer itiraf ederse? Eğer iletişim kurarsa? O zaman bırakacaklar mıydı yakasını, Holmes da, Bradshaw da?

"Ben... ben..." diye kekeledi.

Ama suçu neydi? Hatırlayamıyordu onu.

"Evet?" diye cesaretlendirdi onu Sir William. (Ama geç oluyordu artık.)

Sevgi, ağaçlar, suç diye bir şey yok... neydi mesajı?

Hatırlayamıyordu onu.

"Ben... ben..." diye kekeledi Septimus.

"Kendini elinden geldiği kadar az düşünmeye çalış," dedi Sir William nazikçe. Sahiden de ortalıkta dolaşmaya uygun durumda değildi bu adam.

Kendisine sormak istedikleri başka bir şey var mıydı? Sir William her şeyi halledecekti (mırıltıyla söyledi bunu Rezia'ya) ve o akşam beşle altı arasında bildirecekti ona.

"Her şeyi bana bırakın," deyip salıverdi onları.

Rezia hayatında hiç ama hiç böyle bir acı hissetmemişti! Yardım istemiş ve terk edilmişti! Onları yüzüstü bırakmıştı o! Sir William Bradshaw iyi bir adam değildi.

"Sırf şu otomobilin bakımı ona epey pahalıya patlıyordur," dedi Septimus, caddeye çıktıklarında.

Rezia onun koluna yapıştı. Terk edilmişlerdi.

Ama daha ne istiyordu ki?

Hastalarına kırk beş dakika ayırıyordu; hem eğer, sonuç olarak hakkında hiçbir şey bilmediğimiz – sinir sistemi, insan beyni gibi – şeylerle ilgili bu titizlik isteyen bilimde, bir doktor denge algısını kaybederse, başarısızlığa mahkûm olurdu. Sağlıklı olmak esastır ve sağlık, dengedir; şöyle ki, adamın biri odanıza girip kendisinin İsa olduğunu (yaygın bir hezeyan türü), ve çoğunun dediği gibi, vereceği bir mesajı olduğunu söylerse, ve çoğu kez yaptıkları gibi, kendini öldürme tehdidinde bulunursa, denge algısına başvurursunuz; yatak istirahati; yalnız başına istirahat; sessizlik ve istirahat; arkadaşlardan, kitaplardan, mesajlardan uzak bir istirahat; altı aylık istirahat; ta ki içeri girerken kırk yedi kilo olan adam yetmiş altı kilo olup çıkana kadar.

Denge, ilahi denge, Sir William'ın Tanrıçasıydı o; Sir William, hastane hastane gezerken, somon avlarken, Harley Sokağı'nda kendisi de somon avlayıp profesyonel işlerden zor ayırt edilen fotoğraflar çeken Lady Bradshaw'dan bir oğul peydahlarken keşfetmişti onu. Denge Tanrıçası'na taparak, Sir William yalnızca kendisi zenginleşmemiş, İngiltere'yi de zenginleştirmişti, ülkesinin akıl hastalarını tecrit etmiş, doğumları yasaklamış, umutsuzluğu cezalandırmış, akıl sağlığı yerinde olmayanların görüşlerini yaymalarını imkânsız hale getirmişti, yani erkekseler kendisinin, kadınsalar Lady Bradshaw'un (O nakış işliyor, örgü örüyor, yedi geceden dördünü evde oğluyla geçiriyordu) denge algısını paylaşana kadar. Böylelikle yalnızca meslektaşları ona saygı duymakla, astları ondan korkmakla kalmıyor, aynı zamanda hastalarının dost ve akrabaları da ona alabildiğine derin bir minnet besliyordu, zira Sir William, dünyanın sonuna ya da Tanrı'nın zuhuruna dair kehanette bulunan bu erkek ve dişi İsa'ların, kendisinin buyurduğu üzere yataklarına yatıp süt içmelerinde ısrar ediyordu; bu tür vak'alarda otuz yıllık deneyimiyle ve "bu deliliktir, şu mantıktır" diyen şaşmaz içgüdüsüyle, bu algıyla, bu denge algısıyla Sir William!

Gelgelelim Denge'nin daha az gülümseyen, daha ürkütücü bir de kız kardeşi vardır, şu anda bile – Hindistan'ın sıcağında ve kumlarında, Afrika'nın çamurunda ve bataklığında, Londra'nın varoşlarında, velhasıl iklimin ya da şeytanın insanları kendisinin gerçek inancından sapmaya kışkırttığı her yerde – tapınakları yakıp yıkmakla, putları kırıp dökmekle ve onların yerine kendi haşin çehresini yerleştirmekle meşgul olan bir Tanrıça.

Dönüştürme'dir onun adı; güçsüzlerin iradeleriyle ziyafet çeker kendine, etkilemeye, dayatmaya bayılır, halkın yüzüne damga gibi vurulmuş kendi yüzüne tapar. Hyde Park Corner'da bir fıçının üstüne dikilip vaaz çeker; kefen beyazına bürünür ve nedamet getirmişçesine, kardeş sevgisi kılığında fabrikaların ve meclis binalarının içinden yürür geçer; yardım önerir, ama güç ister; muhalifleri, hoşnutsuzları, hoyrat bir darbeyle uzaklaştırır yolundan; lütfunu ancak, yukarıya bakıp da kendi gözlerinin ışığını itaatkârca kendi gözlerinden alanlara bahşeder. Bu hanımefendi, Sir William'ın kalbini de mesken tutmuştu (Rezia Warren Smith sezmişti bunu), gerçi çoğu kez olduğu üzere, saygın bir isim, sevgi, vazife, fedakârlık gibi inandırıcı bir maskenin ardında gizlenmişti. Nasıl da çalışırdı Sir William – bağış toplamak, reformları yaymak, akıl hastanelerinin açılmasına önayak olmak için nasıl da didinirdi! Ama Dönüştürme, o müşkülpesent Tanrıça, tuğladan çok kan sever ve alabildiğine sinsice, doyasıya yiyip bitirir insanın iradesini. Mesela Lady Bradshaw. On beş yıl önce teslim olmuştu. Parmak basabileceğiniz bir şey yoktu; ne bir olay, ne ani bir patlama; yalnızca kendi iradesinin ağır ağır, adeta suya doyarak batıp kocasınınkinin içine gömülmesiydi bu. Tatlıydı tebessümü, hızlıydı teslimiyeti; Harley Sokağı'nda yüksek meslek sınıflarından on-on beş misafirin sekiz-dokuz çeşit yemekle ağırlandığı zarif davetler sorunsuz geçerdi. Sadece, akşam ağır aksak ilerledikçe belli belirsiz bir donukluk, ya da belki huzursuzluk, asabi bir seğirme, kekeleme, dil sürçmesi ve kafa karışıklığı, inanması cidden acıtıcı olan şeye – biçare hanımefendinin yalan söylediğine – işaret ederdi. Bir zamanlar, çok eskiden, özgürce somon balıkları yakalarken, şimdi kocasının gözünü böyle yapmacık bir ışıkla aydınlatan o doymak bilmez hükmetme tutkusuna, iktidar tutkusuna hızla hizmet etme çabasıyla kasılıyor, eziliyor, yontuyor, buduyor, geri çekiliyor, kaçamak bakıyordu: öyle ki akşamı tatsız kılan ve başının tepesindeki bu basınca yol açan şeyin tam ne olduğunu bilmese de (pekâlâ da o mesleki sohbete ya da Lady Bradshaw'un dediği gibi hayatı "kendisine değil hastalarına ait olan" büyük bir doktorun yorgunluğuna hamledilebilirdi), tatsızdı o akşam yemekleri: öyle ki saat 10'u çaldığında, Harley Sokağı'ndaki misafirler adeta coşkuyla derin bir nefes alırlardı; oysa bu ferahlık, hastalarından esirgenirdi.

Orada o gri odada, duvardaki tabloların, değerli mobilyaların arasında, o buzlu camlı tepe penceresinin altında, kabahatlerinin kapsamını öğrenirdi onlar: koltuklarda büzülmüş oturarak onun, kendilerinin iyiliği için yaptığı tuhaf egzersizi izlerlerdi; o, kollarını birdenbire iki yana açar, sonra sertçe geri getirirdi kalçasına; bunu (eğer hasta inatçıysa) Sir William'ın kendi hareketlerine hâkim olduğunu, hastanın ise öyle olmadığını kanıtlamak için yapardı. Orada bazı güçsüzler dağılıp kalırdı; hıçkırıklara boğulur, boyun eğerlerdi; diğerleri, Tanrı bilir hangi taşkın delilikten aldıkları ilhamla Sir William'ın suratına onun lanet olası bir şarlatan olduğunu söylerlerdi; hatta daha da zındıkça, hayatın kendisini sorgularlardı. Neden yaşamalı ki? diye sorarlardı. Sir William, hayat güzeldir diye yanıtlardı. Lady Bradshaw elbette otrişler içinde şöminenin tepesinde asılı dururdu ve Sir William'ın kazancına gelince, yılda tam on iki bin sterlindi. Ama ya biz, diye itiraz ederlerdi, hayat bize böyle bir cömertlik göstermedi ki. O da ses çıkarmazdı. Denge algısından yoksundu onlar. Hem belki, neticede Tanrı yoktu? Omuzlarını silkerdi Sir William. Özetle, bu yaşamak ya da yaşamamak denen şey onların kendilerine ait bir mesele değil miydi? Ama işte orada yanılıyorlardı. Sir William'ın Surrey'de bir arkadaşı vardı, orada, zor bir sanat olduğunu Sir William'ın samimiyetle kabul ettiği şeyi

– denge algısını – öğretiyorlardı. Dahası, aile sevgisi, onur, cesaret ve parlak bir kariyer de vardı. Bunların tümünün kararlı bir savunucusuydu Sir William. Onlar yetersiz kalırsa, polis desteği ve toplum yararı girerdi devreye, Sir William'ın usulca belirttiği üzere bunlar Surrey'de – her şeyden çok sağlıklı kan eksikliğinden kaynaklanan – bu toplumdan kaçma dürtülerinin denetim altında tutulmasını sağlardı. Sonra da, muhalefeti ezip geçerek başkalarının tapınaklarına silinmez bir biçimde kendi imgesini işleme ihtirasıyla yanıp tutuşan o Tanrıça, gizlendiği yerden süzülerek çıkıp tahtına otururdu. Çıplak ve savunmasız kalan bitkinler ve dostsuzlar, Sir William'ın iradesinin etki alanına girerdi. O da üstlerine çullanır, parçalayıp yutardı onları. İnsanları sustururdu. Onu kurbanlarının yakınlarına böylesine sevdiren de işte bu kararlılık ve insanlığın bileşimiydi.

Oysa Rezia Warren Smith, Harley Sokağı'ndan aşağı yürürken, o adamdan hoşlanmadığını haykırıyordu.

Parçalayıp dilimleyerek, bölerek ve tekrar bölerek, Harley Sokağı'nın saatleri Haziran gününü azar azar kemiriyor, boyun eğmeyi öğütlüyor, otoriteyi destekliyor ve koro halinde, denge algısının üstün avantajlarına dikkat çekiyordu, nihayet zaman tepeciği o kadar küçüldü ki Oxford Caddesi'ndeki bir mağazanın üstünde asılı duran bir ticari saat, sanki Messrs. Rigby ve Lowndes bu bilgiyi bedava vermekten zevk duyuyormuş gibi nazikçe ve kardeşçe, saatin bir buçuk olduğunu ilan etti.

Yukarıya bakınca, Rigby ve Lowndes adlarının her bir harfinin saatlerden birini temsil ettiğini görürdünüz; Greenwich tarafından onaylanan zamanı size bildirdikleri için farkında olmadan minnet duyardınız onlara; bu minnet de (kafasında öyle evirip çeviriyordu Hugh Whitbread, orada vitrinin önünde oyalanırken) doğal olarak daha sonra Rigby ve Lowndes'tan çorap ya da pabuç almaya dönüşürdü. Böyle düşünürdü işte. Âdetiydi bu. Derine inmezdi. Yüzeylere değip geçerdi; bir zamanlar ölü diller, yaşayan diller, İstanbul'da, Paris'te, Roma'da hayat; binicilik, atıcılık, tenisti bunlar. Kötü niyetliler, onun şimdi Buckingham Sarayı'nda, üstünde ipek çoraplar ve diz boyu pantolonlarla, ne olduğunu kimsenin bilmediği bir şeyi korumak için nöbet tuttuğunu iddia ediyordu. Ama bunu son derece etkili bir şekilde yapıyordu. Elli beş yıldır İngiliz toplumunun kaymak tabakası üstünde yüzüyordu. Başbakanlar tanımıştı. Duygusal yakınlıklarının derin olduğu belliydi. Dönemin büyük hareketlerinden hiçbirine katılmamış ya da önemli makamlarda bulunmamış olduğu doğruysa bile, birkaç mütevazı reformun onuru ona aitti; bir tanesi sığınakların ıslahıydı; bir diğeri Norfolk'taki baykuşların korunmasıydı; hizmetçi kızların da ona minnettar olması için bir nedenleri vardı; ayrıca, gerek bağış istemek amacıyla, gerekse çöplerin muhafazası ve tasfiyesi, dumanın azaltılması ve parklarda ahlaksızlığın kökünün kazınması gibi konularda halka çağrıda bulunmak amacıyla *Times*'a yazılan mektupların altında yer alan ismi, saygı telkin ederdi.

Ayrıca, bir an duralayıp (buçuğun sesi sönüp giderken) eleştirel ve âmirane bir tavırla çoraplara ve pabuçlara bakarken, harika görünüyordu, sanki dünyayı belli bir yükseklikten seyreder gibi kusursuz, nüfuzlu bir havası vardı, kıyafeti de bu havayla uyumluydu; ama büyüklüğün, zenginliğin, sağlığın icabettirdiği yükümlülüklerin de farkındaydı ve mutlaka gerekli olmadığı zaman bile, ufak tefek inceliklere, modası geçmiş nezaket kurallarına titizlikle riayet ederdi; bunlar da onun davranış tarzına, taklit edilecek, onu anımsatacak bir özellik katardı, sözgelimi yirmi yıldır tanıdığı Lady Bruton'la yiyeceği öğle yemeğine elinde bir demet karanfil olmadan asla gitmez ve Lady Bruton'ın sekreteri Miss Brush'a Güney Afrika'daki erkek kardeşini sormayı hiç ihmal etmezdi; kadınsı cazibenin hiçbir türünden nasibini almamış olan Miss Brush ise, her nedense öyle içerlerdi ki buna, "Teşekkür ederim, Güney Afrika'da işleri gayet yolunda," derdi, oysa altı yıldır kardeşinin durumu kötüydü Portsmouth(*)'ta.

Lady Bruton'ın kendisi de, aynı anda gelen Richard Dalloway'i tercih ederdi. Aslında ikisi tam da kapının eşiğinde karşılaşmışlardı.

Lady Bruton elbette Richard Dalloway'i tercih ederdi. Çok daha zarifti onun kumaşı. Ama kimsenin, zavallı sevgili Hugh'sunu aşağılamasına izin veremezdi. Onun nezaketini asla unutamazdı – gerçekten fevkalâde nazik davranmıştı – tam hangi vesileyle, aklına gelmiyordu şimdi. Ama öyle davranmıştı, fevkalâde nazik yani. Her neyse, bir erkekle diğeri arasındaki fark pek de önemli değildi zaten. İnsanları kesip biçmeye hiçbir zaman anlam verememişti, hani Clarissa Dalloway'in yaptığı gibi – onları kesip biçmek, sonra parçaları tekrar birleştirip yapıştırmak; her halükârda, insan altmış iki yaşına geldiyse anlamı yoktu bunun. Hugh'nun karanfillerini o zarafetten yoksun, haşin tebessümüyle aldı. Başka gelen yok, dedi. Onları uydurma bir bahaneyle getirtmişti zaten, aslında bir güçlüğü aşmak için yardım isteyecekti onlardan.

"Ama önce yemeğimizi yiyelim," dedi.

Ve böylece, önlüklü, beyaz başlıklı genç kızların yaylı kapılar arasından sessiz ve kusursuz gidiş gelişleri başladı; ihtiyaç duyulan hizmetçi kızlar değildi onlar, ev sahibelerinin Mayfair'de saat bir buçukla iki arasında sahneledikleri bir muamma ya da görkemli bir aldatmaca içindeki uzmanlardı; o zaman bir el sallayışıyla trafik durur ve onun bıraktığı yerde bu derin yanılsama yükselir, her şeyden önce yemeğin bedelsiz olduğuna dair; sonra da sofra kendi iradesiyle, kadehlerle, gümüş çatal bıçaklarla, küçük altlıklarla, kızıl meyvelerle dolu tabaklarla donanır; kahverengi ince bir krema tabakası, kalkan balığını örter; kesilip par-

(*) İngiltere'de bir şehir. (ç.n.)

çalanmış tavuklar güveç çanaklarında yüzer; aldatıcı, evcillikten uzak bir ateş yanar; şarap ve kahveyle de (bedelsiz), neşeli hayaller belirir dalıp giden gözlerin önünde; yumuşak bakışlı, düşünceli gözler; hayatı ahenkli, gizemli gören gözler; şimdi canlanıp Lady Bruton'ın (hep o zarafetten yoksun hareketlerle) tabağının yanına koyduğu kırmızı karanfillerin güzelliğini hoşnutlukla izleyen gözler; öyle ki Hugh Whitbread, kendini tüm evrenle barışık, aynı zamanda da itibarından iyice emin hissederek, çatalını bırakıp konuştu:

"Dantelinizin üzerinde hoş durmazlar mıydı?"

Miss Brush bu tür laubaliliklere fena halde içerlerdi. Görgüsüzün biri olduğunu düşünüyordu onun. Lady Bruton'ı güldürürdü böyle diyerek.

Lady Bruton karanfilleri havaya kaldırdı, arkasındaki resimde General elindeki parşömen tomarını nasıl tutuyorsa o da hemen hemen aynı tavırla, kaskatı tuttu onları; kendinden geçmiş gibi, kıpırtısız duruyordu. Şimdi hangisiydi o, General'in torununun kızı mı? Torununun torunu mu? diye sordu kendine Richard Dalloway. Sir Roderick, Sir Miles, Sir Talbot – tamam oydu işte. O ailede, benzerliğin kadınlarda sürüp gitmesi de dikkate değerdi doğrusu. Bu kadın bizzat general olmalıydı ağır süvari birliklerinde. Richard da seve seve hizmet ederdi onun emrinde; sonsuz saygısı vardı ona; güçlü kuvvetli safkan yaşlı kadınlara dair böyle romantik görüşleri vardı ve kendi şakacı üslûbuyla, tanıdığı bazı delifişek gençleri Lady Bruton'a öğle yemeğine getirmeyi isterdi; sanki bu kadına benzer bir tip, bu sıcakkanlı, heyecanlı çay meraklıları arasından çıkabilirmiş gibi! Richard onun memleketini biliyordu. Ailesini tanıyordu. Orada hâlâ meyve veren bir asma vardı ve Lovelace ya da Herrick – Lady Bruton tek satır şiir okumazdı ama hikâyeyi böyle anlatırlardı – onun altında oturmuştu. Beklemek daha iyi, diye düşünüyordu Lady Bruton, kendisini tedirgin eden meseleyi (halka bir çağrı yapılması, yapılacaksa hangi koşullarda yapılacağı vesaire hakkında) onlara danışmadan önce kahvelerini içene kadar beklemesi daha iyi olacaktı; böyle düşünerek karanfilleri tabağının yanına koydu.

"Clarissa nasıl?" diye sordu damdan düşer gibi.

Clarissa her zaman Lady Bruton'ın kendisinden hoşlanmadığını söylerdi. Aslında Lady Bruton, insanlardan çok politikaya ilgi duymasıyla; erkek gibi konuşmasıyla; 1880'lerde dile düşmüş ve anı kitaplarında yeni yeni sözü edilen bir entrikada parmağı olmasıyla ün salmıştı. Kuşkusuz, salon duvarında bir girinti, o girintinin içinde bir masa, masanın üzerinde de müteveffa General Sir Talbot Moore'un bir fotoğrafı vardı; kendisi orada (seksenli yıllarda bir akşam) Lady Bruton'ın gözü önünde, onun bilgisi dahilinde, belki de tavsiyesi üzerine, İngiliz birliklerine tarihî bir vesileyle ilerleme emri veren bir telgrafı kaleme almıştı. (Lady Bruton kalemi saklamış ve hikâyeyi anlatmıştı.) Bu yüzden o teklifsiz tavrıyla "Clarissa nasıl?" diye sorduğunda kocalar, sık sık kendilerinin önünü kesen, yurt dışında görevler kabul etmelerini engelleyen ve tam da bir meclis oturumundayken grip tedavisi için deniz kenarına götürülmeleri gereken kadınlara Lady Bruton'ın duyduğu ilgi hakkında karılarını ikna etmekte zorlanır ve hatta ne kadar sadık olurlarsa olsunlar, kendileri de gizlice şüpheye düşerlerdi. Yine de onun "Clarissa nasıl?" sorusu kadınlar tarafından, tartışmasız iyilik dileyen birinden gelen bir duygudaşlık işareti olarak algılanırdı; hemen her zaman suskun olan o dostun (ömür boyu belki de yarım düzineyi geçmeyen) sözleri, pek seyrek karşılaşan, karşılaşınca da birbirlerine karşı kayıtsız hatta düşmanca görünen Lady Bruton ile Mrs. Dalloway'i, erkeklere mahsus yemek davetlerinin ötesinde müstesna bir bağla birleştiren bir tür kadınsı yoldaşlığın onaylanması anlamına gelirdi.

"Clarissa'ya bu sabah parkta rastladım," dedi Hugh Whitbread, güveç çanağına yumulurken; kendisine küçük bir övünç payı çıkarma telaşındaydı, öyle ya, sırf Londra'ya gelmesi yeterli olmuştu herkesi hemen görmesine; ama açgözlü mü açgözlü, diye düşündü Milly Brush, hayatta tanıdığım en açgözlü adamlardan biri; erkekleri korkusuz bir dürüstlükle gözlemlerdi ve çarpık çurpuk, bir deri bir kemik, dişilere özgü çekicilikten tümüyle yoksun bir kadın olarak, özellikle kendi hemcinslerine sonsuz bir sadakatle bağlanma yeteneğine sahipti.

"Şehre kim gelmiş biliyor musunuz?" dedi Lady Bruton, ansızın anımsayarak. "Eski dostumuz Peter Walsh."

Hep birlikte gülümsediler. Peter Walsh ha! Mr. Dalloway gerçekten de memnun, diye düşündü Milly Brush; Mr. Whitbread'in aklıysa sırf tavuğunda.

Peter Walsh! Lady Bruton, Hugh Whitbread ve Richard Dalloway; üçü de aynı şeyi anımsadı – Peter nasıl tutkuyla âşık olmuş, reddedilmiş, Hindistan'a gitmiş, bozguna uğramış, her şeyi berbat etmişti; Richard Dalloway de o aziz eski dosta büyük bir sempati besliyordu. Milly Brush görmüştü bunu; gözlerinin kahverenginde bir derinlik görüyordu; onun duraksadığını; düşünüp taşındığını görüyordu; bu da ilgisini çekiyordu, Mr. Dalloway zaten her zaman ilgisini çekmişti, onun Peter Walsh hakkında ne düşündüğünü merak ediyordu Milly Brush.

Peter Walsh'un bir zamanlar Clarissa'ya âşık olduğunu düşünüyordu herhalde; Mr. Dalloway yemekten sonra doğruca geri dönüp Clarissa'yı bulacaktı; lafı dolandırmadan ona kendisini sevdiğini söyleyecekti. Evet, öyle diyecekti.

Milly Brush bir zamanlar bu sessizliklere neredeyse âşık olabilirdi; Mr. Dalloway daima öyle güven telkin eden biriydi ki; hem de tam bir centilmendi. Artık kırkına gelmişti Milly Brush, sinyali alması için Lady Bruton'ın başını sadece eğmesi ya da biraz sertçe çevirmesi yetiyordu; dünyayla ilişkisi olmayan, yozlaşmamış bir ruhtu o; hayat en ufak değeri olan hiçbir şey vermemişti ona, ne bir bukle ne bir gülüş, ne bir dudak, yanak ya da burun; bu yüzden de kandıramazdı onu hayat; Milly Brush bu düşüncelere ne kadar gömülmüş olursa olsun, Lady Bruton'ın sadece başını eğmesi yetiyor, Perkins'e derhal kahve servisini hızlandırma talimatı veriliyordu.

"Evet, Peter Walsh geri dönmüş," dedi Lady Bruton. Hepsinin gururu okşanmıştı belli belirsiz. Hırpalanmış, başarısız olmuş, onların güvenli sahillerine geri dönmüştü. Ama ona yardım etmek imkânsız, diye düşünüyorlardı; zayıf bir tarafı vardı karakterinin. Hugh Whitbread elbette Filanca'ya ondan söz edebileceğini söyledi. Devlet dairelerinin yöneticilerine "eski dostum Peter Walsh" vesaire diye yazabileceği mektupları düşünürken yüzü kederle, kibirle kırıştı. Ne var ki bundan bir şey, yani sürekli bir şey çıkmayacaktı – Peter'ın karakteri yüzünden.

"Bir kadınla başı dertte," dedi Lady Bruton. Hepsi tahmin etmişti zaten, işin temelinde *bu* vardı.

"Her neyse," dedi Lady Bruton, konuyu kapatmaya can atarak, "hikâyenin tümünü Peter'ın kendisinden dinleriz artık."

(Kahve hayli gecikmişti.)

"Peki, adres?" diye mırıldandı Hugh Whitbread; ve bir anda, Lady Bruton'ın etrafında günbegün biriktiren, alıkoyan, darbeleri önleyip kesintileri hafifleten bir tül misali kendisini sarıp sarmalayan ve Brook Sokağı'ndaki evin çevresine ince bir ağ gibi yayılan o müphem hizmet gelgitinde bir dalgalanma oldu; otuz yıldır Lady Bruton'ın yanında olan ve o ağın içindeki her şeyi hataya meydan vermeden anında tanıyıp seçen kır saçlı Perkins adresi yazdı, onu Mr. Whitbread'e verdi, o da adresi en önemli belgelerin arasına yerleştirirken, Evelyn'den Peter Walsh'u bir gün öğle yemeğine çağırmasını isteyeceğini söyledi.

(Kahveyi getirmek için Whitbread'in işini bitirmesini bekliyorlardı.)

Hugh çok yavaş, diye düşünüyordu Lady Bruton. Şişmanlıyordu da, gözünden kaçmamıştı. Richard ise her zamanki mükemmel formunu koruyordu. Sabrı taşmaya başlamıştı Lady Bruton'ın; tüm varlığıyla, bu lüzumsuz ıvır zıvırı (Peter Walsh'u ve onun aşk maceralarını) amansızca bir kenara itip, kesin ve yadsınamaz bir şekilde ilgisini, sadece ilgisini değil, ruhunun güç merkezi olan o damarı, yani Millicent Bruton'ı Millicent Bruton yapan o olmazsa olmaz tarafını da çeken o konuya odaklanıyordu; saygın ailelerden gelen her iki cinsiyetten gençlerin Kanada'ya göç etmelerini ve makul bir başarı beklentisiyle orada yerleşmelerini sağlamaya yönelik bir projeydi bu. Abartıyordu. Belki de denge algısını yitirmişti. Göç, başkalarının gözünde bariz bir çare, yüce bir kavram değildi. Onlara (ne Hugh'ya ne Richard'a, hatta ne de sadık Miss Brush'a) göre, iyi yetişmiş, iyi aileden gelmiş, kesin dürtüleri, apaçık duyguları ve pek az içebakma yeteneği olan (açık ve basit – neden herkes açık ve basit olamıyor? diye sorardı) güçlü bir savaşçı kadının, gençlik geçip gidince içinde yükseldiğini hissedip herhangi bir amaca akıtma gereği duyduğu o bastırılmış bencilliği azat eden bir şey değildi bu; o amaç Göç de olabilirdi, Özgürleştirme de; ama ne olursa olsun, etrafında ruhunun özünün her gün salgılandığı bu amaç, kaçınılmaz biçimde prizmatik, parlak, yarı-ayna, yarı değerli taş oluyordu; kâh özenle gizleniyordu, olur da birileri küçümser diye; kâh gururla sergileniyordu. Kısacası, Lady Bruton ile fazlasıyla özdeşleşmişti Göç.

Ama yazması gerekiyordu. *Times*'a bir mektup yazmanın kendisine Güney Afrika'ya bir sefer düzenlemekten (ki bunu savaş sırasında yapmıştı) daha zahmetli geldiğini söylerdi hep Miss Brush'a. Başlama, yırtıp atma, tekrar başlama şeklinde bir sabah boyu sürüp giden mücadeleden sonra kendi kadınlığının beyhudeliğini başka hiçbir durumda hissetmediği kadar hisseder ve *Times*'a mektup yazma sanatına hâkimiyetinden kimsenin kuşku duymadığı Hugh Whitbread'i düşünürdü minnetle.

Kendisinden böylesine farklı yaratılmış, dile bu denli hâkim olan, her şeyi editörlerin beğeneceği gibi ifade edebilen birinin sadece açgözlülük diye adlandıramayacağınız tutkuları olurdu. Lady Bruton çoğu kez erkekler hakkındaki hükmünü ertelerdi; bunu hiçbir kadının değil yalnızca erkeklerin, evrenin yasalarıyla kendileri arasındaki gizemli uyuma hürmeten yapardı; onlar neyi nasıl söyleyeceklerini bilirdi; ne söylemeleri gerektiğini bilirdi; o halde Richard kendisine akıl verirse, Hugh da kendisi adına yazarsa, bir şekilde doğru olanı yapacağından emindi. Bu yüzden, varsın Hugh suflesini bitirsin, diye düşündü, ardından zavallı Evelyn'in sağlığını sordu, sigara içme faslına kadar bekledi, sonra konuştu.

"Milly, kâğıtları getirir misin?"

Miss Brush dışarı çıktı, geri geldi; kâğıtları masanın üstüne koydu; Hugh da gümüş dolmakalemini çıkardı; kapağını çevirip açarken, onun yirmi yıllık hizmeti olduğunu söyledi. Hâlâ mükemmel durumdaydı; imalatçılarına göstermişti onu; bozulmasına hiç neden yok demişlerdi; bundan da hem Hugh için hem de kaleminin ifade ettiği duygular için bir övünç payı çıkıyordu sanki (öyle hissediyordu Richard Dalloway); Hugh kâğıdın kenarına özenle büyük harfler yazıp onları birer daire içine almaya başlamıştı; bu harikulâde dönüşümü izleyen Lady Bruton da kendisine ait karmakarışık lafların, *Times* editörünün saygı duymak zorunda olduğu türden mantığa ve gramere indirgendiğini hissediyordu. Hugh yavaştı. Hugh inatçıydı. Richard risk almak gerektiğini söyledi. Hugh, insanların hissiyatını dikkate alarak değişiklikler yapmayı önerdi, Richard gülünce de, biraz sertleşerek bunun "hesaba katılması gerektiğini" söyleyip yüksek sesle okudu, "dolayısıyla bizler, tam vaktin geldiği görüşünde olarak ... sürekli artan nüfusumuzun yararlanılmayan gençleri ... ölmüşlere olan borcumuz ..." Richard'a göre bunlar tümüyle dolgu malzemesi ve boş laftı, ama bir kötülük yoktu bunda tabii, Hugh da en soylusundan duygu ve düşüncelerini alfabetik sıraya göre taslak halinde yazmaya devam etti, purosunun külünü yeleğinden silkeliyor, ara sıra da kaydetmiş oldukları ilerlemeyi toparlayıp özetliyordu, sonunda yüksek sesle okuduğu mektup taslağını bir başyapıt olarak değerlendirdi Lady Bruton. İşittikleri gerçekten kendi düşünceleri olabilir miydi?

Hugh, editörün bunu kabul edeceğine dair güvence veremezdi; ama biriyle öğle yemeğinde buluşacaktı.

Bunun üzerine, nadiren incelikli bir şey yapan Lady Bruton, Hugh'nun tüm karanfillerini elbisesinin önüne tıkıştırdı ve ellerini iki yana savurarak ona "Başbakanım!" diye seslendi. Bu ikisi olmasaydı ne yapardı bilmiyordu. Kalktılar. Ve Richard Dalloway her zaman yaptığı gibi gidip General'in portresine bir göz attı, çünkü bir boş vakit bulduğunda Lady Bruton'ın ailesinin tarihçesini yazmaya niyetleniyordu.

Millicent Bruton da ailesiyle çok gurur duyardı. Ama bekleyebilirler, bekleyebilirler, dedi resme bakarak; ailesinin askerlerden, yöneticilerden, amirallerden oluşan fertleri görevlerini yapmış olan eylem adamlarıydı demek istiyordu. Richard'ın ilk görevi de ülkesine olan göreviydi, ama evet, yakışıklı bir yüz bu, dedi; ayrıca, tüm belgeler Richard için Aldmixton'da hazır bekliyor olacaktı vakit gelince; İşçi Partisi iktidara gelince demek istiyordu. "Ah şu Hindistan'dan gelen haberler!" diye haykırdı.

Sonra da, antrede durup malakit masanın üstündeki çanaktan sarı eldivenlerini alırlarken ve Hugh, Miss Brush'a kadının kalbinin derinliklerinde nefret uyandırıp yüzüne al bastıran lüzumsuz bir nezaketle değersiz bir bilet verir ya da başka bir iltifatta bulunurken, Richard, şapkası elinde, Lady Bruton'a dönüp konuştu.

"Sizi bu gece partimizde göreceğiz, değil mi?" sorusu üzerine Lady Bruton, mektup yazma faslının tuzla buz ettiği görkemli tavrı tekrar takındı. Gelebilirdi de, gelemeyebilirdi de.

Clarissa'nın harika bir enerjisi vardı. Partiler Lady Bruton'ı ürkütüyordu. Ama öte yandan, yaşlanıyordu da. Böyle imalarda bulunuyordu, endamlı ve dimdik, kapısının eşiğinde ayakta dururken; arkasında çov-çov köpeği geriniyordu, Miss Brush ise eli kolu kâğıtlarla dolu, geri planda kaybolup gitmişti.

Sonra Lady Bruton, bir kraliçe edasıyla ağır ağır odasına çıktı, bir kolunu arkaya atıp kanepeye uzandı. İçini çekti, horuldadı, uyumuyordu aslında, sadece uykulu ve uyuşuktu, bu sıcak Haziran günü güneşin altında, daireler çizerek uçuşan arılar ve sarı kelebeklerle, bir yonca tarlası gibi uykulu ve uyuşuktu. Zihninde hep Devonshire'deki o tarlalara, erkek kardeşleri Mortimer ve Tom ile birlikte, midillisi Patty'nin sırtında derelerin üstünden atladığı tarlalara dönerdi. Köpekler de vardı orada, sıçanlar da; ağaçların altında yayılan çimlerin üstünde çay içen babasıyla annesi de vardı; yıldızçiçeği, gülhatmi, pampas otu tarhları da; ve onlar, o küçük şeytanlar, her zaman bir yaramazlık peşindeydi! Bir haylazlıktan üst baş darmadağın dönerken, görünmemek için gizlice fundalığın içinden geçerlerdi. Yaşlı dadısı neler söylemezdi üstündeki elbiseleri görünce!

Ah evet, hatırlıyordu – Brook Sokağı'nda Çarşamba günüydü. O nazik iyi dostlar, Richard Dalloway ile Hugh Whitbread, bu sıcak günde, homurtusu kendisinin uzandığı kanepeye kadar gelen caddelerden geçip gitmişlerdi. Güç, mevki, kazanç; hepsine sahipti Lady Bruton. Zamanının ön saflarında yaşamıştı. İyi dostları olmuştu; döneminin en yetenekli kişilerini tanımıştı. Londra mırıl mırıl ona doğru akıyordu; kanepenin arkalığında duran eli, dedelerinin tutmuş olabileceği türden hayali bir âsayı kavradı, uykulu ve uyuşuk haliyle, onu Kanada'ya doğru ilerleyen taburlara kumanda eder gibi tutuyordu, sanki Londra'da, kendi bölgelerinde, Mayfair denen o küçük halı parçasında yürüyen o iyi dostlara da kumanda ediyordu.

Ondan gitgide uzaklaşıyorlardı; onları kendisine bağlayan ince iplik (birlikte öğle yemeği yemişlerdi ya), onlar Londra'da yürürken gerildikçe gerilecek, inceldikçe incelecekti; sanki dostlarınız, siz onlarla yemek yedikten sonra bedeninize ince bir iplikle bağlanıyor, o iplik de (kendisi orada uyuklarken) her saat başı ya da kilisede ayin için çalan çanların sesiyle sislenip puslanıyor, yağmur damlalarıyla lekelenen, ağırlaşıp sarkan bir örümcek ağı gibi belirsizleşiyordu. Böylece uyuyakaldı.

Richard Dalloway ile Hugh Whitbread, tam da kanepede uzanmış yatan Millicent Bruton'ın o ipliğin kopmasına izin verip horlamaya başladığı anda, Conduit Sokağı'nın köşesinde duraksadılar. Zıt rüzgârlar köşebaşında boğuşuyordu. Bir vitrine baktılar; alışveriş yapmak ya da konuşmak değil, ayrılmak istiyorlardı birbirlerinden; ancak köşebaşını döven zıt rüzgârlarla, bedenin gelgitlerindeki bir tür kaymayla, iki gücün, sabah ve öğle sonrasının bir girdapta buluşmasıyla, durakladılar. Bir gazete ilanı önce bir uçurtma gibi gösterişli bir salınmayla havaya uçtu, sonra duraladı, birdenbire inişe geçti, çırpındı; bir hanımefendinin başındaki tül uçuştu. Sarı tenteler titredi. Sabah trafiğinin hızı kesildi ve tek tük arabalar yarı boş yollarda tıngır mıngır ilerledi. Richard Dalloway'in aklına ara ara gelip giden Norfolk'ta, tatlı bir esinti taçyapraklarında oynaşıyor, suları karıştırıyor, çiçeklenen çayırları dalgalandırıyordu. Sabahki çalışmanın yorgunluğunu uykuyla gidermek için çalı çitlerin dibine yerleşmiş olan tırpancılar, gökyüzünü; o mavi, o durağan, o alev alev yaz semasını görebilmek için, titrek yaban maydanozu toplarını kıpırdatıyor, uzun yeşil yapraktan perdeleri aralıyorlardı.

Farkındaydı Richard, kendisi I. James zamanından kalma çift kulplu bir gümüş kupaya bakıyor; Hugh Whitbread ise, işin erbabı havalarında, biraz küçümseyerek, ama hayran hayran İspanyol işi bir kolyeyi gözden geçiriyor, olur ya Evelyn'in hoşuna gider diye fiyatını da sormayı düşünüyordu. Yine de uyuşmuş gibiydi Richard; ne düşünebiliyor ne de kımıldayabiliyordu. Hayat bu enkazı kusmuştu işte; rengârenk sahte taşlarla dolu vitrinler; ve insan ihtiyarların canlılıktan, esneklikten yoksun uyuşukluğuyla, katılığıyla dikilmiş içeri bakıyordu. Evelyn Whitbread şu İspanyol kolyesini isteyebilirdi – neden olmasın? Richard neredeyse esneyecekti. Hugh dükkâna giriyordu.

"Haklısın!" dedi Richard, onun peşine takılarak.

Tanrı biliyor ya, Hugh ile gidip kolye alışverişi yapmak istemiyordu. Ama bedenin gelgitleri vardır. Sabah, öğleyle buluşur. Derin mi derin denizlerin üstündeki entipüften bir sandal misali, Lady Bruton'ın büyük büyükbabası, onun anıları ve Kuzey Amerika'daki askeri harekâtı da sulara gömülüp gitmişti. Sonra da Millicent Bruton. Suyun dibini boylamıştı o da. Göçün âkıbetinin ne olacağı Richard'ın zerrece umurunda değildi; o mektup da, editörün onu gazeteye koyup koymayacağı da. Kolye, Hugh'nun o güzelim parmaklarının arasında gerilmiş, asılı kalmıştı. Varsın onu kızın birine versin, illa mücevher alacaksa – herhangi bir kıza, sokaktaki herhangi bir kıza. Zira bu hayatın beyhudeliği Richard'ı hayli şiddetle sarsmıştı o anda – Evelyn'e kolyeler almak ha! Eğer bir oğlu olsaydı, Çalış, çalış! derdi ona. Ama Elizabeth'i vardı onun; Elizabeth'ine tapıyordu.

"Mr. Dubonnet'yi görmek isterdim," dedi Hugh, o incelikten yoksun, dünyevî tarzıyla. Görünüşe bakılırsa bu Dubonnet'de Mrs. Whitbread'in boynunun ölçüleri vardı, veya daha da tuhafı, onun İspanyol mücevheratına dair görüşlerini ve o seriden nelere sahip olduğunu (ki bunları Hugh hatırlamıyordu) biliyordu. Bunların tümü Richard Dalloway'e son derece tuhaf geliyordu. Zira kendisi Clarissa'ya, iki üç yıl önceki bir bilezik dışında hiç hediye vermemişti, o bilezik de isabetli bir seçim olmamıştı zaten. Hiç takmamıştı onu Clarissa. Hiç takmadığını anımsamak içini acıttı birden. Ve bir örümceğin incecik ipliği nasıl kararsızca oraya buraya sallandıktan sonra bir yaprağın ucuna ilişip tutunursa, Richard'ın zihni de, uyuşukluğundan sıyrılıp karısına, Peter Walsh'un büyük bir tutkuyla sevmiş olduğu Clarissa'ya ilişti; zaten Richard orada yemekteyken, hayalinde ansızın Clarissa; Clarissa'yla kendisi; Clarissa'yla birlikte geçirdikleri hayat canlanmıştı; birden eski mücevherlerin sergilendiği tepsiyi kendine doğru çekti ve önce bu broşu sonra şu yüzüğü aldı eline. "Şu ne kadar?" diye sordu, ama kendi zevkinden emin olamıyordu. Salonun kapısını açıp içeri girerken uzatmak istiyordu elindekini; Clarissa'ya bir hediye. İyi ama ne? Hugh ayaklanmıştı yine. Afrası tafrası tariflere sığmazdı. Olur iş değildi, otuz beş yıl buradan alışveriş ettikten sonra işini bilmeyen acemi bir oğlanın kendisini geçiştirmesine tahammül edemezdi. Görünüşe bakılırsa Dubonnet dışarıdaydı ve Mr. Dubonnet içeride olmayı tercih etmediği sürece hiçbir şey almayacaktı Hugh; bunun üzerine oğlan kıpkırmızı oldu ve küçük, kusursuz bir hareketle başını eğdi. Doğruya doğru. Ama Richard öleceğini bilse söyleyemezdi bunu! İnsanların şu kahrolası küstahlığa neden katlandığını aklı almıyordu. Hugh çekilmez bir ahmak olup çıkmıştı. Richard Dalloway onun ahbaplığına bir saatten fazla katlanamazdı. Veda kabilinden melon şapkasına hafifçe dokunarak Conduit Sokağı'nın köşesinden döndü, kendisiyle Clarissa arasındaki o örümcek ipliğinden bağı bir an önce aşıp gitmek istiyordu, evet, çok istiyordu; doğruca Westminster'a, ona gidecekti.

Ama içeri girerken elinde bir şey olsun istiyordu. Çiçek? Evet, mademki altın konusunda zevkine güvenmiyordu, o halde çiçek; kaç tane olursa olsun, güller, orkideler, yani bir olay addedilebilecek o şeyi; öğle yemeğinde Peter Walsh'tan söz ettikleri zaman Clarissa hakkında yaşadığı şu duyguyu kutlamak için; ondan hiç söz etmemişlerdi, yıllarca hiç söz etmemişlerdi ondan; bu da dünyanın en büyük hatasıydı, diye düşündü, kırmızı beyaz güllerini (ince kâğıda sarılı muazzam bir demet) sıkı sıkı tutarak. Bir an gelir ki söylenemez o; onu söyleyemeyecek kadar çekingen olursun, diye düşündü, sonra altı-yedi penilik bozukluğu cebine atıp kocaman buketini bağrına basarak Westminster'a doğru yola çıktı; çiçeklerini uzatıp, lafı dolandırmadan açık açık (o kendisi hakkında ne düşünürse düşünsün), "Seni seviyorum" diyecekti. Neden olmasın? Gerçekten de bu bir mucizeydi; savaşı düşününce, tüm hayatları önlerinde uzanırken birlikte gömülmüş, şimdiden yarı unutulmuş binlerce zavallı genci düşününce; bir mucizeydi bu. İşte, Clarissa'ya açık açık onu sevdiğini söylemek için Londra'yı bir uçtan bir uca yürüyüp geçiyordu. İnsan bunu hiç söylemez ki, diye düşündü. Kısmen tembellikten, kısmen utangaçlıktan. Clarissa'yı düşünmek de zordu; ara sıra, şu öğle yemeğinde olduğu gibi, onu ve tüm hayatlarını açık seçik gördüğü anlar dışında. Yaya geçidinde durdu ve tekrarladı kendi kendine – saf yaradılışlı ve namusluydu, zamanında avarelik edip avlanmıştı da; ama sebatkâr ve inatçıydı, ezilenleri savunmuş ve Avam Kamarası'nda içgüdülerinin peşinden gitmişti; saflığını korumuştu ama aynı zamanda hayli suskunlaşmış, hayli de katılaşmıştı – Clarissa ile evlenmesinin bir mucize olduğunu tekrarladı içinden; bir mucizeydi, hayatım bir mucizeydi, diye düşündü karşıdan karşıya geçmek üzere duraklayarak. Ama beş-altı yaşlarındaki ufaklıkların Piccadilly'yi yalnız başlarına geçtiğini görünce kan beynine sıçradı. Polis derhal durdurmalıydı trafiği. Londra polisi hakkında hayale kapılmazdı. Hatta onların görev ihmallerine ilişkin kanıt da topluyordu; el arabalarını sokaklara çekmeleri yasak olan seyyar satıcılar; bir de fahişeler, hey Tanrım, hata ne onlarda ne de genç erkeklerde, sorun şu bizim iğrenç sosyal sistemimizde vesaire; bunların tümünü düşündü, bir yandan düşünüp bir yandan da karısına onu sevdiğini söylemek üzere, kır saçlı, kararlı, iyi giyimli, tertemiz görünüşüyle yürüyerek geçiyordu parktan.

Bunu açık seçik söyleyecekti salona girince. Çünkü insan ne hissettiğini hiç söylemezse yazık olur, bin defa yazık, diye düşünüyordu Green Park'tan geçerken; ağaçların gölgesinde hep birlikte yayılmış oturan yoksul aileleri keyifle izliyordu; çocuklar tepiniyor, süt emiyordu; kesekâğıtları etrafa saçılmıştı, aslında bunlar (eğer insanlar karşı çıksaydı) şu üniformalı şişman beylerden biri tarafından kolayca toplanabilirdi; çünkü her park ve her meydan, yaz ayları boyunca çocuklara açık olmalı diye düşünürdü hep (parkın çimleri sanki altta hareket ettirilen sarı bir ampul varmış gibi bir parlayıp bir solarak Westminster'ın yoksul analarını ve onların emekleyen bebeklerini aydınlatıyordu). Ama şu dirseğine dayanıp uzanmış (sanki bütün bağlardan kurtulup merakla izlemek, cüretkârca yorum yapmak, nedenleri niçinleri değerlendirmek için kendini yere atmış) arsız, ağzı bozuk, gülünç kadıncağız gibi dişi berduşlar için ne yapılabileceğini bilmiyordu. Richard Dalloway, çiçeklerini bir silah gibi taşıyarak, ona yaklaştı; kararlı bir tavırla yanından geçti; aralarında çakacak bir kıvılcım için hâlâ zaman vardı – kadın onu görünce güldü, o da dişi berduşun sorununu düşünerek keyifli bir tavırla gülümsedi; yoksa konuşacak değillerdi elbette. Oysa Clarissa'ya onu sevdiğini söyleyecekti açıkça. Bir zamanlar Peter Walsh'u kıskanmıştı; onu ve Clarissa'yı. Ama Clarissa ona Peter Walsh'la evlenmemekle iyi ettiğini söylemişti sık sık; bu da, Clarissa'yı tanıdığı kadarıyla, gerçekti elbette; destek istiyordu o. Zayıf olduğundan değil, ama destek istiyordu.

Buckingham Sarayı'na gelince (izleyicilerin karşısında beyazlar içinde geçkin bir prima donna gibiydi), belli bir itibarı esirgeyemezsin ondan, diye geçirdi içinden, neticede ne kadar saçma da olsa, onun milyonlarca insan (küçük bir kalabalık Kral'ın otomobille çıkışını görmek için bahçe kapısında bekliyordu) için temsil ettiği simgeyi hor göremezsin; Kraliçe Victoria'nın (boynuz çerçeveli gözlüğüyle Kensington'ın içinden arabayla geçişini anımsıyordu) anısına dikilmiş abideye, onun beyaz tümseğine, dalga dalga kabaran anaçlığına bakarak, bir çocuk bile bir kutu oyuncak küple daha iyisini yapabilirdi, diye düşündü; ama Horsa(*)'nın soyundan gelen biri tarafından yönetilmek hoşuna gidiyordu; sürekliliği ve geçmişin geleneklerini nesilden nesile aktarma anlayışını seviyordu. O çağda yaşamak harika olmalıydı. Aslında kendi hayatı da bir mucizeydi; bu konuda yanılgıya düşmesindi; işte burada, hayatının altın çağında, Clarissa'ya onu sevdiğini söylemek üzere Westminster'daki evine doğru yürüyordu. Mutluluk bu işte, diye düşündü.

Budur işte, dedi, Dean's Yard'a girerken. Big Ben çalmaya başlıyordu, önce o uyarı, müzikal bir ikaz, sonra da saat, asla geri alınamaz. Öğle yemeği davetleri ikindiyi de heba ediyor, diye düşündü kapıya yaklaşırken.

Big Ben'in sesiyle doldu taştı Clarissa'nın salonu; orada yazı masasında, canı son derece sıkkın bir halde oturuyordu; kaygılıydı, sıkıntılıydı. Ellie Henderson'ı partisine çağırmamış olduğu doğruydu; ama bunu kasten yapmıştı. Şimdi de Mrs. Marsham, "Ellie Henderson'a, Clarissa'ya ricada bulunacağımı söyledim," diye yazmıştı – Ellie çok istiyordu gelmeyi.

İyi de, neden Londra'daki bütün sıkıcı kadınları partisine davet edecekti ki? Mrs. Marsham ne demeye karışıyordu bu işe? Hem bir de bunca zamandır Doris Kilman ile odaya kapanmış olan Elizabeth vardı. Bundan daha tiksindirici bir şey tasavvur edemezdi. Bu saatte o kadınla birlikte dua etmek ha! Çanın sesi hüzünlü dalgasıyla doldurdu salonu; dalga geri çekildi, sonra bir kez daha yankılanmak üzere toparlandı, tam da o sırada dikkatini dağıtan bir şey duydu Clarissa, kapıyı yoklayan, adeta tırmalayan bir şey. Kim ki bu saatte? Üç, aman Tanrım! Üç

(*) Efsaneye göre, Hengist ve Horsa, V. yüzyılda Britanya'yı istila eden Cermenlerin lideri olan iki kardeştir. (ç.n.)

olmuş bile! Zira ezici bir doğruluk ve saygınlıkla, üçü vurmuştu saat, başka da bir şey duymamıştı Clarissa, ama kapı tokmağı kayarcasına döndü ve içeri Richard girdi! Ne sürpriz ama! İçeri Richard girmiş, elindeki çiçekleri uzatıyordu. Bir zamanlar İstanbul'da onu düş kırıklığına uğratmıştı; ayrıca öğle yemeği davetlerinin olağanüstü eğlenceli geçtiği söylenen Lady Bruton kendisini davet etmemişti. Richard çiçekleri uzatıyordu – güller, kırmızı ve beyaz güller. (Ama onu sevdiğini bir türlü söyleyememişti Richard, öyle açık seçik yani.)

Ne kadar da güzel, dedi Clarissa, çiçekleri ondan alarak. Anlamıştı, daha kendisi konuşmadan anlamıştı Clarissa'sı. Çiçekleri vazolara koyup şöminenin üstüne yerleştirdi. Ne hoş görünüyorlar, dedi. Eğlenceli miydi, diye sordu sonra. Lady Bruton kendisinin halini hatırını sormuş muydu? Peter Walsh dönmüştü. Mrs. Marsham mektup yazmıştı. Ellie Henderson'ı davet etmeli miydi? Kilman denen kadın yukarıdaydı.

"Ama beş dakika oturalım," dedi Richard.

Salon bomboş görünüyordu. Bütün koltuklar duvara dayalıydı. Ne yapmışlardı böyle? Ah sahi, parti içindi bu; hayır, partiyi unutmamıştı. Peter Walsh dönmüştü. Ah evet, uğramıştı. Karısından boşanacaktı; oralarda bir kadına âşık olmuştu. Ve zerrece değişmemişti. Orada elbisesini onarırken...

"Bourton'ı düşünüyordum," dedi Clarissa.

"Hugh da yemekteydi," dedi Richard. Clarissa da rastlamıştı ona! Neyse, giderek tahammül edilmez bir hal alıyordu. Evelyn'e kolyeler almalar filan; her zamankinden daha da şişman; çekilmez bir ahmak!

"Bir an 'onunla evlenebilirdim' diye düşündüm," dedi Clarissa, orada o küçük papyonuyla, durmadan açıp kapadığı o çakıyla oturan Peter'ı anımsayarak. "Her zamanki gibiydi, anlarsın ya."

Yemekte Peter'dan söz ettiklerini söyledi Richard. (Ama karısına onu sevdiğini söyleyemedi. Elini tuttu onun. Mutluluk bu işte, diye düşündü.) Millicent Bruton için *Times*'a bir mektup yazmışlardı. Hugh'nun işe yaradığı tek şey buydu işte.

"Peki, ya sevgili Miss Kilman'ımız?" diye sordu Richard. Güllere bayılmıştı Clarissa; önce toplanıp bir demet olmuşlar, şimdi de kendiliğinden ayrılıyorlardı birbirlerinden.

"Tam yemeği bitirdiğimiz sırada geldi Kilman," dedi Clarissa. "Elizabeth kızardı. Odaya kapandılar. Sanırım dua ediyorlar."

Tanrım! Hiç hoşuna gitmemişti bu; ama kendi haline bırakırsan geçip gider bu şeyler.

"Üstünde bir yağmurluk, elinde bir şemsiye," dedi Clarissa.

"Seni seviyorum" dememişti, ama elini tutmuştu Clarissa'nın. Mutluluk bu, bu işte, diye düşünüyordu.

"Ama neden Londra'daki tüm sıkıcı kadınları partime çağırayım ki?" dedi Clarissa. Hem eğer Mrs. Marsham bir parti verseydi, Clarissa mı davet edecekti misafirleri?

"Zavallı Ellie Henderson," dedi Richard – Clarissa'nın kendi partilerini bu denli umursaması çok tuhaf, diye düşünüyordu.

Ama salonun görünüşü hakkında hiç mi hiç fikri yoktu Richard'ın. Yine de – ne söyleyecekti?

Eğer bunları dert edecekse, Clarissa'nın parti vermesine müsaade etmeyecekti. Peter ile evlenmiş olmayı ister miydi acaba? Ama gitmek zorundaydı şimdi.

Gitmek zorundayım, dedi ayağa kalkarak. Ama bir an öylece durdu, sanki bir şey söylemek üzereymiş gibi; Clarissa da merak ediyordu, neydi acaba? Neden? Güller vardı ya.

"Komite toplantısı mı?" diye sordu, Richard kapıyı açarken.

"Ermeniler," dedi, ya da belki "Arnavutlar."

Herkesin bir haysiyeti vardır, bir yalnızlığı; karı koca arasında bile bir uçurum vardır ve buna saygı duymak zorundadır insan, diye düşündü Clarissa, onun kapıyı açmasını izlerken; çünkü insanın kendisi de bundan vazgeçemez, ya da onu kocasından zorla alamaz, yani kendi bağımsızlığını, kendi özsaygısını – neticede paha biçilmez bir şeyi – kaybetmeden.

Richard bir yastık ve bir örtüyle geri geldi.

"Yemekten sonra bir saat tam istirahat," dedi. Ve gitti.

Tam ondan beklenen şey! Sonsuza kadar, "Yemekten sonra bir saat tam istirahat," deyip duracaktı, çünkü bir defasında böyle buyurmuştu doktorun biri. Doktorların söylediğine harfi harfine uymak ona özgü bir şeydi; kimsenin aynı ölçüde sahip olmadığı o tapılası, o ilahî sadeliğinin bir parçasıydı bu; Peter'la ikisi didişerek zamanı heba ederken, onun gidip gerekeni yapmasını sağlayan şeydi. Clarissa'yı güllerine bakar pozda kanepeye yerleştirip, Avam Kamarasına, Ermenilerine, Arnavutlarına giden yolun yarısına gelmişti bile. İnsanlar da "Clarissa Dalloway şımartılmış," diyordu. Güllerine duyduğu sevgi, Ermenilere duyduğundan çok daha fazlaydı. Ölümüne kovalanmış, sakatlanmış, donmuşlardı onlar, zulüm ve haksızlık kurbanıydılar (Richard'ın bunları defalarca söylediğini duymuştu) – ama hayır, Arnavutlar için hiçbir şey hissedemiyordu, yoksa Ermeniler miydi? Ama güllerini seviyordu (bunun Ermenilere yararı yok muydu?) – kesilmesini görmeye katlanabileceği çiçekler sadece onlardı. Oysa Richard çoktan Avam Kamarası'ndaydı; Komite toplantısındaydı, karısının bütün dertlerini halletmişti nasıl olsa. Ama hayır, heyhat, bu doğru değildi. Ellie Henderson'ı davet etmek istemeyişinin nedenlerini anlamamıştı o. Ve elbette davet edecekti, onun istediğini yapacaktı. Yastığı getirmişti ya, uzanacaktı… Ama…ama görünürde hiçbir sebep yokken, neden aniden umarsızca mutsuz hissetmişti kendini? Çayırda bir inci taneciği ya da elmas parçacığı düşüren ve ince uzun otları büyük bir dikkatle sağa sola ayırıp orayı burayı beyhude aradıktan sonra nihayet onu köklerde buluveren biri gibi, o da bir onu bir bunu gözden geçiriyordu; hayır, Richard'ın hiçbir zaman Kabine'ye giremeyeceğini, çünkü ikinci sınıf bir beyni olduğunu söyleyen Sally Seton değildi bunun nedeni (aklına gelmişti birden); hayır, buna aldırmıyordu; Elizabeth ve Doris Kilman ile de ilgisi yoktu; gerçeklerdi bunlar. Bu ise bir duyguydu, nahoş bir duygu, günün daha erken bir saatinden kalma, belki Peter'ın söylemiş olduğu bir şeyin, yatak odasında şapkasını çıkarırken hissettiği hüzünle birleşmesiydi; Richard'ın dedikleri de tuz biber ekmişti üstüne, ama ne demişti ki o? Gülleri oradaydı. Partileri! Buydu işte! Verdiği partiler! Her ikisi de onu insafsızca eleştirmiş, haksız yere alaya almışlardı partileri nedeniyle. Buydu işte! Buydu işte!

İyi de, kendisini nasıl savunacaktı? Yaşadığı duygunun nedenini anlamıştı ya, tam anlamıyla mutluydu artık. Onlar, her halükârda Peter, sanıyordu ki kendini zorla kabul ettirmekten zevk alıyordu Clarissa; etrafında ünlü insanlar, seçkin isimler olmasından hoşlanıyordu; özetle, düpedüz bir züppeydi. Eh, Peter öyle düşünebilirdi. Richard ise, kalbine iyi gelmediğini bile bile heyecandan hoşlanmasının aptalca olduğunu düşünüyordu sadece. Çocukça buluyordu bunu. Oysa ikisi de tamamen yanılıyordu. Clarissa'nın sevdiği, hayattı sadece.

"İşte onun için yapıyorum bunu," dedi yüksek sesle, hayata.

Kanepenin üzerinde, herkesten uzak, her şeyden muaf, uzanmış yatarken, orada olduğunu çok bariz biçimde hissettiği şey fizikî bir varlığa dönüştü âdeta; sokağın seslerine bürünmüş, güneşli, sıcak soluklu, fısıldayan, panjurları havalandıran bir varlık. Ama tut ki Peter ona, "Tamam, tamam da, şu senin partilerin var ya, ne anlamı var onların?" dedi, tek söyleyebileceği şu olurdu (ve kimsenin anlamasını bekleyemezdi): Onlar bir bağış, ki bu da korkunç müphem geliyordu kulağa. Öte yandan, Peter kimdi ki hayatın baştan sona basit bir iş olduğunu iddia edebilsin? Daima âşık, daima yanlış kadına âşık Peter mı? "Aşk dediğin nedir senin?" diye sorabilirdi ona. Yanıtını da biliyordu; dünyadaki en önemli şeydi o, hiçbir kadın onu katiyen anlayamazdı. Pekâlâ. Ama bir erkek de, kendisinin ne demek istediğini anlayabilir miydi? Hayat hakkında yani? Peter'ın ya da Richard'ın, her ne sebeple olursa olsun bir parti verme zahmetine gireceğini hayal bile edemiyordu.

Ama şimdi, kendi zihninin daha derinlerine, insanların söylediklerinin (bu yargılar nasıl da yüzeysel, nasıl da bölük pörçüktür!) altına inecek olursa, kendisine ne ifade ediyordu bu hayat dediği şey? Ah, çok tuhaf bir şeydi o. İşte, South Kensington'da Filanca, şurada Bayswater'da başka birisi, diyelim ki Mayfair'de de bir başkası vardı. Kendisi de onların varlığını sürekli hissediyordu; bir de, ah ne üzücü, diye hissediyordu; ah ne yazık, diye hissediyordu; ah keşke bir araya gelebilseler, diye hissediyordu; o yüzden yapıyordu bunu. Ve bir bağıştı bu; birleştirmekti, yaratmaktı, ama kimin için?

Bağış adına yapılan bir bağıştı, belki. Her neyse, kendisinin Tanrı vergisi yeteneği de buydu. Zerrece önemi olan hiçbir becerisi yoktu; düşünemez, yazamaz, piyano bile çalamazdı. Ermenilerle Türkleri karıştırırdı; sükseye bayılırdı; konforsuzluktan nefret ederdi; mutlaka sevilmek isterdi; ipe sapa gelmez bir yığın laf ederdi; sorsanız bugün bile Ekvator'un ne olduğunu bilmezdi.

Yine de, çarşamba, perşembe, cuma, cumartesi diye günlerin birbirini izlemesi; sabah uyanmak; gökyüzünü görmek; parkta yürümek; Hugh Whitbread'e rastlamak; sonra birdenbire Peter'ın gelmesi; sonra da bu güller; yeterliydi. Bundan sonra nasıl da inanılmazdı ölüm! Her şey sona erecekti ve tüm dünyada hiç kimse bilmeyecekti onun her şeyi nasıl sevdiğini; nasıl, her an...

Kapı açıldı. Elizabeth annesinin istirahat ettiğini biliyordu. Sessizce içeri girdi. Hiç kıpırdamadan durdu orada. Acaba bir Moğol belki yüz yıl önce Norfolk kıyılarında kazaya uğramıştı da (Mrs. Hilbery'nin dediği gibi), Dalloway hanımlarıyla mı çiftleşmişti? Zira Dalloway'ler genellikle sarışın, mavi gözlüydüler; Elizabeth ise inadına esmerdi; solgun yüzünde Çinli gözleri vardı; Doğu'ya özgü bir gizemdi o; nazik, düşünceli, durgundu. Çocukluğunda mükemmel bir espri anlayışı vardı ama şimdi on yedisinde çok ciddileşmişti, Clarissa hiç anlayamamıştı nedenini; yemyeşil kınının içinde gizlenmiş bir sümbül gibiydi, tomurcukları hafifçe renklenmiş, henüz güneş görmemiş bir sümbül.

Hiç kıpırtısız duruyor, annesine bakıyordu, ama kapı aralıktı ve Clarissa biliyordu ki dışarıda Miss Kilman vardı; sırtında yağmurluğuyla, konuştukları her şeyi dinleyen Miss Kilman.

Evet, Miss Kilman sahanlıkta duruyordu ve bir yağmurluk giymişti sırtına, ama kendine göre nedenleri vardı. Birincisi, bunun ucuz olmasıydı; ikincisi, kırkını geçmişti ve artık kimsenin hoşuna gitmek için giyinmiyordu. Yoksuldu üstelik, insanı utandıracak kadar yoksul. Aksi takdirde Dalloway'ler gibi insanlardan, iyilik yapmayı seven zengin insanlardan iş almazdı. Hakkını vermek gerekirse, Mr. Dalloway iyi davranmıştı kendisine. Ama Mrs. Dalloway öyle yapmamıştı. Yalnızca küçümsemişti. Tüm sınıflar arasında en değersiz olandan geliyordu o; kültürden az buçuk nasibini almış zengin bir sınıftan. Her tarafta pahalı şeyleri vardı; tablolar, halılar, bir sürü de hizmetkâr. Dalloway'lerin kendisi için yaptığı her şeyin tamamen hakkı olduğunu düşünüyordu Miss Kilman.

Aldatılmıştı. Evet, hiç abartı yoktu bu sözcükte, çünkü bir genç kızın şöyle biraz mutlu olmaya elbette hakkı vardır, değil mi? Oysa o, bu denli hantal, bu denli yoksul olması yüzünden hiçbir zaman mutlu olmamıştı. Sonra da tam Miss Dolby'nin okulunda bir şansı olabilecekken, savaş çıkmıştı; o ise yalan söylemeyi asla becerememişti. Miss Dolby, onun Almanlara dair görüşlerini paylaşan insanlarla birlikte daha mutlu olacağını düşünüyordu. O da gitmek zorunda kalmıştı. Ailesinin Alman asıllı olduğu doğruydu; on sekizinci yüzyılda Kiehlman diye yazılıyordu soyadı; ama erkek kardeşi öldürülmüştü. İşine de son vermişlerdi, çünkü Alman arkadaşları varken ve hayatının tüm mutlu günlerini Almanya'da geçirmişken, Almanların hepsi hainmiş gibi davranamıyordu! Hem ne de olsa tarihten anlıyordu. Ne iş bulursa yapmak zorundaydı. Mr. Dalloway ona Friends(*) için çalışırken rastlamıştı. Kızına tarih dersleri vermesini istemişti ondan (âlicenaplık göstermişti doğrusu). Birtakım ilave dersler de veriyordu. Ayrıca İsa Peygamber de görünmüştü ona (bu noktada hep başını eğerdi). İki yıl üç ay önce görmüştü ışığı. Artık Clarissa Dalloway gibi kadınları kıskanmıyordu; onlara acıyordu.

Yumuşak halının üzerinde durmuş, eskiden kalma bir manşonlu küçük kız gravürüne bakarken, onlara yüreğinin ta dibinden acıyor ve hepsini hor görüyordu, Bütün bu lüks sürüp giderken her şeyin daha iyi olması nasıl umut edilebilirdi? Kanepeye uzanıp yatmak yerine – "Annem dinleniyor" demişti Elizabeth – bir fabrikada; bir tezgâhın arkasında olmalıydı Mrs. Dalloway ve tüm diğer zarif hanımefendiler!

Acı bir öfkeyle yanıp tutuşurken, iki yıl üç ay önce bir kiliseye girmişti Miss Kilman. Rahip Edward Whittaker'ın vaazlarını, erkek çocukların ilahilerini dinlemiş, kutsal ışıkların inişini görmüştü; artık müzikten miydi yoksa seslerden miydi bilinmez (kendisi de akşamları yalnızken keman çalarak huzur bulurdu, lâkin çıkardığı ses dayanılmazdı; hiç kulağı yoktu), içinde kaynayıp kabaran kızgın ve çalkantılı duygular, orada otururken yatışmış, bolca ağladıktan sonra da Mr. Whittaker'ı Kensington'daki evinde ziyaret etmişti. Tanrı'nın eli bu, demişti rahip. Hazreti İsa ona yolu göstermişti. Bu yüz-

(*) Veya Quakers – dünyanın çeşitli bölgelerinde *Religious Society of Friends* adıyla tanınan Hristiyan faaliyet grubunun üyeleri. (ç.n.)

den şimdi, ne zaman içinde o kızgın ve sancılı duygular, Mrs. Dalloway'e duyduğu bu nefret, dünyaya yönelik bu kin kaynayacak olsa, Tanrı'yı düşünürdü. Mr. Whittaker'ı düşünürdü. Şimdi de hiddet, yerini huzura bırakmıştı. Damarları hoş bir lezzetle doldu, dudakları aralandı ve sırtında yağmurluğu, sahanlıkta o ürkütücü tavrıyla dikilirken, kızıyla birlikte dışarı çıkan Mrs. Dalloway'e, sabit bakışlarında tekinsiz bir sükûnetle baktı.

Elizabeth eldivenlerini unuttuğunu söyledi. Sebebi de Miss Kilman ile annesinin birbirlerinden nefret etmesiydi. Onları birlikte görmeye dayanamıyordu. Eldivenlerini almak için üst kata koştu.

Oysa Miss Kilman Mrs. Dalloway'den nefret etmiyordu. Sarımsı yeşil frenküzümü rengi kocaman gözlerini Clarissa'ya çevirip onun küçük pembe yüzünü, narin bedenini, taze ve modern havasını süzerken, Ahmak! Avanak! diye geçirdi içinden Miss Kilman. Sen ki ne kederi tanıdın ne hazzı; sen ki bütün hayatını boşa harcadın! Ve onu alt etmek, onun maskesini düşürmek için buyurgan bir arzu yükseldi içinde. Eğer onu yerle bir edebilseydi, kendisi rahatlardı. Ama beden değildi söz konusu olan; ruh ve ruhun istihzasıydı boyun eğdirmek, kendi üstünlüğünü hissettirmek istediği. Keşke onu ağlatabilseydi; helâk edebilseydi, küçük düşürebilseydi; dize gelip "Haklısın!" diye feryat ettiğini duyabilseydi. Ama Tanrı'nın takdiriydi bu, Miss Kilman'ın değil. Dinî bir zafer olmalıydı bu. O yüzden dik dik bakıyordu; o yüzden ters ters bakıyordu.

Clarissa gerçekten sarsılmıştı. Bu bir Hristiyan ha? Bu kadın! Bu kadın kızını kendisinden almıştı! Gözle görülmez varlıklarla temas halinde ha! Hantal, çirkin, bayağı, iyilikten, incelikten yoksun, o mu biliyor hayatın anlamını!

"Elizabeth'i alışverişe mi götürüyorsun?" diye sordu Mrs. Dalloway.

Miss Kilman evet dedi. Orada öylece duruyorlardı. Uyumlu görünmeye çalışmayacaktı Miss Kilman. Hayatını hep kendi kazanmıştı. Son derece kapsamlı bir modern tarih bilgisine sahipti. O kıt geliriyle, inandığı davalara ne çok para ayırmıştı; oysa bu kadın hiçbir şey yapmıyordu, hiçbir şeye inanmıyordu; sadece kızını yetiştirmişti – ama işte gelmişti Elizabeth, o güzel kız, hayli soluk soluğa.

Demek alışverişe gidiyorlardı. Tuhaftı doğrusu, Miss Kilman orada dikilip dururken (sahiden de ilkel savaşlar için zırhlanmış tarih öncesi bir canavarın gücü ve suskunluğuyla dikiliyordu), Clarissa'nın zihninde nasıl da anbean küçülüyordu; nefret (ki insanlara değil fikirlere yönelikti o) nasıl da un ufak oluyordu; kötülüğünü, hacmini yitirdikçe o nasıl da anbean, Tanrı bilir Clarissa'nın yardım bile etmek isteyebileceği yağmurluklu bir Miss Kilman'dan ibaret kalıyordu!

Canavarın böyle gitgide küçülmesi Clarissa'yı güldürmüştü. Vedalaşırken gülüyordu.

Miss Kilman ile Elizabeth birlikte alt kata indiler.

Ani bir dürtüyle, şiddetli bir acıyla, çünkü bu kadın kızını kendisinden alıp götürüyordu, tırabzana abanıp seslendi Clarissa, "Partiyi unutma! Bu geceki partimizi unutma!"

Ama Elizabeth ön kapıyı açmıştı bile; bir kamyonet geçiyordu; annesine cevap vermedi.

Aşk ve din! diye düşünüyordu Clarissa, tepeden tırnağa ürpererek salona dönerken. Ne iğrenç, ne iğrenç bunlar! Artık cismen karşısında değildi Miss Kilman, bu yüzden şimdi kendisine hükmeden şey, düşünceydi. Dünyanın en acımasız şeyleri, diye düşünmüştü, onları öyle hantal, ateşli, zorba, riyakâr, kulak misafiri, kıskanç, alabildiğine gaddar ve ahlaksız, üstünde bir trençkotla sahanlıkta görünce: aşk ve din. Kendisi de birinin inancını değiştirmeye çalışmış mıydı hiç? Herkesin sadece kendisi olmasını istemiyor muydu? Pencereden, karşıdaki yaşlı hanımın üst kata çıkışını seyretti. İstiyorsa bırak çıksın üst kata; bırak dursun; sonra, onu sık sık gördüğü gibi, odasına ulaşsın, perdelerini aralasın, sonra tekrar gerilerde gözden kaybolsun. Öyle ya da böyle, saygı duyardınız buna – o yaşlı kadının, izlendiğinden bihaber, pencereden bakmasına. Kutsal bir şey vardı bunda – ama aşk ve din onu, her ne ise onu, ruhun mahremiyetini, yok ederdi. O iğrenç Kilman yok ederdi onu. Yine de Clarissa'da ağlama isteği uyandıran bir manzaraydı bu.

Aşk da yıkıcıydı. Güzel olan her şey, doğru olan her şey çekip gidiyordu. Peter Walsh'u ele alalım. İşte çekici, zeki, her konuda fikri olan bir adam. Diyelim Pope ya da Addison hakkında bilgi edinmek, ya da saçma sapan şeylerden, mesela insanların neye benzediğinden, nesnelerin ne anlama geldiğinden söz etmek istedin, Peter hepsini herkesten iyi bilirdi. Peter idi ona yardım eden; Peter idi ona ödünç kitaplar veren. Ama gel de bak sevdiği kadınlara – pespaye, önemsiz, alelâde. Âşık Peter'ı düşün – bunca yıl sonra onu görmeye geldi de nelerden söz etti? Kendisinden. Korkunç bir tutku! diye düşündü. Alçaltıcı bir tutku! diye düşündü, Ordu ve Donanma Mağazaları'na doğru yürüyen Kilman'ı ve Elizabeth'ini hayal ederek.

Big Ben buçuğu vurdu.

Ne olağanüstüydü, ne garipti, ve evet, ne dokunaklıydı o yaşlı kadının (kim bilir kaç yıldır komşuydular) sanki o sese, o ipe bağlıymış gibi pencereden uzaklaştığını görmek. Ne kadar devasa da olsa, o ses bir şekilde ilgiliydi onunla. Aşağıya, daha aşağıya, sıradan şeylerin tam ortasına inen parmak, o ânı kutsal kılmıştı. Clarissa yaşlı kadının o ses tarafından harekete geçmeye, gitmeye zorlandığını hayal etti – ama nereye? Kadın sırtını dönüp gözden kaybolurken onu izlemeye çalıştı; yatak odasının gerisinde beyaz bonesinin hâlâ kımıldadığını görebiliyordu. Hâlâ oradaydı, odanın öbür ucunda dolanıp duruyordu. Dinî öğretilere, dualara, yağmurluklara ne gerek var? diye düşündü

Clarissa; işte mucize bu, işte sır bu derken, şifonyerden tuvalet masasına gidip gelişini görebildiği o yaşlı kadını kastediyordu. Onu hâlâ görebiliyordu. Ve Kilman'ın çözdüm diyebileceği, Peter'ın çözdüm diyebileceği, Clarissa'nın ise, çözümüne dair ikisinin de en ufak bir fikri olmadığına inandığı o yüce sır basitçe buydu işte: burada bir oda vardı, orada bir başkası. Din bunu çözmüş müydü, ya da aşk?

Aşk...ama işte o anda diğer saat, Big Ben'den daima iki dakika sonra çalan saat, kucağında bir yığın ıvır zıvırla ayaklarını sürüyerek içeri girdi ve her şeyi oraya yığdı; sanki Big Ben'in gayet vakur, gayet âdil, tüm haşmetiyle patronluk taslaması iyi hoştu ama Clarissa bütün bunların dışında her çeşit ufak tefek şeyi de hatırlamak zorundaydı – Mrs. Marsham, Ellie Henderson, dondurma kapları – her çeşit ufak şey, denizin üzerinde bir altın çubuk gibi dümdüz uzanan o vakur vuruşun ardından dalga dalga kabarıp taşarak, dans ederek doluştu odaya. Mrs. Marsham, Ellie Henderson, dondurma kapları. Hemen şimdi telefon etmeliydi.

Çenebazca, dertli dertli çaldı o gecikmiş saat, Big Ben'in ardından kucak dolusu ıvır zıvırla geldi. Arabaların taarruzuyla, kamyonetlerin gaddarlığıyla, zarafetten yoksun sayısız erkeğin ve gösteriş budalası sayısız kadının sabırsız ilerleyişiyle, işyerleri ve hastanelerin kubbeleri ve kuleleriyle hırpalanıp parçalanmış bir halde, bu kucak dolusu ıvır zıvırın son kalıntıları, tükenmiş bir dalganın serpintileri gibi, sokakta bir an için kıpırtısız durup "Tenin çağrısı bu" diye mırıldanan Miss Kilman'ın üzerine döküldü.

Tenin çağrısıydı bastırması gereken. Clarissa Dalloway onu aşağılamıştı. Bunu bekliyordu. Ama zafer kazanamamıştı; tene hükmedememişti. Böyle çirkin, hantal olduğu için alay etmişti kendisiyle Clarissa Dalloway; bu da tensel arzuları canlandırmıştı, zira Clarissa'nın yanında öyle görünüyor olmasını kafaya takmıştı. Hem onun gibi konuşamıyordu da. Ama neden ona benzemek istesindi ki? Neden? Mrs. Dalloway'i kalbinin en derin yerinden küçümsüyordu. Ciddi biri değildi o. İyi biri değildi. Hayatı bir gösteriş ve yalan silsilesinden ibaretti. Yine de Doris Kilman yenilmişti. Gerçek şu ki, Clarissa Dalloway ona güldüğünde neredeyse gözyaşlarına boğulacaktı. "Tenin çağrısı bu, tenin çağrısı," diye homurdandı (âdetiydi yüksek sesle konuşmak); Victoria Sokağı'ndan aşağı yürürken bu çalkantılı, acıtıcı duyguyu bastırmaya çalışıyordu. Tanrı'ya dua etti. Çirkin olup olmamak elinde değildi ki; güzel giysiler almaya da parası yetmiyordu. Clarissa Dalloway gülmüştü – ama şu posta kutusuna varana kadar zihnini başka bir şeye yoğunlaştıracaktı. Hiç olmazsa Elizabeth'i vardı. Ama başka bir şey düşünecekti; şu posta kutusuna varana kadar; Rusya'yı düşünecekti.

Ne hoştur şimdi kırlar, dedi Miss Kilman, Mr. Whittaker'ın ona yapmasını söylediği gibi; kendisini hor gören, dudak büken, dışlayan dünyaya duyduğu o şiddetli hınçla boğuşuyor, öncelikle de bu onur kırıcı durumdan – insanların görmeye katlanamadığı şu sevimsiz bedeninin onu maruz bıraktığı eziyetten – başlıyordu. Saçını nasıl yaparsa yapsın, alnı bir yumurta gibi çıplak, beyaz kalıyordu. Hiçbir kıyafet yakışmıyordu ona. Ne alırsa alsın fark etmiyordu. Ve elbette bir kadın için, karşı cinsle asla buluşmamak demekti bu. Hiç kimsenin asla ilk tercihi olmayacaktı. Son günlerde zaman zaman, Elizabeth dışında, sanki sırf yemek için yaşadığını hissetmişti; küçük konforları; akşam yemeği, çayı; geceleri sıcak su torbası. Ama savaşmalı insan; yenmeli; Tanrı'ya iman etmeli. Mr. Whittaker onun bir amaç için burada olduğunu söylemişti. Ama çektiği çileyi kimse bilmiyordu! Çarmıhı işaret ederek, Tanrı biliyor demişti. Ama Clarissa Dalloway gibi başka kadınlar bundan kaçabilirken, neden o acı çeksindi? Bilgiye acı çekerek ulaşılır, demişti Mr. Whittaker.

Posta kutusunu geride bırakmıştı Miss Kilman; Elizabeth Ordu ve Donanma Mağazaları'nın o serin, kahverengi tütün departmanına girdiğinde, o hâlâ Mr. Whittaker'ın acı çekerek gelen bilgi ve insanın doğası hakkında söylediği şeyleri mırıldanıyordu kendi kendine. "Tenin çağrısı," diye homurdandı.

Hangi reyonu istiyordu? Araya girmişti Elizabeth.

"Jüponlar," dedi pat diye, sonra doğruca asansöre yürüdü.

Yukarı çıktılar. Elizabeth onu oraya buraya yönlendiriyordu; dalgın dalgın, sanki iri yarı bir çocukmuş, hantal bir savaş gemisiymiş gibi yürüyen Miss Kilman'a rehberlik ediyordu. İşte jüponlar şuradaydı, kahverengi, edepli, uçarı, çizgili, dayanıklı, entipüften; Miss Kilman yine o dalgınlık içinde iddialı bir seçim yapınca, tezgâhtar kız onu deli sandı.

Paket sarılırken, Miss Kilman'ın ne düşündüğünü bayağı merak ediyordu Elizabeth. Çayımızı içelim, dedi Miss Kilman, gayrete gelip kendini toparlayarak. Çaylarını içtiler.

Miss Kilman acıkmış olabilir mi acaba, diye düşündü Elizabeth. Kendine özgü bir yeme tarzı vardı onun, yoğun bir dikkatle yer, sonra yan masadaki bir tabak tatlı çöreğe tekrar tekrar bakardı; sonra bir kadınla bir çocuk oraya oturduğunda ve çocuk uzanıp bir çörek aldığında Miss Kilman'ın canı sahiden sıkılır mıydı? Evet, Miss Kilman'ın canı elbette sıkılırdı. İşte şu çöreği istemişti – pembe olanı. Yeme zevki neredeyse tek katışıksız zevkti kendisine kalan, onu bile çok mu göreceklerdi!

İnsanlar mutluyken, yararlanabilecekleri yedek kaynakları olur, demişti Elizabeth'e, oysa kendisi her çakılda sarsılan lastiksiz bir tekerlek gibiydi (bu tür metaforlara bayılırdı) – öyle derdi, salı sabahları dersten sonra "okul çantam" dediği kitap torbasıyla şöminenin önünde dikilip biraz daha kaldığında. Savaş hakkında da konuşurdu. Ne de olsa İngilizlerin istisnasız daima haklı olduğunu düşünmeyen insanlar da vardı. Kitaplar vardı. Toplantılar vardı. Başka bakış açıları vardı. Acaba Elizabeth kendisiyle birlikte

Falanca'yı (son derece sıradışı görünümlü bir yaşlı adam) dinlemeye gelmek ister miydi? Miss Kilman ayrıca onu Kensington'da bir kiliseye de götürmüş ve bir papazla birlikte çay içmişlerdi. Ona kitaplar ödünç vermişti. Hukuk, tıp, siyaset, bütün meslekler senin kuşağının kadınlarına açık diyordu Miss Kilman. Ama kendisine gelince, kariyeri kesinlikle mahvolmuştu, peki bu onun hatası mıydı? Nasıl olur, derdi Elizabeth, tabii ki değil.

Annesi Bourton'dan büyük bir sepetin geldiğini haber vermek için seslenirdi, Miss Kilman da biraz çiçek ister miydi? Miss Kilman'a her zaman çok ama çok iyi davranırdı ama Miss Kilman çiçeklerin tümünü ezercesine bir demete sıkıştırır ve hiç hoşbeş etmezdi, Miss Kilman'ı ilgilendiren şeyler annesine sıkıcı geliyordu; ikisi bir arada korkunçtular; kurum kurum kurulurdu Miss Kilman, çok da çirkindi, ama korkunç zekiydi. Elizabeth yoksullar hakkında hiç düşünmemişti. Kendileri istedikleri her şeye sahiptiler – annesi her gün yatakta kahvaltı ederdi; Lucy tepsiyi yukarıya taşırdı; bir de yaşlı kadınları severdi annesi, çünkü onlar düşesti ve bir lordun soyundan gelmişlerdi. Ama Miss Kilman demişti ki (şu salı sabahlarından birinde, ders bittiğinde), "Dedemin Kensington'da bir yağ ve boya dükkânı vardı." Tanıdığı herkesten tamamen farklıydı Miss Kilman; insan onun yanında kendini çok önemsiz hissediyordu.

Miss Kilman bir fincan çay daha içti. Elizabeth, o Doğulu duruşuyla, o akıl ermez gizemiyle, dimdik oturuyordu; hayır, başka bir şey istemiyordu. Eldivenlerini aradı, beyaz eldivenlerini. Masanın altındaydılar. Ah, ama gitmemeliydi! Miss Kilman bırakamazdı onu! Öyle genç, öyle güzeldi ki! İçtenlikle seviyordu onu! O kocaman eli masanın üzerinde açılıp kapandı.

Ama bu belki biraz yavan gelmişti Elizabeth'e. Hem gerçekten de gitmek istiyordu.

Ne var ki Miss Kilman, "Daha bitirmedim ben," dedi.

Elbette, öyleyse bekleyecekti Elizabeth. Ama burası hayli havasızdı.

"Bu geceki partiye gidecek misin?" diye sordu Miss Kilman. Elizabeth gideceğini sanıyordu; annesi gitmesini istiyordu. Partilere kendini kaptırmamalısın, dedi Miss Kilman, çikolatalı eklerin son birkaç santimini parmaklarıyla yerken.

Partileri pek sevmediğini söyledi Elizabeth. Miss Kilman ağzını açtı, çenesini hafifçe öne çıkardı, çikolatalı eklerin son lokmasını da yalayıp yuttu, sonra parmaklarını sildi ve çayını fincanının çeperlerinde gezdirdi.

Çatlamak üzere olduğunu hissediyordu. Izdırabı öyle şiddetliydi ki. Onu tutabilse, onu kucaklayabilse, ona tümüyle ve sonsuza dek sahip olabilse, sonra da ölse; buydu bütün istediği. Oysa burada, söyleyecek bir şey düşünemeden oturmak; Elizabeth'in giderek kendisinin aleyhine döndüğünü görmek; onun tarafından bile itici bulunmak – çok fazlaydı bu; dayanamıyordu. Kalın parmaklar içe doğru kıvrıldı.

"Ben hiç gitmem partilere," dedi Miss Kilman, sırf Elizabeth'in gitmesini önlemek için. "İnsanlar beni partilere çağırmaz" – daha bunu söylerken biliyordu, bu bencillikti onu mahveden. Mr. Whittaker uyarmıştı onu, ama elinde değildi. Öyle korkunç acılar çekmişti ki. "Neden çağırsınlar ki?" dedi. "Çirkinim. Mutsuzum." Biliyordu, aptalcaydı söyledikleri. Ama ona bunu söyleten, bütün o gelip geçen insanlardı – ellerinde paketlerle, onu hor gören insanlar. Ne var ki, o Doris Kilman'dı. Diploması vardı. Hayatta kendi çabasıyla başarılı olmuş bir kadındı. Modern tarih bilgisi, kayda değer olmanın ötesindeydi.

"Kendime acımıyorum," dedi. "Benim acıdığım..." Annendir, demek istemişti, ama hayır, Elizabeth'e diyemezdi bunu. "Başka insanlara çok daha fazla acıyorum."

Bilinmeyen bir amaçla bir kapıya getirilmiş, dörtnala kaçıp gitmeye can atarak orada duran dilsiz bir yaratık gibi sessizce oturuyordu Elizabeth Dalloway. Miss Kilman başka bir şey söyleyecek miydi?

"Beni büsbütün unutma," dedi Doris Kilman; sesi titriyordu. Dilsiz yaratık dehşet içinde dörtnala çayırın ucuna koştu.

Kocaman el açılıp kapandı.

Elizabeth başını çevirdi. Garson kız geldi. Kasada ödemek gerekiyormuş, dedi Elizabeth; kalkıp salonu geçerken kendi iç organları da dışarıya çekilip onun ardından sürükleniyormuş gibi hissetti Miss Kilman; Elizabeth son bir dönüşle başını gayet kibarca eğip veda ederek çekip gitti.

Gitmişti. Miss Kilman mermer masada, ekler pastaların ortasında, acının şoklarıyla bir, iki, üç kez yaralanmış, oturup kaldı. Gitmişti. Mrs. Dalloway kazanmıştı. Elizabeth gitmişti. Güzellik gitmişti; gençlik gitmişti.

Öylece oturdu orada. Sonra kalktı, küçük masaların arasından hafifçe sağa sola sallanarak, sendeleyerek geçti, sonra birisi elinde jüponuyla peşinden koştu, derken yolunu kaybetti, Hindistan'a gönderilmek üzere özel olarak hazırlanmış kolilerin ortasında kaldı; sonra loğusalık takımların ve bebek çarşaflarının arasına girdi; dünyanın çabuk bozulan ve uzun ömürlü tüm mallarının, jambonların, ilaçların, çiçeklerin, kırtasiye malzemelerinin, bir tatlı bir ekşi çeşitli kokuların arasından yalpalayarak yürüdü; bir boy aynasında kendisini şapkası çarpılmış, suratı kıpkırmızı, böyle yalpalarken gördü ve nihayet dışarıya, caddeye çıktı.

Önünde Westminster Katedrali'nin kulesi yükseliyordu, Tanrı'nın ikamet ettiği yerdi o. Trafiğin ortasında, Tanrı'nın ikametgâhı vardı. Elinde paketi, azimle o diğer ibadethaneye, Abbey'ye doğru yola çıktı, orada ellerini yüzlerinin önünde bir çadır gibi birleştirip kaldırarak kendisi gibi sığınağa sürüklenmiş diğer insanların yanına oturdu; ellerini yüzlerine kaldırdıklarında toplumsal sınıflarından, hatta neredeyse cinsiyetlerinden soyunmuş ibadet eden her türden insanlardı onlar; ama ellerini indirdikleri anda, İngiliz orta sınıfına mensup hürmetkâr erkekler ve kadınlardı, bazıları da balmumu heykelleri görme arzusuyla gelmişti.

Ama Miss Kilman çadırını yüzünün önünde tutuyordu. Kâh tek başınaydı, kâh başkalarıyla birlikte. İbadet için sokaktan yeni insanlar geliyor, usulca yürüyüp gidenlerin yerini alıyordu ve insanlar etrafa bakınıp ayaklarını sürüyerek Meçhul Asker'in mezarının yanından geçerken, o hâlâ gözlerini parmaklarıyla örtüyor ve bu çifte karanlıkta (çünkü Abbey'nin ışığı ruhanîydi zaten) gösterişin, şehvetin, malın mülkün üzerine çıkmaya, kendisini hem nefretten hem de aşktan arındırmaya çabalıyordu. Elleri seğiriyordu. Boğuşuyor gibiydi. Oysa başkaları erişebiliyordu Tanrı'ya, O'na giden yol dümdüzdü onlar için. Hazine'den emekli Mr. Fletcher ve ünlü K.C.'nin dul karısı Mrs. Gorham, O'na kolayca yaklaşıyor, ibadetlerini tamamladıklarında arkalarına yaslanıp müziğin (org tatlı tatlı çınlıyordu) keyfini çıkarıyor ve sıranın öbür ucunda sürekli dua eden Miss Kilman'ı görünce, hâlâ kendi ruhanî âlemlerinin eşiğinde olduklarından, ona da sık sık aynı âleme uğrayan bir ruh olarak sempatiyle bakıyorlardı; kadın değil, manevi cevherden biçilmiş bir ruhtu o.

Ne var ki Mr. Fletcher'ın gitmesi gerekiyordu. Miss Kilman'ı geçip gitmek zorundaydı. Son derece tertipli biri olduğundan, kadıncağızın darmadağınık haline üzülmekten kendini alamadı; saçları çözülüp dağılmıştı, paketi yerdeydi. Hemen izin vermedi onun geçmesine. Ama adam durup etrafına, beyaz mermerlere, gri pencere camlarına ve birikmiş hazinelere (çünkü Abbey ile müthiş gurur duyardı) bakarken, orada ağırlığını ara ara bir dizinden öbürüne aktararak oturan kadının (öyle zahmetliydi ki Tanrıs'ına yaklaşması, öyle inatçıydı ki arzuları) iriliği, sağlamlığı ve gücü etkiledi onu, tıpkı Mrs. Dalloway'i (Miss Kilman'ı kafasından bir türlü atamamıştı o öğle sonrasında), Rahip Edward Whittaker'ı ve Elizabeth'i de etkilemiş olduğu gibi.

Elizabeth, Victoria Sokağı'nda otobüs bekliyordu. Dışarıda olmak çok hoştu. Belki de hemen eve gitmem gerekmez, diye düşündü. Açık havaya çıkmak öyle hoştu ki. Bir otobüse binecekti. Daha şimdiden, kusursuz kesimli giysileriyle orada dururken bile, başlıyordu işte... İnsanlar onu kavak ağaçlarına, erken sehere, sümbüllere, ceylanlara, akan suya, bahçe zambaklarına benzetmeye başlıyordu; o zaman da hayatı bir yük haline geliyordu, ne olurdu onu sayfiyede kendi haline bıraksalar da, o da istediğini yapsaydı, ama onu zambaklara benzetiyorlardı ve partilere gitmek zorunda kalıyordu, oysa babasıyla ve köpeklerle sayfiyede yalnız olmaya kıyasla Londra öyle kasvetliydi ki.

Otobüsler – sarı kırmızı cilalarıyla parıldayan o cafcaflı karavanlar – hızla geliyor, duruyor, çekip gidiyorlardı. Ama hangisine binmeliydi? Hiçbir tercihi yoktu. Elbette ite kaka yol açmayacaktı kendine. Uysallığa yatkın bir yapısı vardı. Yüzü ifadesizdi biraz, ama gözleri güzeldi; Çinli, Doğulu gözlerdi onlar, ayrıca annesinin dediği gibi böyle biçimli omuzlarla, bedenini de böyle dik tuttuğunda, her zaman hoş görünüyordu göze; son zamanlarda da, özellikle akşamları, hiç heyecanlı olmasa da, ilgili, meraklı bir hali olduğunda, çok vakur, çok dingin, neredeyse güzel görünüyordu. Ne düşünüyor olabilirdi acaba? Bütün erkekler kendisine âşık oluyordu ve o hakikaten müthiş sıkılıyordu. Çünkü başlıyordu işte. Annesi görebiliyordu bunu, iltifatlar başlıyordu. Onun bunları, örneğin giysilerini daha çok umursamayışı bazen Clarissa'yı kaygılandırıyordu, ama belki tüm o köpek yavrularını, hintdomuzlarını, onların it marazı türünden hastalıklarını umursaması da bir çekicilik katıyordu ona. Şimdi de Miss Kilman ile şu tuhaf dostluk vardı işte. Eh, en azından, diye düşünüyordu Clarissa, sabahın üçünde uykusu kaçıp Baron Marbot okurken, bir kalbi olduğunu kanıtlar bu.

Elizabeth bir anda ileri atıldı ve büyük bir ustalıkla herkesin önüne geçip otobüse bindi. Üst katta bir yere oturdu. O fevrî yaratık – tam bir korsan – öne atıldı, fırlayıp gitti; Elizabeth dengesini korumak için demire tutunmak zorunda kaldı, zira gerçek bir korsandı bu; pervasız, vicdansız, amansızca sıkıştıran; tehlikeyi hiçe sayarak savuşturan bir korsan; bir yolcuyu cüretkârca kapıyor ya da görmezlikten geliyor, yılanbalığı misali, küstahça aralara kayıp geçiyor, sonra da tüm yelkenler fora, Whitehall'dan yukarı arsızca saldırıyordu. Acaba Elizabeth, kendisini kıskanmadan seven, açık havada gezen bir ceylan, ormanda bir açıklığa vuran ay ışığı gibi gören zavallı Miss Kilman'ı bir an bile geçiriyor muydu aklından? Özgür olmanın hazzını yaşıyordu o. Temiz hava ne kadar da nefisti! Ordu ve Donanma Mağazaları öyle havasızdı ki. Şimdi ise, Whitehall'dan yukarı hızla gitmek, ata binmek gibiydi; otobüsün her hareketine, o ceylan rengi paltonun içindeki güzel beden, bir binici gibi, bir gemi başı süsü gibi, özgürce yanıt veriyordu, çünkü esinti hafifçe dağıtmıştı saçlarını; sıcak hava, yanaklarına beyaza boyalı ahşabın solgunluğunu yaymıştı; güzel gözleri de, karşılaşacağı başka gözler olmadığından, heykellerin inanılmaz masum ve sabit gözleriyle, bomboş, ışıl ışıl, ileriye bakıyordu.

Miss Kilman'ı bu denli zor kılan, sürekli kendi acılarından söz etmesiydi. Peki, haklı mıydı? Eğer yoksullara yardım etmek, komitelerde yer alıp her gün saatlerce çalışmaksa, Tanrı biliyor ya, bunu babası yapıyordu (onu Londra'da hemen hiç görmüyordu Elizabeth) – yani eğer Miss Kilman'ın Hristiyan olmaktan kastı buysa; ama öyle zordu ki bunu söylemek. Ah evet, biraz daha ileriye gitmek istiyordu. Strand'e kadar bir peni daha mı? O halde işte bir peni. Strand'e kadar gidecekti.

Hastaları severdi. Miss Kilman da, her meslek senin kuşağının kadınlarına açık, demişti. Öyleyse doktor olabilirdi. Çiftçi de olabilirdi. Hayvanlar sık sık hastalanır. Belki bin dönümlük arazisi ve yanında çalışan insanlar olurdu. Kulübelerine gidip onları yoklardı. İşte bu Somerset House(*). Çok iyi bir çiftçi olabilirdi – bu da, ne gariptir ki, Miss Kilman'ın bir payı olsa da hemen hemen tamamen Somerset House sayesindeydi. O kocaman gri bina öyle görkemli, öyle vakur görünüyordu ki. Çalışan insanların varlığını hissetmek de hoşuna gidiyordu. Strand Caddesi'nin kenarları boyunca, gri kâğıttan şekilleri andıran şu kiliseler hoşuna gidiyordu. Chancery Yolu'nda otobüsten inerken, burası Westminster'dan hayli farklı, diye düşündü. Öyle ciddi, öyle canlıydı ki. Kısacası, bir mesleği olsun istiyordu. Doktor olurdu, çiftçi olurdu, belki icabında meclise de girerdi, hepsinin nedeni Strand'di.

İşine gücüne koşturan şu insanların ayakları, taş taş üstüne koyan eller, (kadınları kavaklara benzetmek gibi – elbette oldukça ilginç ama çok da aptalca) boş gevezeliklerle değil, gemilere, ticarete, hukuka, yönetime dair düşüncelerle meşgul zihinler, tüm bunların yanında da öylesine görkemli (Temple'a gelmişti), neşeli (işte nehir), ruhanî (işte kilise) olan şeyler, annesi ne derse desin, onu ya çiftçi ya da doktor olma kararına yöneltiyordu. Ama epey tembeldi tabii.

Hem bu konuda bir şey söylemese çok daha iyiydi. Öyle saçmaydı ki. Hani bazen insan tek başınayken olan türden bir şeydi – üstünde mimarların adları olmayan yapıların, şehirden dönen kalabalıkların; Kensington'daki bekâr papazlardan, Miss Kilman'ın ona ödünç verdiği kitaplardan daha büyük bir güçle, zihnin kumlu zemininde uykulu, acemi ve çekingen bekleyen ne varsa uyarıp, ansızın kollarını açarak gerinen bir çocuk gibi su yüzüne çıkardığı bir şey; sadece buydu, belki bir iç çekiş, bir geriniş, bir dürtü, bir aydınlanış, etkileri sonsuza dek süren, ama sonra tekrar aşağıya, o kumlu zemine inen bir şey. Eve git-

(*) Thames Nehri'ne bakan büyük, neoklasik yapı. (ç.n.)

meliydi. Akşam yemeği için giyinmeliydi. Ama saat kaçtı acaba? Nerede bir saat vardı?

Fleet Sokağı'ndan yukarıya baktı. St. Paul'e doğru yürüdü biraz, ürkekçe, tıpkı gece vakti ayaklarının ucuna basarak yabancı bir eve girip elinde bir mumla etrafı araştırırken, ya ev sahibi ansızın yatak odasının kapısını ardına kadar açıp orada ne işi olduğunu sorarsa diye diken üstünde olan biri gibi; zaten acayip sokak aralarında, ayartıcı yan yollarda dolaşmaya da cesaret edemezdi, tıpkı yabancı bir evde yatak veya oturma odasının ya da doğrudan kilerin kapısı olabilecek bir kapıyı açmaya cesaret edemeyeceği gibi. Zira Dalloway'lerden hiç kimse her gün Strand'den aşağı yürümezdi; bir öncüydü o, sürüden ayrılmış gözü kara bir serüvenciydi.

Annesine göre, birçok bakımdan son derece toydu, hâlâ oyuncak bebeklere, eski terliklere düşkün bir çocuk gibiydi; tam bir bebekti; bu da çok hoştu. Gelgelelim Dalloway ailesinde bir de kamu hizmeti geleneği vardı. Ailenin kadınları arasında, hiçbiri çok parlak olmasa da başrahibeler, okul müdireleri, başöğretmenler, mevki sahipleri bulunuyordu. St. Paul yönünde biraz daha ilerledi. Bu curcunadaki cana yakınlığı, annelik, kardeşlik ruhunu seviyordu. Ona iyi geliyordu bu. Gürültü muazzamdı; ansızın borazanlar gürledi, yankılandı (işsizlerdi bunlar) o curcunada; askeri müzik duyuldu; sanki insanlar rap rap yürüyordu; ama eğer ölüyor olsalardı – eğer bir kadın son nefesini vermiş olsaydı ve onun o en asil ve onurlu eylemini henüz gerçekleştirmiş olduğu odanın penceresini her kim açıp da aşağıya, Fleet Sokağı'na baksaydı, o curcuna, o askeri müzik, bir zaferi kutlarcasına, avutucu, kayıtsız, yukarılara yükselerek o kişiye kadar gelecekti.

Bilinçli değildi bu. İnsanın kendi talihini ya da kaderini kabullenişi yoktu bunun içinde; tam da bu nedenle, ölmekte olanların yüzlerindeki son bilinç ürperişlerini büyülenerek gözleyenler için bile avutucuydu.

İnsanların unutkanlığı yaralayabilir, nankörlükleri yıpratabilir, ama bu ses, yıllar yılı sonsuza dek akarak, her ne olursa olsun hepsini alacak; bu yemini, bu kamyoneti, bu hayatı, bu tören alayını alacak, hep birlikte sarıp sarmalayıp götürecekti; tıpkı dalgalı bir buzul akıntısı içindeki buzun, içinde bir kemik kıymığını, mavi bir çiçek yaprağını ve birkaç meşe kütüğünü sürükleyip götürdüğü gibi.

Ama saat, Elizabeth'in sandığından daha geç olmuştu. Annesi böyle tek başına dolaşmasını hoş karşılamazdı. Strand'den aşağıya doğru döndü.

Ani bir esinti (sıcağa karşın epey rüzgâr vardı) güneşin ve Strand'in üzerine ince siyah bir tül üfürdü. Yüzlerin rengi soldu; otobüsler bir anda parıltılarını kaybetti. Çünkü bulutlar, her ne kadar insanın küçük bir baltayla sert parçacıklar yontmayı hayal edebileceği yoğunlukta dağ gibi beyazlıkları; yan taraflarında geniş altunî yamaçları ve semavî haz bahçelerinin çayırlarıyla; dünyanın tepesinde tamamen tanrıların toplantısı için kurulmuş sabit yerleşimler görünümünde olsalar da, aslında aralarında sürekli bir hareket vardı. Karşılıklı işaretler gidip geliyor, sanki çoktan belirlenmiş bir planı hayata geçirir gibi kâh bir doruk küçülüyor, kâh sabit konumunu o ana dek korumuş olan piramit boyutlarında bir blok ortaya doğru ilerliyor, ya da yeni bir limana demir atmak üzere yola çıkan kafileye vakarla rehberlik ediyordu. Yerlerinde sabit, kusursuz bir ittifak içinde hareketsiz görünseler de, hiçbir şey o kar gibi beyaz ya da altınla yaldızlanmış yüzeylerden daha canlı, daha özgür, daha duyarlı olamazdı; anında değişebilirler, çekip gidebilirler, parçalanabilirlerdi; ve o vakur sabitliğe, o katmerli kuntluğa ve katılığa karşın, onlar yeryüzüne kâh aydınlığı, kâh karanlığı yayıyordu.

Sükûnet ve maharetle, Elizabeth Dalloway Westminster otobüsüne bindi.

Kâh duvarı griye, muzları parlak sarıya, kâh Strand'i griye, otobüsleri parlak sarıya boyayan ışık ve gölge, sanki gidip geliyor, el edip çağırıyormuş gibi geliyordu Septimus Warren Smith'e; oturma odasındaki kanepede uzanmış yatarken, akışkan altın sarısının, canlı bir yaratığın şaşırtıcı duyarlığıyla güllerin üzerinde, duvar kâğıdının üzerinde parlayıp solmasını izliyordu. Dışarıda ağaçlar, yapraklarını havanın derinlikleri içinden ağ gibi sürüklüyordu; suyun sesi odanın içindeydi; dalgaların arasından da, şakıyan kuşların sesleri geliyordu. Bütün güçler, hazinelerini onun başından aşağıya boca ediyordu; eli ise, kendisi denizde yüzerken ve ta uzakta, kıyıda köpeklerin sürekli havlayışını duyarken dalgaların üstünde duran eli gibi, kanepenin arkalığında duruyordu. Korkma artık, diyordu bedenin içinde yürek; korkma artık.

Korkmuyordu. Doğa her an, duvarda dolaşan – işte, işte, işte orada – o altın sarısı benek gibi gülünç bir ipucuyla; tüylerini savurarak, lülelerini sallayarak, harmanisini güzellikle, daima güzellikle oraya buraya fırlatıp atarak ve çok yakınında durup avuçlarının arasından Shakespeare'in sözcüklerini fısıldayarak, kendi anlamını gözler önüne serme kararlılığını ifade ediyordu.

Rezia, masada oturmuş elindeki şapkayı evirip çevirirken onu izliyordu; gülümsediğini gördü. O halde mutluydu. Ama onu gülümserken görmeye dayanamıyordu. Evlilik değildi bu; insanın kocası böyle tuhaf görünür müydü, sürekli irkilir, güler, saatler boyu sessizce oturur, ya da karısını kolundan yakalayıp yazmasını söyler miydi? Masanın çekmecesi o yazılarla doluydu; savaşa dair; Shakespeare'e dair; büyük keşiflere dair; ölüm diye bir şey olmadığına dair yazılar. Son günlerde hiç nedensiz ansızın heyecanlanıyor (oysa hem Dr. Holmes hem Sir William Bradshaw, heyecan onun için en kötü şey diyordu), ellerini sallayarak gerçeği bildiğini haykırıyordu! Her şeyi biliyordu! O adam, öldürülen arkadaşı, Evans, gelmişti. O paravanın ardında şarkı söylüyordu. Rezia bunları tam onun söylediği gibi yazıyordu. Bazı şeyler çok güzeldi; diğerleri ise düpedüz saçmaydı.

Hem her zaman lafın ortasında duruyor, fikrini değiştiriyordu; bir şey eklemek istiyor, yeni bir şey duyuyor, elini havaya kaldırıp dinliyordu. Ama Rezia hiçbir şey duymuyordu.

Bir defasında da odayı temizleyen kızı o kâğıtlardan birini gülmekten kırılarak okurken bulmuşlardı. Korkunç acınası bir şeydi bu. O yüzden bağırıp çağırmıştı Septimus, insanların zalimliği hakkında – birbirlerini nasıl da paralardı onlar. Düşeni, demişti, paramparça ederler. "Holmes peşimizde," deyip Holmes hakkında hikâyeler uydururdu; yulaf lapası yiyen Holmes; Shakespeare okuyan Holmes – kendi kendine kahkahalarla güler ya da hiddetle kükrerdi, zira Dr. Holmes korkunç bir şeyi temsil ediyordu onun için. "İnsan tabiatı" diyordu ona. Sonra bir de o hayaller vardı. Boğulduğunu söylerdi, üzerinde çığlık çığlığa uçan martılarla bir uçurumun kıyısında uzanıp yattığını. Kanepenin kenarından aşağıya, denize bakardı. Ya da bir müzik sesi duyardı. Aslında bu sadece bir laterna ya da sokakta bağıran bir adam olurdu. Ama "Ne güzel!" diye haykırırdı ve gözyaşları süzülürdü yanaklarından, Rezia için en korkuncu da buydu, Septimus gibi, savaşta çarpışmış cesur bir erkeğin ağladığını görmek. Sonra uzanıp dinlerdi Septimus, derken birdenbire aşağıya, aşağıya, alevlerin içine düşüyorum diye haykırırdı! Rezia gerçekten de alevleri arardı, öylesine canlıydı ki her şey. Ama alev malev yoktu. Odada yalnızdılar. Bir rüya gördün, derdi ona, böyle böyle nihayet yatıştırırdı onu. Ama bazen kendisi de korkardı. Orada oturmuş dikiş dikerken içini çekti.

İç çekişi dokunaklı ve büyüleyiciydi, akşam vakti bir ağaçlığın dışında esen rüzgâr gibi. Kâh makası bırakıyor, kâh dönüp masadan bir şey alıyordu. Küçük bir kıpırtı, küçük bir hışırtı, küçük bir tıkırtı, orada, onun oturup dikiş diktiği masada, usulca bir şeyler oluşturuyordu. Septimus, kirpiklerinin arasından onun bulanık siluetini görebiliyordu; küçük siyah bedenini, yüzünü ve ellerini, masadan bir makara alırken ya da ibrişimini ararken (sık sık bir şeyleri kaybederdi) yaptığı dönüşleri görüyordu. Mrs. Filmer'ın evli kızı için bir şapka yapıyordu şimdi, neydi adı – unutmuştu.

"Mrs. Filmer'ın evli kızının adı ne?" diye sordu.

"Mrs. Peters," dedi Rezia. Şapkayı önünde tutup baktı, korkarım küçük gelecek, dedi. Mrs. Peters iri yarı bir kadındı; ama aslında ondan hoşlanmıyordu. Sırf Mrs. Filmer onlara çok iyi davrandığı için – "Bu sabah üzüm verdi bana," dedi – minnettar olduklarını gösterecek bir şey yapmak istemişti Rezia. Geçen akşam odaya girdiğinde, onların dışarıda olduğunu zanneden Mrs. Peters'ı orada gramofonu çalıştırmış, dinlerken bulmuştu.

"Sahi mi?" diye sordu Septimus. Gramofonu mu çalıyordu? Evet, ona o zaman da söylemişti zaten; Mrs. Peters'ı gramofonu çalarken bulmuştu.

Septimus, orada sahiden bir gramofon olup olmadığını görmek için, gözlerini açmaya başladı sakına sakına. Ama gerçek şeyler... gerçek şeyler aşırı derecede uyarıcıydı. İhtiyatlı olmalıydı. Aklını oynatmaya niyeti yoktu. Önce alt raftaki moda dergilerine, sonra yavaş yavaş o yeşil borulu gramofona baktı. Hiçbir şey gerçeğe daha yakın olamazdı. Böylece, cesaretini toplayıp büfeye, muz tabağına, Kraliçe Victoria ile Prens Consort'un gravürüne, vazodaki güllerin durduğu şömine rafına baktı. Bu şeylerin hiçbiri kımıldamıyordu. Hepsi sabitti; hepsi gerçekti.

"Sivri dilli bir kadın o," dedi Rezia.

"Mr. Peters ne iş yapıyor?" diye sordu Septimus.

"Ha, o mu," dedi Rezia, hatırlamaya çalışarak. Mrs. Filmer onun bir şirket için seyahat ettiğini söylemişti galiba. "Şu anda Hull'da," dedi.

"Şu anda!" Bunu kendi İtalyan aksanıyla söylemişti. Bunu kendisi söylemişti. Septimus elini gözlerine siper etti ki bir defada onun yüzünün sadece küçük bir parçasını görebilsin, önce çene, sonra burun, sonra alın, hani şekli bozulmuşsa, ya da üstünde korkunç bir leke varsa diye. Ama hayır, oradaydı işte, doğal mı doğal, dikiş dikiyordu, kadınların dikiş dikerkenki o büzülmüş dudakları, yüzlerindeki o yerleşik hüzünle. Korkunç denecek hiçbir şey yok, diye ikna etti kendini, ikinci bir defa, üçüncü bir defa, onun yüzüne, ellerine bakarak, çünkü orada güpegündüz oturmuş dikiş dikerken, ürkünç ya da iğrenç ne vardı ki onda? Mrs. Peters sivri dilliydi. Mr. Peters Hull'daydı. O halde ne vardı hiddetlenecek, kehanetlerde bulunacak? Neden zulüm görmüş, toplumdan dışlanmış gibi kaçsındı? Neden ürpertip ağlatsındı onu bulutlar? Rezia oturup elbisesinin önüne toplu iğneler tuttururken, Mr. Peters Hull'dayken, neden gerçekleri arayıp mesajlar iletmeli? Mucizeler, vahiyler, acılar, yalnızlıklar, denizin derinlerine, aşağıya, daha da aşağıya, alevlerin içine düşmeler, hepsi bitmiş tükenmişti, çünkü Rezia'nın Mrs. Peters için yapıp süslediği hasır şapka, çiçeklerden bir örtüyü çağrıştırmıştı ona .

"Mrs. Peters'a çok küçük gelir bu," dedi Septimus.

Günlerdir ilk defa eskisi gibi konuşuyordu! Öyleydi tabii, gülünç derecede küçüktü. Ama Mrs. Peters seçmişti bunu.

Septimus onu karısının elinden aldı. Ancak bir laternacının maymununa yakışırdı o şapka.

Rezia'yı nasıl da neşelendirmişti bu! Haftalardır böyle gülmemişlerdi birlikte, evli çiftler gibi baş başa dalga geçerek. Yani şunu demek istiyordu, eğer Mrs. Filmer içeri girseydi, ya da Mrs. Peters veya herhangi biri, Septimus'la ikisinin neye güldüğünü anlayamazdı.

"İşte," dedi Rezia, şapkanın kenarına bir gül iğneleyerek. Hiç bu kadar mutlu olmamıştı. Hayatı boyunca!

"Ama bu daha da rüküş," dedi Septimus. Kadıncağız şimdi de panayırda bir domuza benzeyecekti. (Ömründe hiç kimse onu Septimus kadar güldürmemişti.)

Dikiş kutusunda ne mi vardı? Kurdeleler, boncuklar, püsküller, yapma çiçekler. Onları masanın üstüne döktü. Septimus garip renkleri bir araya toplamaya başladı; çünkü el becerisinden yoksun olsa da, bir paket yapmayı bile beceremese de, harika bir gözü vardı ve çoğu kez doğruydu yaptığı, bazen gülünçtü tabii, ama bazen harika denecek kadar doğruydu.

"Güzel bir şapkası olacak!" diye söyleniyordu Septimus, bir bunu bir şunu tutup kaldırırken; Rezia da yanında diz çökmüş, omzunun üstünden bakıyordu. İşte bitmişti – yani tasarım; karısının onları birleştirip dikmesi gerekiyordu. Ama onu tam kendisinin yapmış olduğu gibi tutmaya çok ama çok dikkat etmeliydi Rezia.

O da dikmeye girişti. Dikerken, Septimus'a göre, ocağın üstündeki bir çaydanlık gibi sesler çıkarıyordu; fokurduyor, mırıldanıyordu, sürekli meşguldü, o küçük sivri güçlü parmakları, kıstırıyor, dürtüyor, deliyor, iğnesi ışık saçıyordu. Güneş içeri girip çıkabilir, püsküllerin üstünde, duvar kâğıdının üstünde dolaşabilir, ama ben beklerim, diye düşündü Septimus, ayaklarını uzatıp kanepenin ucunda pabuçlarının üstünde halkalanmış çoraplarına bakarak; bekleyecekti bu sıcak yerde, bu durgun hava boşluğunda; hani insan bazen akşam vakti bir ağaçlığın kıyısında rast gelir ya, hani zeminde bir çökme ya da ağaçların belli bir düzeni nedeniyle (bilimsel olmalı her şeyden önce, bilimsel) sıcaklık oyalanır kalır ve hava bir kuşun kanadı gibi yanağa çarpar ya, öyle bir yerde işte.

"İşte oldu," dedi Rezia, Mrs. Peters'ın şapkasını parmaklarının ucunda fırıl fırıl döndürerek. "Şimdilik bu kadar yeter. Daha sonra..." Cümlesi, açık kalmış keyifli bir musluk gibi, şıp, şıp, şıp diye akıp gitti.

Harikaydı. Hiç kendisini bu denli gururlandıran bir şey yapmamıştı Septimus. Öylesine gerçekti, öylesine elle tutulur bir şeydi ki Mrs. Peters'ın şapkası!

"Bir bak şuna," dedi Rezia'ya.

Evet, o şapkayı görmek daima mutlu edecekti Rezia'yı. Septimus kendisi olmuştu o zaman, gülmüştü o zaman. Baş başa kalmışlardı. O şapkayı daima sevecekti.

Septimus şapkayı denemesini söyledi ona.

"Ama kim bilir ne tuhaf görünüyorum!" diye haykırdı Rezia, aynaya koşup önce bir yanına, sonra öbür yanına baktı. Sonra da çekip çıkardı onu yine, çünkü biri kapıyı vurmuştu hafifçe. Sir William Bradshaw olabilir miydi? Şimdiden haber mi salmıştı yoksa?

Hayır! Akşam gazetesini getiren küçük kızdı yalnızca.

Her zaman ne oluyorsa, o zaman da o oldu. Hayatlarının her gecesinde olan şey. Küçük kız kapıda başparmağını emiyordu; Rezia diz çöktü; Rezia kızı sevdi, öptü; Rezia masanın çekmecesinden bir torba şeker çıkardı. Çünkü hep böyle olurdu. Önce bir şey, sonra başka bir şey. Böyle yapardı Rezia, önce bir şey, sonra başka bir şey. Dans ederek, seke seke, döne döne dolaştılar odada. Septimus gazeteyi aldı. Surrey bozguna uğradı, diye okudu. Bir sıcak dalgası geldi. Rezia tekrarladı: Surrey bozguna uğradı. Bir sıcak dalgası geldi. Bunları da Mrs. Filmer'ın torunuyla gülüşerek, gevezelik ederek oynadıkları oyunun bir parçası yapmıştı. Çok yorgundu Septimus. Çok mutluydu. Uyuyacaktı. Gözlerini kapadı. Ama hiçbir şey göremez olduğu anda oyunun sesleri hafifleyip tuhaflaştı; arayan ve bulamayan ve uzaklara daha da uzaklara giden insanların çığlıkları gibi geldi kulağına. Onu kaybetmişlerdi!

Dehşetle sıçradı. Ne görüyordu? Büfenin üstündeki muz tabağını. Hiç kimse yoktu (Rezia çocuğu annesine götürmüştü; yatma zamanıydı). Buydu işte: sonsuza dek yalnızlık. Buydu işte Milano'da odaya girip onları makaslarıyla teladan şekiller keserken gördüğünde verilen hüküm: sonsuza dek yalnızlık.

Tek başınaydı, şu büfe ve muzlarla. Tek başınaydı bu çıplak, yüksek yerde, açıkta uzanmıştı – ama bir tepebaşında değil, bir sarp kayalıkta değil, Mrs. Filmer'ın oturma odasındaki kanepede. Ya hayaller, yüzler, ölülerin sesleri, neredeydi onlar? Üstünde siyah hasırotları ve mavi kırlangıçlarla, bir paravan vardı önünde. Bir zamanlar dağlar gördüğü yerde, yüzler gördüğü yerde, güzellik gördüğü yerde, bir paravan vardı.

"Evans!" diye haykırdı. Yanıt gelmedi. Bir fare ciyaklamış ya da bir perde hışırdamıştı. Ölülerin sesleriydi onlar. Paravan, kömür kovası, büfe kalmıştı ona. Öyleyse, varsın paravanla, kömür kovasıyla, büfeyle yüzleşsin... ama Rezia çabuk çabuk konuşarak odaya daldı.

Bir mektup gelmişti. Herkesin planları değişmişti. Neticede Mrs. Filmer Brighton'a gidemeyecekti. Mrs. Williams'a haber verecek zaman yoktu, Rezia'nın da buna çok ama çok canı sıkılmıştı, derken gözü şapkaya ilişti ve düşündü ki... belki... onda azıcık bir... Sesi, kendinden hoşnut bir melodide sönüp gitti.

"Ah, lanet olsun!" diye haykırdı Rezia (kendi aralarında bir şakaydı bu, onun küfretmesi yani); dikiş iğnesi kırılmıştı. Şapka, çocuk, Brighton, dikiş iğnesi. Toparlıyordu hepsini; önce bir şey, sonra bir şey daha; toparlayıp geliştiriyordu dikerek.

Gülün yerini değiştirince şapka daha güzel olmuş muydu, Septimus bunu söylesin istiyordu Rezia. Kanepenin ucuna oturdu.

Şimdi her bakımdan mutluyuz, dedi ansızın, şapkayı elinden bırakarak. Çünkü şimdi her şeyi söyleyebiliyordu ona. Aklına ne gelirse söyleyebiliyordu. Onun hakkında hemen hemen ilk hissettiği şey buydu, o gece İngiliz arkadaşlarıyla birlikte kafeye girdiği zaman. Hayli çekinerek girmişti içeri, etrafına bakınarak, asar asmaz da yere düşmüştü şapkası. Hatırlıyordu bunu. İngiliz olduğunu anlamıştı, gerçi kız kardeşinin hayran olduğu iri yarı İngilizlerden değildi, her zaman zayıftı o; ama canlı, güzel bir rengi vardı teninin; onu ilk gördüğü akşam, onlar domino oynarken içeri girdiğinde, büyücek burnu, parlak gözleri, biraz kamburca oturuşuyla, kendisine de sık sık söylediği gibi, genç bir şahini andırıyordu – genç bir şahin; ama kendisine karşı daima çok nazikti. Onu hiç kızgın ya da sarhoş görmemişti, sadece ara sıra şu korkunç savaş yüzünden acı çekiyordu, ama yine de, Rezia içeri girdiğinde her şeyi bir yana bırakırdı. Her şeyi, dünyadaki her şeyi, işiyle ilgili ufak bir sıkıntıyı, aklına gelen, dikkatini çeken her şeyi ona anlatırdı Rezia, o da hemen anlardı. Kendi ailesi bile böyle değildi. Kendisinden yaşça büyük ve çok zeki olduğundan – ne kadar da ciddiydi, Rezia henüz İngilizce bir çocuk kitabı bile okuyamazken, Shakespeare okumasını istiyordu onun! – çok daha deneyimli biri olduğundan, yardım edebilirdi Rezia'ya. Rezia da ona yardım edebilirdi.

Ama şimdi bu şapka. Sonra da (geç oluyordu) Sir William Bradshaw.

Rezia ellerini başına götürdü, şapkayı beğendi mi beğenmedi mi, söylemesini bekledi Septimus'un; orada oturmuş önüne bakarak beklerken, Septimus onun bir kuş gibi daldan dala uçan ve her zaman doğru yere konan zihnini sezebiliyordu; o orada, doğallıkla girdiği yumuşak, gevşek pozlarından birini almış otururken, zihnini izleyebiliyordu onun; eğer Septimus bir şey söyleyecek olursa, tüm pençeleriyle dalı sımsıkı kavrayarak konan bir kuş gibi hemen gülümsüyordu.

Ama anımsıyordu Septimus. Bradshaw demişti ki, "En sevdiğimiz insanlar, hasta olduğumuzda iyi gelmez bize." Bradshaw, dinlenmeyi öğrenmelisin demişti. Bradshaw, birbirinizden ayrılmalısınız demişti.

"Meli", "malı", neden "meli"? Bradshaw'un onun üzerinde ne yetkisi vardı? "Bradshaw'un bana "melisin" demeye ne hakkı var?" diye sordu ısrarla.

“Sen kendini öldürmekten söz ettin ya, ondan işte,” dedi Rezia. (Neyse ki artık Septimus’a her şeyi söyleyebiliyordu.)

O halde onların elindeydi! Holmes ve Bradshaw peşindeydi onun! O canavar, kızıl burun delikleriyle, her gizli köşede kokusunu alıyordu onun! “Melisin” diyebiliyordu! Kâğıtları neredeydi? Yazdıkları neredeydi?

Rezia ona kâğıtlarını, yazdığı şeyleri, kendisinin onun için yazdığı şeyleri getirdi. Onları kanepenin üstüne yığıp yaydı. Birlikte baktılar hepsine. Şemalar, çizimler, değnekleşmiş kollarını savuran, sırtlarında kanatlar olan – öyle miydi? – küçük erkekler ve kadınlar; şilinlerin ve altı penilerin çevresinden çizilmiş daireler, yani güneşler ve yıldızlar; tıpkı çatal bıçaklar gibi, birbirlerine iplerle bağlı dağcıların indiği dolambaçlı sarp kayalıklar; dalgaların içinden gülen küçük yüzlerin çıktığı bölük pörçük denizler: dünyanın haritası. Yak şunları! diye haykırdı. Şimdi de yazılara gelmişti sıra; ormangülü çalılıklarının ardında ölülerin şarkı söyleyişi; Zaman’a övgüler; Shakespeare ile konuşmalar; Evans, Evans, Evans – onun ölülerden ilettiği mesajlar; ağaçları kesmeyin; Başbakan’a söyleyin. Evrensel sevgi: dünyanın anlamı. Yak şunları! diye haykırdı.

Ama Rezia elleriyle örttü kâğıtları. Bazıları çok güzel, diye düşünüyordu. Onları ibrişimle bağlayacaktı (çünkü hiç zarfı yoktu).

Seni alıp götürseler bile, ben de seninle giderim, dedi. Onları kendi iradeleri hilâfına ayıramazlardı birbirlerinden.

Kenarlarını hizaya sokarak kâğıtları toparlayıp, hemen hiç bakmadan paketi bağlayıverdi, Septimus’un yakınında, yanıbaşında otururken; sanki taçyaprakları çepeçevre sarmış onu, diye düşündü Septimus. Çiçeklenen bir ağaçtı o; dallarının arasından da bir kanun yapıcının yüzü görünüyordu; hiç kimseden, Holmes’dan da, Bradshaw’dan da korkmadığı bir sığınağa ulaşmıştı Rezia; bir mucizeydi bu, en son ve en büyük zaferdi.

Onun sendeleyerek o korkunç merdivenlerden çıktığını gördü Septimus, sırtına Holmes ve Bradshaw yüklenmişti; hiçbir zaman yetmiş beş kilodan az çekmemiş, karılarını saraya göndermiş adamlar; yılda on bin sterlin kazanan ve dengeden söz eden adamlar; yargıları birbirinden farklı olan (çünkü Holmes bir şey söylüyordu, Bradshaw başka bir şey), yine de yargıç sayılan; hayal ile büfeyi birbirine karıştıran; hiçbir şeyi net göremeyen, yine de hükmeden, yine de acı veren adamlar. Onlara karşı zafer kazanmıştı Rezia.

"İşte oldu!" dedi Rezia. Kâğıtlar bağlanmıştı. Kimse onlara erişemezdi. Saklayacaktı onları.

Hem hiçbir şey onları ayıramayacaktı. Septimus'un yanına oturdu ve ona tıpatıp benzeyen, hainliğiyle ve ekinleri mahvetmesiyle bilinen o şahin ya da karganın adıyla hitabetti ona. Hiç kimse onları ayıramazdı.

Sonra eşyalarını toparlamak için yatak odasına gitmek üzere kalktı, ama alt kattan gelen sesleri duyunca, belki Dr. Holmes uğramıştır diye düşünerek onun yukarı çıkmasını engellemek için aşağıya koştu.

Septimus onun merdivenlerde Holmes ile konuştuğunu işitebiliyordu.

"Hanımefendiciğim, bir dost olarak geldim ben," diyordu Holmes.

"Hayır, kocamı görmenize izin vermeyeceğim," dedi Rezia.

Onu görebiliyordu Septimus, küçük bir dişi kuş gibi kanatlarını açmış, yolunu kesiyordu adamın. Ama Holmes üsteliyordu.

"Hanımefendiciğim, izin verin de..." dedi, onu kenara iterek (Holmes güçlü kuvvetli bir adamdı).

Holmes üst kata geliyordu. Holmes kapıyı pat diye açacaktı. Holmes, "Korkuyorsun ha?" diyecekti. Holmes onu yakalayacaktı. Ama hayır, ne Holmes, ne Bradshaw. Biraz sarsakça kalkıp, hatta bir ayaktan öbürüne sekerek, Mrs. Filmer'in o güzel, temiz, sapına "Ekmek" oyulmuş bıçağını geçirdi aklından. Ah, ama ona yazık olurdu. Ya havagazı? Ama artık çok geçti. Holmes geliyordu. Tıraş bıçakları da vardı galiba, ama Rezia onları sarıp kaldırmıştı, hep yapardı bunu. Geriye tek kalan pencereydi, o kocaman Bloomsbury pansiyonu penceresi; can sıkıcı, zahmetli ve hayli melodramatik bir işti pencereyi açıp kendini aşağı atmak. Onların trajedi anlayışıydı bu, kendininki ya da Rezia'nınki değil (zira Rezia onunlaydı). Holmes ve Bradshaw bu tür şeylerden hoşlanırdı. (Pencerenin pervazına oturdu.) Ama en son âna kadar bekleyecekti. Ölmek istemiyordu. Hayat güzeldi. Güneş sıcaktı. Yalnızca insanlar mı? Karşıdaki merdivenlerden inen yaşlı bir adam durdu ve dik dik baktı ona. Holmes kapıdaydı. "Al işte, al sana!" diye haykırdı ve kendini var gücüyle, şiddetle fırlattı Mrs. Filmer'ın demir parmaklıklarının üstüne.

"Korkak!" diye bağırdı Dr. Holmes, kapıyı hızla açarak. Rezia pencereye koştu, gördü; anladı. Dr. Holmes ve Mrs. Filmer birbirleriyle çarpıştı. Mrs. Filmer önlüğünü kaldırdı, onunla Rezia'nın gözlerini örttü yatak odasında. Merdivenlerde aşağı yukarı epey koşuşma oldu. Dr. Holmes içeri girdi – beti benzi atmıştı, tepeden tırnağa titriyordu, elinde bir bardak vardı. Cesur olması ve bir şey içmesi gerekiyordu Rezia'nın (Neydi o? Şekerli bir şey), çünkü kocası hurdahaş olmuştu, bir daha kendine gelemeyecekti, onu görmemeliydi, olabildiğince korunmalıydı, daha soruşturmadan geçecekti, zavallı kızcağız. Kim tahmin edebilirdi? Ani bir dürtü, kimsenin zerrece sorumluluğu yok (dedi Mrs. Filmer'a). Hangi akla hizmet yapmıştı bunu, akıl erdiremiyordu Dr. Holmes.

O şekerli sıvıyı içerken, uzun pencereleri açıp bir bahçeye çıkıyormuş gibi geldi Rezia'ya. Ama neredeydi? Saat çalıyordu – bir, iki, üç: ne duyarlıydı bu ses, tüm bu patırtı ve fısıltılara kıyasla; Septimus'un kendisi gibi. Uykuya dalıyordu. Ama saat çalmaya devam ediyordu, dört, beş, altı; önlüğünü sallayan Mrs. Filmer da (cesedi buraya getirmeyeceklerdi değil mi?) o bahçenin, ya da bir bayrağın parçası gibiydi. Bir defasında, Venedik'te teyzesinin yanında kalırken, bir direkten usulca dalga dalga açılan bir bayrak görmüştü. Savaşta ölen erkekler böyle selamlanırmış, Septimus da savaşı yaşamıştı. Rezia'nın yaşadıklarının çoğu mutlu anılardı.

Şapkasını giydi ve ekin tarlalarının içinden koşarak geçip – neresiydi acaba? – bir tepeye geldi, denize yakın bir yerdi, çünkü gemiler, martılar, kelebekler vardı; sarp bir kayanın üstüne oturdular. Londra'da da oturmuşlardı orada; yarı uyanık yarı rüyada, sesler yatak odasının kapısından ulaşıyordu ona; yağan yağmur, fısıltılar, kuru ekinlerin hışırtıları ve öyle hissediyordu ki hepsini kavisli bir kabuğun içine toplayıp kumsalı okşayan deniz, sahilde bir mezarın üstüne savrulan çiçekler misali dağılmış yatarken, fısıldıyordu ona.

"Öldü," dedi gülümseyerek, kapıya dikilmiş açık mavi dürüst gözleriyle onu koruyan yaşlı kadıncağıza. (Onu buraya getirmeyecekler, değil mi?) Mrs. Filmer geçiştirdi hemen. Yo hayır, yo hayır! Şimdi alıp götüreceklerdi onu. Ona söylenmesi gerekmez miydi? Evli insanlar birlikte olmalı, diye düşündü Mrs. Filmer. Ama doktorun söylediğini yapmak zorundaydılar.

Dr. Holmes, Rezia'nın nabzını tutarak "Bırakın uyusun," dedi. Pencereye sırtını vermiş iri gövdesinin karaltısını gördü Rezia. Demek Dr. Holmes idi o.

Uygarlığın zaferlerinden biri, diye düşündü Peter Walsh, ambulansın ışıklı tiz sireni çalarken. Uygarlığın zaferlerinden biri de bu işte. Hızlı, temiz pak bir ambulans, insanlık namına âcilen hastaneye götürüyordu zavallı bir adamcağızı; kafasına darbe almış, hastalıkla yatağa düşmüş, belki birkaç dakika önce şu yaya geçitlerinden birinde ezilmişti, hepimizin başına gelebileceği gibi. Uygarlık buydu işte. Doğu'dan dönünce çarpmıştı onu – Londra'daki bu yeterlik, bu düzen, bu toplumsal ruh. Her at arabası ya da otomobil, kendiliğinden kenara çekilip ambulansa yol veriyordu. Belki de marazî bir şeydi bu; ya da daha ziyade dokunaklı değil miydi, içinde kurbanıyla geçen bu ambulansa gösterdikleri saygı – aceleyle evine giderken ambulansı görünce birdenbire kendi eşini anımsayan ya da bir ihtimal orada bir doktor ve hemşireyle bir sedyede uzanmış yatanın pekâlâ da kendileri olabileceğini düşünen meşgul insanlar... Ah, ama düşünmek marazîleşir, fazla duygusal bir hal alır, insanın aklına bir anda doktorlar, ölü bedenler gelmeye başlardı; görsel izlenime katılan küçük bir haz ışıltısı, bir tür de şehvet, artık bu nevi şeylere devam etmemesi yönünde uyarırdı insanı; sanatı yok eden, dostluğu yok eden şeylerdi bunlar. Doğru. Ama yine de, diye düşündü Peter Walsh, ambulans köşeyi dönerken – gerçi bir sokak öteden ve daha da uzaktaki Tottenham Court Sokağı'nı geçerken de duyulabiliyordu o ışıklı tiz sirenin sürekli çınlaması – yalnızlığın ayrıcalığı bu; tek başınayken insan istediğini yapabilir. Kimse görmezse, ağlayabilir. Bu hassasiyet, doğru zamanda ağlayamamak ya da gülememek, onun mahvına neden olmuştu Anglo-Hintli toplumunda. Bu benim içimde var, diye düşündü, posta kutusunun yanında durarak, şimdi eriyip gözyaşlarına dönüşebilecek bir şey. Neden böyle, Tanrı bilir. Bir tür güzellik, muhtemelen, bir de günün ağırlığı; Clarissa'yı ziyaretle başlayan gün onu bitap düşürmüştü; sıcağıyla, yoğunluğuyla, bir de ta o karşı karşıya durdukları ve hiç kimsenin asla bilemeyeceği o derin, karanlık mahzenin içerisine kadar damla damla, peş peşe inen duygularıyla. Kısmen bu nedenle, yani o eksiksiz ve dokunulmaz mahremiyeti nedeniyle, meçhul bir bahçe gibi bulmuştu hayatı, dönemeçler ve köşelerle doluydu, şaşırtıcıydı, evet; bu anlar sahiden de nefesini kesiyordu insanın; o anlardan biri orada, British Museum'un karşısındaki posta kutusunun yanında gelmişti ona, her şeyin bir araya geldiği bir an; bu ambulans; yaşam ve ölüm. Sanki benliği, o duygu hücumuyla emilip çok yüksek bir çatıya çıkmıştı, gerisi de deniz kabuklarının saçıldığı beyaz bir kumsal gibi çıplak kalmıştı. Buydu onun Anglo-Hintli toplumundaki mahvına yol açan – bu hassasiyet.

Bir defasında Clarissa ile bir otobüsün üst katında bir yerlere gidiyorlardı; Clarissa, en azından yüzeyde, öyle kolay duygulanırdı ki kâh umutsuzluğa kapılır, kâh alabildiğine keyifli olurdu, o günlerde de tepeden tırnağa heyecan içindeydi, nasıl da kafa dengiydi, otobüsün tepesinden küçük tuhaf olayları, adları, insanları fark ederdi; çünkü Londra'yı keşfe çıkar, Kaledonya pazarından(*) hazinelerle dolu torbalarla dönerlerdi – Clarissa'nın o günlerde bir teorisi vardı – hani gençlerin olur ya, onların da her zaman bir sürü teorisi vardı. İnsanları tanımamaktan, insanlarca tanınmamaktan kaynaklanan doyumsuzluk duygusunu açıklamak içindi bu. Zira birbirlerini nasıl tanıyabilirlerdi ki? Her gün buluşurdunuz; sonra da altı ay ya da yıllarca görüşmezdiniz. İnsanın başkalarını bu denli az tanıması doyurucu değildi, aynı fikirdeydiler. Ama Clarissa, Shaftesbury Caddesi'nden yukarı giden otobüste otururken, kendini her yerde hissettiğini söylemişti; sadece "burada, burada, burada" değil; oturduğu yerin arkalığına hafif hafif vurmuş, "her yerde" demişti. Elini sallamıştı, Shaftesbury Caddesi'nden yukarı çıkarken. Bunların hepsiydi o. Öyle ki, onu ya da herhangi birini tanımak için, onları tamamlayan insanları, hatta mekânları arayıp bulmalıydın. Ömründe hiç konuşmamış olduğu insanlarla tuhaf yakınlıkları vardı onun, sokaktaki bir kadınla, bir tezgâhın gerisindeki bir adamla – hatta ağaçlarla ya da ahırlarla. Bunun son noktası bilincin sınırını aşan, doğaüstü bir teoriydi; bu da, ölüm karşı-

(*) O dönemde Londra'daki ünlü bit pazarı. (ç.n.)

sında duyduğu dehşetle onun (tüm şüpheciliğine karşın) şöyle inanmasına, ya da inandığını söylemesine yol açıyordu: mademki görüntülerimiz, yani bizim görünen yanımız, diğer yanımıza, yani ta uzaklara yayılan o görünmeyen yanımıza kıyasla çok kısa ömürlüdür, o halde görünmeyen yanımız yaşamını sürdürebilir, ölümden sonra şu ya da bu kişiye bir şekilde bağlanmış durumda, ya da hatta belli yerlere sık sık uğrarken yeniden ele geçirilebilir. Belki...belki.

Neredeyse otuz yıllık bu uzun dostluğa dönüp baktığında, Clarissa'nın teorisi bu kapsamda geçerli görünüyordu. Buluşmaları, kâh kendisinin yokluğu, kâh bazı kesintiler nedeniyle (mesela bu sabah tam Clarissa ile konuşmaya başlayacakken, uzun bacaklı bir tay gibi, o güzel, suskun Elizabeth girmişti içeri) kısacık, kırık dökük, çoğu kez o eski buluşmaları gibi ızdıraplı da olsalar, hayatı üzerindeki etkisi ölçülemeyecek kadar büyüktü onların. Bir gizem vardı burada. Sivri, keskin, nahoş bir tohum verilirdi size – gerçek buluşma; çoğu kez korkunç sancılıydı; oysa ayrı kaldığınızda, yıllardır kayıp, kıpırtısız duran o tohum, en umulmadık yerlerde çiçeklenir, açılır, kokusunu saçar, dokunmanıza, tatmanıza, etrafınıza bakmanıza, tümüyle hissedip anlamanıza izin verirdi. Clarissa işte böyle gelmişti kendisine, gemide, Himalayalar'da, en olmadık şeylerin akla getirmesiyle (O cömert, heyecanlı, budala Sally Seton da mavi ortancaları görünce *kendisini* düşünmüştü ya!). Ömründe tanıdığı herkesten çok etkilemişti onu Clarissa. Ve hep bu şekilde, kendisi istemeden gelirdi karşısına, serinkanlılığı, zarafeti, eleştiren tavrıyla; ya da büyüleyen, romantik, bir tarlayı veya bir İngiliz hasadını çağrıştıran havasıyla. Londra'da değil, en çok yazlıkta görürdü onu. Bourton'da birbirini izleyen sahnelerle...

Oteline varmıştı. Öbek öbek kırmızımtrak koltuk ve kanepelerin, kurumuş görünen o sivri yapraklı bitkilerin durduğu holü geçti. Çengeldeki anahtarı aldı. Görevli genç kadın ona birkaç mektup verdi. Yukarı çıktı – Clarissa'yı en çok Bourton'daki haliyle görürdü, yazın son demlerinde, o günlerde herkesin yaptığı gibi orada bir, hatta iki hafta kaldığı zamanki haliyle. Önce orada, bir tepenin doruğunda duruşuyla, saçlarını elleriyle zapt ederek, pelerini uçuşarak, bir yerleri gösterip onlara sesleniişiyle – Aşağıda Severn'ı görmüştü! Ya da bir koruda, çaydanlığı kaynatırkenki haliyle – el maharetinden yoksunluğu; eğilip bükülen, yüzlerine savrulan duman, dumanların arasından görünen küçük pembe yüzü; bir kulübedeki yaşlı kadından su isteyişleri; kadın kapıya kadar gelmiş, sonra da onların gidişini izlemişti. Hep yürürlerdi; diğerleri arabayla dolaşırdı. Clarissa ise arabayla dolaşmaktan sıkılırdı, hiçbir hayvandan hoşlanmazdı, o köpek hariç. Yollarda kilometrelerce yürürlerdi. Clarissa yönünü bulmak için birdenbire durur, sonra bir kılavuz gibi, kırların arasından geri götürürdü onu; bir de sürekli tartışırlardı, şiirden söz ederlerdi, insanlardan söz ederlerdi, politikadan söz ederlerdi (bir Radikal'di o zamanlar); birden durup bir manzaranın ya da bir ağacın karşısında çığlık atıp, kendisini de onunla birlikte baktırdığı anlar dışında hiçbir şeyin farkında olmazlardı; sonra yine anızlı tarlaların arasından yola devam ederlerdi, Clarissa önden yürürdü, elinde halası için bir çiçekle, zayıf nahif yapısına karşın hiç yorulmadan; alacakaranlıkta Bourton'a varırlardı. Sonra, akşam yemeğinin ardından, ihtiyar Breitkopf piyanoyu açar, o olmayan sesiyle şarkı söylerdi; onlar da koltuklarına gömülüp gülmemeye çalışır, ama her defasında da kendilerini tutamayıp patlayıverir, katıla katıla gülerlerdi – vara yoğa gülerlerdi. Breitkopf'un görmediğini varsayarlardı. Sonra sabah olunca da evin önünde çobanaldatanlar gibi dolanıp dururlardı...

Ah, bu mektup ondandı işte! Bu mavi zarf, onun elyazısı. Okumak zorundaydı. İşte o buluşmalardan biri daha, sancılı olmaya mahkûm! Mektubu okumak müthiş bir çaba gerektiriyordu. "Ne güzeldi onu görmek! Söylemeliydi bunu." Hepsi bu kadardı.

Ama allak bullak olmuştu Peter. Canı sıkılmıştı. Keşke hiç yazmasaydı. Tam da o düşüncelerinin üstüne, kaburgalarına bir dirsek darbesi yemiş gibi hissetti kendini. Neden kendisini rahat bırakmıyordu ki? Neticede Dalloway ile evlenmiş ve bütün bu yıllar boyunca onunla kusursuz bir mutluluk içinde yaşamıştı.

Şu oteller de hiç avutmaz insanı. Tam tersine. Kim bilir kaç kişi şapkasını asmıştır şu kancalara. Düşünecek olursanız, sinekler bile daha önce başka insanların burunlarına konmuştur. Gözüne ilk anda çarpan temizliğe gelince, o da temizlikten çok çıplaklık ve soğukluktu; olması gereken şeydi yani. Herhalde kavruk bir kadın yönetici gün ağarırken devriye geziyor, kokluyor, pürdikkat bakıyor, ne pahasına olursa olsun, sanki bir sonraki müşteri tertemiz bir servis tabağında sunulacak büyük bir et parçasıymış gibi, o bağnaz hizmetçi kızlara her yeri iyice ovdurarak temizletiyordu. Uyumak için bir yatak; oturmak için bir koltuk; diş fırçalamak ve tıraş olmak için bir büyük bardak, bir ayna. Kitaplar, mektuplar ve robdöşambr, hepsi o at kılı döşemenin gayrişahsiliğinin üzerinde birbiriyle ilgisiz densizlikler gibiydi. Tüm bunları görmesine yol açan da Clarissa'nın mektubuydu. "Ne güzeldi onu görmek. Söylemeliydi bunu!" Kâğıdı katladı; bir kenara itti; hiçbir kuvvet bir daha okutamazdı onu!

Şu mektubun saat altıdan önce eline geçmesi için, kendisi yanından ayrılır ayrılmaz oturup yazmış, pullamış, biriyle postaneye yollamış olmalıydı. Hani derler ya, tam da bu beklenirdi ondan. Ziyaretiyle altüst olmuştu Clarissa. Çok duygulanmıştı; elini öptüğünde bir an için pişman olmuş, hatta kendisini kıskanmış, muhtemelen söylediği bir şeyi anımsamıştı (çünkü öyle bir hali vardı) – onunla evlenseydi dünyayı nasıl değiştireceklerdi gibi bir şey belki; oysa şuydu işin aslı; orta yaştı; sıradanlıktı;

sonra o pes etmez canlılığıyla tüm bunları bir yana itmeye zorlamıştı kendini Clarissa, çünkü onun, inatçılığı, dayanıklılığı, engelleri aşıp kendisini zaferle ileriye taşıma gücüyle, benzerini hiç görmediği bir bağlılığı vardı hayata. Evet, ama Peter odadan çıkar çıkmaz da bir tepki verecekti Clarissa. Onun için dehşetli üzülecekti; onu hoşnut etmek için dünyada (hep o tek şeyden başka) ne yapabileceğini düşünecekti; gözyaşları yanaklarından süzülerek yazı masasına gidişini ve otelde kendisini karşılayacak o tek satırı karalayışını görür gibiydi... "Ne güzeldi seni görmek!" Samimiydi üstelik.

Peter Walsh botlarının bağcıklarını çözmüştü artık.

Ama başarılı olmayacaktı, evlilikleri yani. Zaten o diğer şeyin olması çok daha doğaldı.

Tuhaftı; gerçekti; pek çok insan hissetmişti bunu. Mütevazı bir performans göstermiş, sıradan makamları ancak yeterince doldurabilmiş olan Peter Walsh, sevilen biriydi, ama biraz ayrıksı tanınırdı, hava atmaktan da hoşlanırdı – özellikle de artık saçı ağarmışken *kendinden* hoşnut bir hali olması; yedek güçleri olan biri gibi görünmesi garipti; Onu kadınların gözünde çekici yapan da buydu, onun büsbütün erkeksi olmadığını hissetmek hoşlarına gidiyordu. Havasında sezilen ya da içinde gizlenen olağandışı bir şey vardı sanki. Belki kitaplara düşkün olmasıydı bu – sizi görmeye gelsin de masanın üstündeki kitabı alıp bakmasın, bu asla mümkün değildi (hatta şimdi de, botlarının bağcıkları yerde sürünürken, okuyordu) – ya da bir centilmen olmasıydı, bu da piposunun küllerini silkme tarzında ve elbette kadınlara davranışlarında gösterirdi kendini. Bir nebze akıldan yoksun bir kızın onu kolayca parmağında oynatabilmesi çok sevimli ama hayli de gülünç bir durumdu. Ama riski kıza aitti tabii. Yani Peter Walsh her ne kadar son derece yumuşak başlı olsa da, hatta birlikte olduğu kadını neşesi, görgüsü ve nezaketiyle büyülese de, ancak bir noktaya kadardı bu. Kadın bir şey mi söyledi – hayır, hayır; aklından geçeni okurdu hemen. Katlanamazdı buna – hayır, hayır. Ayrıca erkeklerle birlikteyken bağırıp çağırabilir, bir fıkraya katıla katıla gülebilirdi. Yemek konusunda da son söz onundu Hindistan'da. Bir erkekti o. Ama çok şükür ki insanın saygı göstermek zorunda olduğu türden bir erkek değildi; Binbaşı Simmons gibi değildi mesela, hiç mi hiç, diye düşünürdü Daisy, iki küçük çocuğu olmasına karşın, onları birbirleriyle kıyasladığı zaman.

Botlarını çekip çıkardı. Ceplerini boşalttı. Çakısıyla birlikte Daisy'nin verandada çekilmiş bir şipşak resmi çıktı ortaya; Daisy beyazlar içinde, kucağında bir tilki teriyeri; gayet alımlı, koyu esmer; şu âna dek gördüğü en güzel resmiydi onun. Her şey ne kadar doğal gelişmişti onunla; Clarissa ile olduğundan çok daha doğal. Ne şikâyet, ne endişe, ne huzursuzluk, ne de müşkülpesentlik. Açık denizde kayarcasına gider gibi. Verandadaki esmer, tapılası güzellikte genç kız haykırıyordu (duyabiliyordu onu). Elbette, elbette ona her şeyi verecekti! (itidalden nasibini almamıştı), istediği her şeyi! Böyle haykırıyordu, kim bakarsa baksın, kendisini karşılamaya koşarken. Daha yirmi dört yaşındaydı. Üstelik iki de çocuğu vardı. Vay, vay, vay!

Eh, gerçekten de bu yaşında başına dert açmıştı. Bu da gece uyandığında var gücüyle çökmüştü üstüne. Tut ki evlendiler? Kendisi için iyi hoştu da, ya onun için? Mrs. Burgess'e açmıştı sırrını, iyi kadındı, ağzı da sıkıydı; şöyle düşünüyordu o: avukatları görme bahanesiyle İngiltere'ye gittiğinde, uzakta oluşu Daisy'ye durumu tekrar gözden geçirme, bunun ne demek olduğunu düşünme fırsatı verebilirdi. Bu onun toplumdaki konumuyla ilgili bir mesele, diyordu Mrs. Burgess; toplumsal engellerle, çocuklarından vazgeçmesiyle ilgili bir şey. Günlerden bir gün, geçmişi olan bir dul olacaktı, dış mahallelerde kirlenerek dolaşan, ya da daha büyük ihtimalle, fark gözetmeyen bir kadın (bilirsin, demişti Mrs. Burgess, er geç neye benzer bu tür kadınlar, sürüp sürüştürünce). Ne var ki Peter Walsh bunları hiç ciddiye almamıştı. Ölmeye niyeti yoktu daha. Her neyse, Daisy kendi adına karar almak, kendi adına hüküm vermek zorunda, diye düşündü, çoraplı ayaklarıyla odada sessizce dolanıp smokin gömleğini düzeltirken, zira Clarissa'nın partisine ya da şu müzikhollerden birine gidebilirdi, ya da odasında oturup Oxford'dan tanıdığı bir adam tarafından yazılmış sürükleyici bir kitabı okuyabilirdi. Hem eğer emekli olursa buydu kendisinin de yapacağı, kitap yazacaktı. Oxford'a gidecek, Bodleian Kütüphanesi'nde bakınıp araştıracaktı. Terasın ucuna beyhude koşuyordu o tapılası esmer güzeli; beyhude el sallıyordu; beyhude haykırıyordu, insanlar ne derse desin zerrece aldırmıyorum diye. Oradaydı işte, yere göğe sığdıramadığı adam, o büyüleyici, seçkin, kusursuz centilmen (yaşı da hiç mi hiç önemli değildi onun için); Bloomsbury'de bir otel odasında sessizce dolaşıyor, tıraş oluyor, yıkanıyor, kapları kaldırıp tıraş bıçaklarını yerine koyarken hem Bodleian'da bakınıp araştırma hakkında, hem de ilgilendiği birkaç ufak meselenin halli hakkında düşünmeye devam ediyordu. Ayrıca karşısına kim çıkarsa onunla sohbet edecek, böylece öğle yemeği saatlerini yavaş yavaş boş verecek, randevuları kaçıracaktı; Daisy de, âdeti veçhile kendisinden bir öpücük istediğinde ya da bir hırgür çıkarmaya yeltendiğinde, beklediğini vermeyecekti ona (oysa ona içtenlikle bağlıydı) – kısacası, Mrs. Burgess'in dediği gibi, kızın kendisini unutması ya da sadece 1922 Ağustos'unda olduğu gibi, arka koltuğunda sımsıkı tutunup oturduğu at arabası hızla uzaklaşırken, alacakaranlıkta yol kavşağında duran bir siluet olarak hatırlaması daha hayırlı olabilirdi; kollarını uzatmış, o siluetin gitgide küçülerek gözden kayboluşunu izlerken ve hâlâ haykırırken, dünyada her şeyi yaparım diye, her şeyi, her şeyi, her şeyi...

İnsanların ne düşündüğünü hiç bilemezdi Peter Walsh. Dikkatini odaklamakta da gitgide daha çok zorlanıyordu. Kendi sorunlarındaydı aklı; kâh somurtkandı, kâh keyifli; kadınlara bağımlı, dalgın, günü gününe uymaz biri olmuştu; anlamakta güçlük çekiyordu (öyle geçti aklından, tıraş olurken), Clarissa onlara kalacak bir yer bulamaz mıydı, Daisy'ye iyi davranıp, onu herkese tanıtamaz mıydı? O zaman kendisi de sadece... sadece ne yapacaktı? Sadece aylak aylak dolanacak (aslında o anda çeşitli anahtarları ve kâğıtları seçip ayıklamakla meşguldü), hayatın tadını çıkaracak, tek başına olacaktı, kısacası, kendi kendine yetecekti; hal böyleyken, elbette hiç kimse kendisinden daha bağımlı değildi başkalarına (yeleğini ilikledi); mahvına yol açan da buydu işte. Sigara salonlarından çıkamıyordu; albaylardan hoşlanıyordu, golften hoşlanıyordu, briçten hoşlanıyordu; her şeyden fazla hoşlandığı ise kadınların dostluğu, onların yoldaşlığındaki incelik, sevgilerindeki sadakat, cüret ve yücelikti, bu da mahzurları olmakla birlikte, kendisine (işte o tapılası güzellikte esmer yüz de, zarfların tepesindeydi) öyle muhteşem bir şey gibi, insan yaşamının doruğunda büyüyen öyle tümüyle hayranlık uyandıran bir çiçek gibi görünüyordu ki, hal böyleyken, varması gereken çizgiye bir türlü gelemiyordu, zira her zaman her şeyin ardında ne olduğunu anlama (Clarissa onun içindeki bir şeyi temelli tüketmişti) ve sessiz sadakatten çok çabuk yorulup aşkta çeşitlilik isteme eğilimdeydi, gerçi Daisy başka birini sevecek olsa bu onu müthiş öfkelendirirdi, müthiş! Zira kıskançtı, mizacı gereği, zaptedilemez derecede kıskançtı. Ne acılar çekmişti! Ama çakısı, saati, mühürleri, cüzdanı, Clarissa'nın mektubu – tekrar okumayacaktı ama düşünmek hoşuna gidiyordu neredeydi – ya Daisy'nin fotoğrafı? Haydi artık akşam yemeğine.

Yemekteydi herkes.

Ortasında vazolarla küçük masaların etrafında, gösterişli ya da sade giyimleriyle, şallarını ve çantalarını yanlarına koymuş oturuyorlardı; sahte bir rahatlık havası içindeydiler, zira akşam yemeğinde bu kadar yemek çeşidine alışık değillerdi; özgüvenleri yerindeydi, zira hepsinin bedelini ödeyecek güçteydiler; yorgundular, zira gün boyu gezip görme ve alışveriş için Londra'da koşuşturmuşlardı; doğal merakları da aşikârdı, zira boynuz çer-

çeveli gözlükleriyle o hoş görünümlü beyefendi içeri girerken baştan ayağa süzmüşlerdi onu; iyi kalpli de diyebilirdiniz onlara, zira her türlü küçük hizmette bulunmaktan mutlu olurlardı, bir ulaşım tarifesini ödünç vermek ya da yararlı bir bilgiyi paylaşmak gibi; bir de sadece ortak bir doğum yeri (mesela Liverpool) ya da aynı adı taşıyan arkadaşlar yoluyla da olsa, bir şekilde ilişkiler kurmak için içlerinde nabız gibi atan, onları gizliden gizliye çekiştirip sürükleyen arzuları vardı; kaçamak bakışları, tuhaf suskunlukları, ansızın aile arasında şakalaşmaya dalmaları ve kendi yalnızlıklarına çekilmeleriyle, oturmuş yemek yiyorlardı orada, Mr. Walsh içeri girip perdenin yanındaki küçük bir masada yerini aldığı sırada.

Tek başına olduğundan, yalnızca garsona hitap edebilirdi; bu bakımdan, söylediği bir şey değildi onlarda saygı uyandıran; menüye bakış tarzı, işaret parmağıyla belli bir şarabı gösterişi, masaya oturma şekli, yemeğine oburca değil ciddiyetle yaklaşmasıydı; bu saygı da yemeğin neredeyse tümü boyunca ifade edilmeden kalıp, ancak yemeğin sonunda, Mr. Walsh'un "Bartlett armudu" deyişi Morris'lerin oturduğu masada işitilince aniden alevlenmişti. Onun neden bu denli ılımlı ama kesin bir biçimde, adalet esasına dayalı haklarını bilen bir amir edasıyla konuştuğunu, ne genç Charles Morris, ne ihtiyar Charles, ne Miss Elaine, ne de Mrs. Morris anlayabilmişti. Ama o masasında tek başına otururken "Bartlett armudu" istediği zaman, sanki onun yasal bir talepte kendilerinin desteğine güvendiğini hissetmiş, savunduğu davayı derhal benimsemişlerdi, öyle ki gözleri sempatiyle karşılaşmış ve hepsi aynı anda sigara salonuna ulaştığında da aralarında küçük bir sohbetin başlaması kaçınılmaz olmuştu.

Çok derin bir sohbet değildi – Londra'nın kalabalıklaşması, otuz yıl içinde değişmiş olması, Mr. Morris'in Liverpool'u tercih etmesi, Mrs. Morris'in Westminster çiçek sergisine gitmesi, hepsinin de Galler Prensi'ni görmüş olması gibi şeylerden söz etmişlerdi yalnızca. Ancak, diye düşünüyordu Peter Walsh, her kim olursa olsun, dünyada hiçbir aile Morris'lerle kıyaslanamaz; birbirleriyle ilişkileri mükemmel, üst sınıfları da hiç takmıyor, keyiflerince yaşıyorlar, Elaine aile şirketinde çalışmak için eğitim görüyormuş, oğlan da Leeds'de bir burs kazanmış, yaşlı hanımefendinin (aşağı yukarı kendi yaşında) üç çocuğu daha varmış evde; iki de otomobilleri varmış, ama Mr. Morris hâlâ pazar günü ayakkabıları tamir ediyormuş; harikulâde, bu kesinlikle harikulâde, diye düşünüyordu Peter Walsh, tüylü kırmızı koltukların ve kül tablalarının arasında, elinde likör kadehiyle öne arkaya hafif hafif sallanırken; kendinden gayet hoşnuttu, zira Morris'ler ondan hoşlanmıştı. Evet, "Bartlett armudu" diyen bir adamdan hoşlanmışlardı. Hissediyordu kendisinden hoşlandıklarını.

Clarissa'nın partisine gidecekti. (Morris'ler uzaklaşmıştı yanından, ama yine görüşeceklerdi.) Clarissa'nın partisine gidecekti, çünkü Richard'a Hindistan'da ne yaptıklarını sormak istiyordu – o muhafazakâr salakların yani. Kimbilir ne numaralar dönüyor? Hem müzik de vardır... Ah, evet, bir de katıksız dedikodu.

Zira budur ruhumuz hakkındaki gerçek, diye düşündü, balıklar misali derin denizlerde ikamet eden ve devasa yosunların arasından yolunu bulup belirsizlikler arasında gidip gelen, güneşin oynaştığı aralıkları aşarak durup dinlenmeden o soğuk, derin, gizemli karanlıkların içine dalan benliğimiz, birdenbire yüzeye fırlayarak rüzgârdan kırış kırış dalgaların üzerinde eğlenir; yani kendini fırçalamaya, ovup temizlemeye, dedikodu yaparak yeniden canlanmaya ihtiyaç duyar. Hükümet ne yapmaya niyetleniyordu acaba – Richard Dalloway bilirdi bunu – Hindistan konusunda?

Çok sıcak bir geceydi, gazeteci çocuklar bir sıcak dalgası olduğunu kocaman kırmızı harflerle ilan eden gazetelerle geçiyordu yoldan; bu yüzden otelin basamaklarına hasır sandalyeler yerleştirilmişti; beyler orada kendi başlarına, içkilerini yudumlayarak, sigara içerek oturuyorlardı. Peter Walsh da oraya oturdu. İnsan o günün, o Londra gününün, henüz başladığını zannedebilirdi. Basma elbisesiyle beyaz önlüğünü sıyırıp atmış ve mavilere bürünüp incilerle donanmış bir kadın gibi değişmişti gün; ıvır zıvırı üstünden atmış, tüllere sarınıp akşama dönüşmüş, tıpkı bir kadının jüponunu yere indirirken aldığına benzer ferah bir nefesle, o da tozu, sıcağı, rengi atmıştı üstünden; trafik hafiflemişti; kamyonetlerin hantallığı, yerini ok gibi fırlayan, çınlayan otomobillere bırakmıştı; şurada burada, meydanların sık yeşillikleri arasında yoğun bir ışık asılı kalmıştı. Ben çekiliyorum, der gibiydi akşam, otellerin, evlerin ve dükkânların kubbeli ve sivri çatılarının tepesinde rengini yitirip solarken, ben çekiliyorum, çekip gidiyorum, der gibiydi, ama Londra izin vermeyecekti buna, süngülerini hızla gökyüzüne uzatıyor, akşamın elini kolunu bağlayıp cümbüşüne ortak olmaya zorluyordu onu.

Zira Peter Walsh'un İngiltere'ye son gelişinden bu yana, Mr. Willett'ın o büyük yaz saati devrimi hayata geçirilmişti. Uzayan akşamlar yeniydi onun için. Hayli canlandırıcı bir etkisi vardı bunun. Gerçekten de, özgür oldukları için müthiş keyifli, bu ünlü kaldırımda yürüdükleri için de sessizce gururlu gençler evrak çantalarıyla geçerken, yüzlerini tabir caizse gösterişli ve bayağı, ama yine de taşkın bir sevinç renklendiriyordu. Hem iyi de giyinmişlerdi; uzun pembe çoraplar; güzel pabuçlar. Şimdi iki saatleri olacaktı sinemada. Onları netleştiriyordu, saflaştırıyordu o sarı-mavi akşam ışığı; meydandaki yapraklar da o donuk soluk ışıkta – sanki deniz suyuna batırılmış gibi – sulara gömülmüş bir şehrin salkım salkım yaprakları gibi parlıyorlardı. Bu güzellik Peter Walsh'u hem şaşırtmış hem de yüreklendirmişti, çünkü Londra'ya dönen Anglo-Hintli kökenliler (birçoğunu tanıyordu onların) Oriental Club'da oturup hırçın ve küskün bir edayla dünyanın çöküşünü özetlerken, kendisi her zamanki kadar genç, buradaydı işte; gençlerin yaz mevsimine ve başka her şeyine imreniyor, bir kızın sözlerinden, bir hizmetçi kızın kahkahasından – tam üstüne basamadığınız, elle tutulmaz şeylerdi bunlar – kendi gençliğinde sabit görünen o piramitvari yığındaki yer değiştirmeyi, her türlü şüphenin ötesinde hissediyordu. Bu piramit yapı onların, özellikle de kadınların tepesine bastırmış, üzerlerine yüklenmişti, tıpkı bir zamanlar Clarissa'nın Helena Hala'sının, akşam yemeğinden sonra lambanın altında otururken gri kurutma kâğıtlarının arasına koyup, tepelerindeki *Littré* sözlüğüyle preslediği o çiçekler gibi. Ölmüştü Helena Hala. Clarissa'dan, bir gözünün artık görmediğini duymuştu bir ara. Ona daha da yaraşan bir şey olamazdı; tabiatın başyapıtlarından biriydi ihtiyar Miss Parry'nin cama dönüşmesi. Dondurucu ayazda tüneğini sımsıkı kavramış bir kuş gibi ölecekti. Farklı bir çağa aitti o, ama o denli yekpare, o denli tamdı ki, geçmiş bir döneme damgasını vuran taş beyazı, seçkin bir deniz feneri gibi daima dimdik kalacaktı ufukta; bu maceralı upuzun yolculukta, bu sonu gelmez – (Surrey-Yorkshire maçının skorunu görmek için gazete almaya yeltenip bir ufak para bulmaya çalıştı; milyonlarca kez uzatmıştı o ufak parayı, Surrey yine bozguna uğramıştı) – bu sonu gelmez hayatta. Ama kriket bir oyundan fazlasıydı. Kriket önemliydi. Kriket hakkında yazılanları okumaktan kendini alamazdı hiç. Son dakika haberlerinde önce skorları okudu, sonra ne sıcak bir gün olduğunu, sonra da bir cinayet vak'asını. Bir şeyleri milyonlarca kez yapmış olmak onları zenginleştiriyordu, gerçi yüzeyi aşındırdığı da söylenebilirdi. Geçmiş, zenginleştiriyordu; deneyim de, birkaç kişiyi sevmiş olmak da; böylece gençlerin yoksun olduğu o gücü; lafı kısa kesme, istediğini yapma, başkalarının ne dediğine zerrece aldırmama, çok büyük beklentileri olmadan değişme gücünü de ediniyordu (gazetesini masada bırakıp uzaklaştı), gel gör ki (şapkasıyla ceketini aradı) bu onun için tamamen geçerli değildi, bu gece değildi, çünkü bir partiye gitmek üzereydi, bu yaşta, bir deneyim yaşamak üzere olduğu inancıyla. Ama neydi o?

Güzellikti en azından. Gözle görülen inceliksiz güzellik değil. Saf ve basit güzellik de değildi – Russell Meydanı'na açılan Bedford Caddesi mesela. Düzlük ve boşluktu elbette, bir koridorun simetrik düzeniydi; ama aynı zamanda ışıl ışıl pencerelerdi, bir piyanonun, bir gramofonun sesiydi; bir haz üretme duygusuydu, gizli de olsa, ara sıra su yüzüne çıkıyordu bu duygu; o perdesiz pencereden, şu açık kalmış pencereden, masaların çevresinde oturan grupları, telaşsızca dolaşan gençleri, sohbet eden erkeklerle kadınları, (kendi garip görüşlerince 'iş bittiğinde') tembel tembel dışarıya bakan hizmetçi kızları, üst kat pencerelerinin pervazlarında kuruyan uzun çorapları, bir papağanı, birkaç bitkiyi gördüğünüzde çıkıyordu yüzeye. Alabildiğine çekici, gizemli, sonsuz zenginlikteydi bu hayat. Taksilerin büyük bir hızla geçtiği, bir anda sağa sola saptığı bu geniş meydanda başıboş, sarmaş dolaş, gezip oyalanan, bir ağacın salkım salkım dalları altına sinen çiftler vardı; dokunaklıydı bu; öyle sessizdiler, öyle dalgındılar ki adeta kutsal bir töreni saygısızca kesintiye uğratmaktan sakınır gibi ürkekçe geçiyordunuz yanlarından. İlginçti bu. Sonra da parıltıların, ışıltıların içinden yola devam...

Hafif pardösüsü esintiyle açıldı, o kendine özgü, tarife sığmaz tavrıyla attı adımını, biraz öne eğildi, elleri arkasında, gözleri hâlâ biraz atmaca gibi, Londra'nın içinden Westminster'a doğru, etrafı gözlemleyerek hafif ve çevik adımlarla yürüdü.

Herkes akşam yemeğini dışarıda mı yiyordu? İşte şu kapılar üniformalı bir uşak tarafından açılıyor, saçlarında mor renkli üç devekuşu tüyü, ayağında tokalı pabuçlarıyla aksayarak yürüyen yaşlı bir kadın dışarı çıkıyordu. Başka kapılar, parlak renkli çiçekli şallara mumyalar gibi sarınmış, başı açık hanımefendiler için açılıyordu. Saygın semtlerde, hafif giysileriyle, saçlarına takılmış taraklarla kadınlar (çocukları görmek için yukarıya koştuktan sonra) yalancı mermer sütunlu küçük ön bahçelerden geçip geliyor, erkekler pardösüleri rüzgârda uçuşarak onları bekliyor, sonra da araba hareket ediyordu. Herkes dışarı çıkıyordu. Kapıların peş peşe açılmasıyla, merdivenlerden inişlerle, arabaların çalışmasıyla, sanki Londra'nın tümü kıyıda demirlemiş sallanan küçük teknelere biniyor, sanki bütün şehir bir karnaval havasında süzülerek uzaklaşıyormuş gibi geliyordu insana. Whitehall, sanki üstünden patenli örümcekler kayıp geçmiş dövme gümüşten bir yoldu; ark lambalarının çevresinde tatarcıklar uçuşuyor gibiydi; hava öyle sıcaktı ki insanlar sohbet etmek için ayakta dikiliyordu. Ve burada Westminster'da, muhtemelen emekli bir yargıç, baştan aşağı beyazlar içinde, kararlı bir tavırla evinin kapısında oturuyordu. Muhtemelen bir Anglo-Hintli meleziydi.

Şurada kavgacı kadınların, sarhoş kadınların şamatası; ötede sadece bir polis ve belli belirsiz görünen evler; yüksek evler, kubbeli evler, kiliseler, parlamento binaları ve nehrin üzerindeki bir vapurun düdüğü; boğuk, buğulu bir feryat. Ama onun sokağıydı bu, Clarissa'nın; arabalar hızla köşeyi dönüyor, tıpkı bir köprünün ayakları etrafındaki su gibi hepsi bir araya toplanıyordu, çünkü, Peter'a öyle geliyordu ki, onun partisine, Clarissa'nın partisine giden insanları taşıyorlardı.

Görsel izlenimlerin soğuk akışı artık bırakıp gitmişti Peter Walsh'u, nasıl ki bir fincan dolduğunda fazlasını porselen kenarlarından akıtırdı, göz denen şey de öyle doluyor ve taşanı kaydetmeden koyveriyordu. Beyin artık uyanmalı. Beden artık kasılmalı; açık kapının önünde otomobillerin durduğu ve ışıltılı kadınların indiği o aydınlık eve girerken, ruh dayanabilmek için cesaret bulmalı. Çakısının büyük bıçağını açtı.

Lucy son hızla koşarak aşağıya indi, az önce misafir salonuna dalıp bir örtüyü düzlemiş, bir koltuğu düzeltmiş, sonra bir an duraksamış, içeri girip de o güzel gümüşleri, o pirinç ocak demirlerini, yeni koltuk örtülerini ve sarı şintz(*) perdeleri gören herkes, her şeyi ne kadar temiz, ne kadar parlak, ne kadar bakımlı bulacak, diye içinden geçirmiş, her birine kendince değer biçmişti; derken uğuldayan sesleri duydu; misafirler yemekten sonra yukarı çıkmaya başlamıştı bile; kaçmalıydı!

Başbakan geliyormuş. Agnes söylemişti: bir tepsi kadehle içeri girdiğinde, yemek salonunda öyle konuştuklarını duymuştu. Önemi var mıydı, şu kadarcık bile önemi var mıydı, bir Başbakan eksik ya da fazla olsa? Gecenin bu saatinde tabaklar, sosluklar, kevgirler, kızartma tavaları, tavuk jölesi, dondurmalıklar, krutonlar, limonlar, çorba kâseleri, puding kapları arasındaki Mrs. Walker için hiç fark etmiyordu; bulaşıkhanedekiler ne kadar gayretle yıkasalar da, her şey hâlâ onun tepesinde, mutfak masasının, iskemlelerin üstünde gibiydi, bir yandan da ateş harlayıp gürlüyor, lambalar parıldıyor ve hafif gece yemeği servisinin yapılması gerekiyordu daha. Tek hissettiği buydu işte; Başbakan gelmiş ya da gelmemiş, Mrs. Walker'ın zerrece umurunda değildi.

Hanımlar az önce üst kata çıkmaya başladı, dedi Lucy; birer birer yukarı çıkıyorlardı; Mrs. Dalloway en arkada yürüyor ve hemen her zaman mutfağa bir mesaj gönderiyordu, "Mrs.

(*) Açık renk zemin üzerine genellikle çiçek desenlerinin basıldığı, Hindistan kökenli bir kumaş türü. (ç.n.)

Walker'a sevgilerimi söyleyin." Bu gecelik bu kadardı. Ertesi sabah yemekleri gözden geçireceklerdi – çorbayı, somonu; Mrs. Walker biliyordu, somon her zamanki gibi az pişmişti, çünkü hep puding için kaygılanır, balığı Jenny'ye bırakırdı; bu yüzden somon hep az pişmiş olurdu. Oysa Lucy'nin dediğine göre, gümüş takılar takmış sarışın bir hanım, başlangıç yemeği gerçekten evde mi yapıldı, diye sormuştu. Ama tabakları fırıl fırıl döndürürken, sıcaklık ayarı için sürgüleri fırına sokup çıkarırken, Mrs. Walker'ın canını sıkan şey somondu hep; ansızın bir kahkaha patladı yemek salonunda; konuşan birinin sesi duyuldu; sonra bir kahkaha patlaması daha – hanımlar gitmiş, beyler eğleniyordu. Tokay, dedi Lucy, koşarak içeri girerken. Mr. Dalloway tokay istemişti, İmparator'un mahzenlerinden gelen Emperyal Tokay şarabını.

Mutfaktan geçirip götürdüler şarabı. Lucy, omzunun üzerinden bakıp rapor verdi, Miss Elizabeth ne kadar da güzel görünüyordu, gözlerini alamamıştı ondan; pembe elbisesini giymiş, Mr. Dalloway'in hediyesi olan kolyeyi takmıştı. Jenny sakın şu köpeği, Miss Elizabeth'in tilki teriyerini unutmasındı, hani ısırdığı için kapalı tutulan köpek, belki bir şey ister diye düşünmüştü Elizabeth. Jenny nasıl unuturdu o köpeği! Ama etrafta onca insan varken üst kata çıkmak istemiyordu. Kapıda bir otomobil durmuştu bile! Kapı çalınıyordu – beyler de hâlâ yemek salonunda Tokay şarabı içiyordu!

İşte, yukarı çıkıyorlardı; ilk gelenlerdi bunlar, şimdi gitgide hızlanarak geleceklerdi, öyle ki Mrs. Parkinson (partiler için tutulurdu) giriş holünün kapısını aralık bırakacak ve bekleyen beylerle dolacaktı hol (saçlarını yatıştırarak ayakta beklerlerdi), o sırada hanımlar da koridorun üstündeki odada mantolarını çıkarırlardı; orada Mrs. Barnet yardımcı olurdu onlara, emektar Ellen Barnet kırk yıldır aileyle birlikteydi, şimdi de her yaz hanımlara yardım etmek için gelir, şimdiki annelerin bir zamanlar birer genç kız olduğunu hatırlar, pek iddiasız ve çekingen olmasına rağmen mutlaka ellerini sıkar; saygıda kusur etmeden, "hanımefendiciğim" derdi; ama genç hanımlara bakarken ve korsesiyle bir sorun yaşayan Lady Lovejoy'a son derece ölçülü bir incelikle yardım ederken, şakacı bir havası da vardı. Lady Lovejoy ve Miss Alice de Mrs. Barnet'i uzundur – "Otuz yıldır, hanımefendiciğim," diye netleştirdi Mrs. Barnet – tanıyor olmalarının, tarak ve fırça konusunda onlara küçük bir ayrıcalık sağladığını hissetmekten kendilerini alamamışlardı. Eski günlerde Bourton'da kaldığımızda genç hanımlar allık sürmezdi, diyordu Lady Lovejoy. Miss Alice'in de allığa ihtiyacı yok, dedi Mrs. Barnet, ona şefkatle bakarak. Orada, vestiyer odasında oturacaktı Mrs. Barnet, kürkleri okşar gibi sıvazlayarak yatıştıracak, İspanyol şallarını düzleyecek, tuvalet masasını derleyip toplayacak, hem de o kürkleri ve nakışları dikkate almaksızın hangilerinin gerçek hanımefendiler olduğunu, hangilerinin olmadığını gayet iyi bilecekti. Tatlı bir ihtiyarcık şu Clarissa'nın emektar dadısı, diyordu Lady Lovejoy, merdivenlerden çıkarken.

Sonra da doğrulup dikleşti Lady Lovejoy. "Lady ve Miss Lovejoy," dedi Mr. Wilkins'e (partiler için tutulurdu o da). Mr. Wilkins'in fevkalâde bir tarzı vardı, eğilip doğruluyor, eğilip doğruluyor ve kusursuz bir tarafsızlıkla anons ediyordu, "Lady ve Miss Lovejoy... Sir John ve Lady Needham... Miss Weld... Mr. Walsh." Tarzı fevkalâdeydi; aile hayatı da kusursuz olmalıydı, ama yeşilimtrak dudaklı, tıraşlı yanaklı bir yaratığın çoluk çocuğa karışmış olması hiç mümkün görünmüyordu.

"Sizi görmek ne güzel!" diyordu Clarissa. Herkese söylüyordu bunu. Sizi görmek ne güzel! Daha kötüsü olamazdı – abartılı, içtenlikten uzak. Büyük bir hataydı gelmesi. Evde oturup kitabımı okumalıydım, diye düşündü Peter Walsh; bir müzikhole gitmeliydi; evden çıkmamalıydı, zira kimseyi tanımıyordu.

Aman tanrım, bir fiyasko olacaktı bu parti, tam bir fiyasko; o aziz dost Lord Lexham karşısında durmuş Buckingham Sarayı'ndaki garden partide üşütüp gelemeyen karısı için özür dilerken, Clarissa iliklerine kadar hissetmişti bunu. Gözünün ucuyla Peter'ı görebiliyordu, kendisini eleştiriyordu işte orada, o köşede. Netice itibarıyla, neden bunları yapıyordu ki? Neden zirvelere göz dikip ateşler içinde kalıyordu? Öyleyse varsın yansın! Yanıp kül olsun! Hem ne olsa daha iyidir, bir Ellie Henderson gibi giderek eriyip silinmektense, daha iyidir meşaleni savurup yeryüzüne fırlatmak! Peter'ın sadece gelip bir köşede durarak kendisini bu ruh hallerine sokabilmesi inanılmazdı. Kendi kendisini görmesini sağlıyordu işte, hem de abartarak. Aptalcaydı bu. Ama neden gelmişti o halde, sırf eleştirmek için mi? İnsan neden hep alsın, hiç vermesin? Neden o tek dar bakış açısını esnetmeyi göze almasın? İşte uzaklaşıyordu Peter, onunla konuşmalıydı. Ama o şansı bulamayacaktı. Hayat buydu – küçük düşme ve vazgeçme. Lord Lexham diyordu ki, karısı garden partide kürkünü giymek istememişti çünkü "kuzum, siz kadınlar hep aynısınız" – Lady Lexham en az yetmiş beşindeydi oysa! Çok hoştu, birbirini nasıl da şımartıyordu şu yaşlı çift! İhtiyar Lord Lexham'ı gerçekten seviyordu. Partisini de önemsiyordu ve her şeyin ters gittiğini, her şeyin tam bir fiyasko olacağını bilmek içini bulandırıyordu. Ne olsa daha iyiydi, bir patlama, dehşet verici bir şey, ne olsa daha iyiydi bu amaçsızca gezinen insanlardan, Ellie Henderson gibi bir köşede bir grubun içinde dikilen, dik durmaya bile özen göstermeyen insanlardan.

Üzerindeki tüm cennetkuşlarıyla sarı perde usulca kabarıyor, sanki bir dolu kanat salona giriyor, sonra doğruca dışarı uçup, tekrar içeriye çekiliyordu. (Zira pencereler açıktı.) Ellie Henderson kuşkulanıyordu, cereyanlı mıydı burası? Soğuk algınlığına açık bir bünyesi vardı. Ama yarın aksırıp tıksırsa da önemi yoktu; o asıl şu omuzları çıplak kızları düşünüyordu, yaşlı sakat babası alıştırmıştı onu başkalarını düşünmeye, Bourton'ın eski papaz vekiliydi, ama ölmüştü; zaten soğuk algınlıkları hiç göğsüne inmezdi, asla. Asıl düşündüğü, çıplak omuzlarıyla şu genç kızlardı, kendisi ince saçları ve zayıf profiliyle hep ufacık tefecik bir yaratıktı; gerçi şimdi ellisini geçince hafif bir ışık yayılmaya başlamıştı içinden, yıllarca kendi ihtiyaçlarını görmezlikten gelmenin sonucunda arınıp seçkinliğe dönüşen bir şey, ama sonra kalıcı olarak yine kararmıştı; o tedirgin edici kibarlığı, üç yüz sterlinlik gelirinden kaynaklanan panik kıvamındaki korkusu ve şu korunmasız durumu (tek kuruş kazanamıyordu) onu ürkekleştirmiş ve bu iyi giyimli insanlarla görüşmek için her geçen yıl daha da yetersiz hissetmişti kendini; onlar bu tür şeyleri mevsimin her gecesi yapıyor ve hizmetçilerine sadece "şunu şunu giyeceğim" diyorlardı, oysa Ellie Henderson gergin bir telaşla dışarıya koşup ucuz pembe çiçeklerden yarım düzine almış, sonra da eski siyah elbisesinin üstüne bir şal atıvermişti. Zira Clarissa'nın partisine davet son anda gelmişti. Pek de mutlu olmamıştı doğrusu. Ona öyle geliyordu ki aslında Clarissa bu yıl onu çağırmaya niyetlenmemişti.

Neden çağırsındı ki? Hiçbir sebep yoktu gerçekten, baştan beri hep tanışıyor olmaları dışında. Hatta kuzendiler aslında. Ama doğal olarak hayli uzaklaşmışlardı birbirlerinden, Clarissa öyle aranan biriydi ki. Ellie içinse olay sayılırdı bir partiye gitmek. Sırf o güzel kıyafetleri görmek bile gerçekten başlı başına bir zevkti. Elizabeth değil miydi şu kız, modaya uygun yapılmış saçları, pembe elbisesiyle? Bayağı büyümüş görünüyordu, oysa on yedisini geçmiş olamazdı. Çok, ama çok hoştu. Ama genç kızlar toplum içine ilk çıkışlarında artık eskisi gibi beyaz giymiyordu galiba. (Edith'e anlatmak için her şeyi anımsamalıydı.) Genç kızlar bedeni sımsıkı saran, düz hatlı, etekleri bileklerin epeyce üzerinde elbiseler giyiyordu. Yakışık almıyor bu, diye düşündü.

Gözleri iyi görmediğinden, Ellie Henderson boynunu turna gibi uzatıp duruyordu, konuşacak kimsesi olmayışına da aldırmıyordu (pek kimseyi tanımıyordu orada), çünkü ona göre hepsi izlenmeye değer çok ilginç kişilerdi; muhtemelen politikacılardı; Richard Dalloway'in arkadaşlarıydı; ama bu zavallıcığın bütün gece orada tek başına dikilmesine izin veremeyeceğini hisseden de Richard'ın kendisiydi.

"Ee, Ellie, *sen* ne âlemdesin bakalım?" dedi o cana yakın tavrıyla. Ellie Henderson da heyecanlanıp kızardı ve onun gelip kendisiyle konuşmasının olağanüstü nazik bir jest olduğu duygusuyla, aslında birçok kişinin soğuktan çok sıcağı hissettiğini söyledi.

"Evet, öyle," dedi Richard Dalloway. "Evet."

Ama daha ne söylerdi ki insan?

"Merhaba Richard," dedi birisi, onu dirseğinden tutarak, aman Tanrım, eski dost Peter idi bu, Peter Walsh. Richard çok sevinmişti onu gördüğüne – çok ama çok memnun olmuştu! Hiç mi hiç değişmemişti. Birlikte salonun öbür ucuna yürüdüler, birbirlerinin sırtını hafifçe sıvazlayarak; sanki uzun zamandır görüşmemişler gibi, diye düşündü Ellie Henderson, onların gidişini izlerken; o adamın yüzünü tanıdığından emindi. Uzun boylu, orta yaşlı, bayağı güzel gözlü, esmer, gözlüklü, John Burrows'u andıran biri. Edith mutlaka tanıyordur.

Perde, cennetkuşu sürüsüyle tekrar kabardı. Clarissa da Ralph Lyon'ın perdeyi geri çektiğini ve konuşmaya devam ettiğini gördü. Yani her şeye karşın bir fiyasko değildi! Yoluna girecekti şimdi partisi. Başlamıştı. Hareketlenmişti. Ama hâlâ tehlike vardı. Şimdilik burada durmalıydı. İnsanlar akın akın geliyor gibiydi.

Albay ve Mrs. Garrod... Mr. Hugh Whitbread... Mr. Bowley... Mrs. Hilbery... Lady Mary Maddox... Mr. Quin... diyordu Wilkins ahenkli bir tonlamayla. Clarissa her biriyle altı yedi kelime konuşuyor, sonra onlar devam ediyordu; odalara giriyorlardı; Ralph Lyon perdeyi geriye çekti çekeli, artık hiçbir şeyin değil, önemli bir şeyin içine giriyorlardı.

Yine de, kendi payına, aşırı bir çabaydı bu. Zevk almıyordu bundan. Orada öylece dikilmek, herhangi biri olmaktı, hem de fazlasıyla; herhangi biri yapabilirdi bunu; yine de o herhangi birine biraz hayranlık duyuyordu, bunu her nasılsa hayata geçirmiş olduğunu, bunun bir aşamayı, kendisinin erişmiş olduğu bir makamı işaretlediğini hissetmekten kendini alamıyordu, çünkü işin tuhafı, neye benzediğini tamamen unutmuştu ama merdivenlerin tepesine çakılmış bir kazık gibi hissediyordu kendisini. Her parti verişinde kendisi olmayan bir şey olduğu; herkesin de bir bakıma gerçekdışı; bir bakıma da çok daha gerçek olduğu duygusuna kapılıyordu. Bu kısmen giysilerinden, kısmen olağan hallerinin dışına çıkmalarından, kısmen de olayın arka planından kaynaklanıyor, diye düşündü; başka türlü söylenemeyen şeyleri, söylenmesi bir çaba gerektiren şeyleri söylemek mümkündü; çok daha derine inmek mümkündü. Ama kendisi için değil; en azından, henüz değil.

"Sizi görmek ne güzel!" dedi. Sevgili Sir Harry! Herkesi tanırdı o.

Bunun böylesine tuhaf olan yanı ise herkes birer birer merdivenlerden çıkarken yaşanan duyguydu, Mrs. Mount ve Celia, Herbert Ainsty, Mrs. Dakers – ah, ve Lady Bruton!

"Gelmekle ne iyi ettiniz!" dedi, bunu derken de samimiydi – tuhaftı orada dikilip dururken onların aralıksız akışını hissetmek, kimileri hayli eski, kimileri…

Neydi adı? Lady Rosseter mi? Ah, haydi ama, kimdi Lady Rosseter?

"Clarissa!" Bu ses! Sally Seton bu! Sally Seton! Bunca yıldan sonra! Sanki bir sisin içinden sıyrılıp belirmişti. Ama Clarissa'nın sıcak su bidonunu sıkı sıkı tuttuğu zamanki *o* Sally

Seton'a benzemiyordu. Onun bu çatının altında olduğunu düşünmek... bu çatının altında! Böyle değildi ama!

Mahcup, kahkahalar arasında, alt alta üst üste dökülüyordu kelimeler – Londra'dan geçerken; Clara Haydon'dan duydum; seni görmek için ne büyük fırsat! Ben de sokuluverdim içeri – davetiyesiz...

Artık sıcak su güğümünü serinkanlılıkla bırakabilirdi yere. Parıltısı terk etmişti onu. Yine de olağanüstüydü onu tekrar görmek, bu daha yaşlı, daha mutlu, daha az güzel haliyle. Salonun kapısında öpüştüler, önce bu yanak, ardından öbürü; sonra Sally'nin eli elinde, arkasına dönüp baktı Clarissa ve dopdolu odalarını gördü, seslerin uğultusunu duydu, şamdanları, uçuşan perdeleri ve Richard'ın kendisine verdiği gülleri gördü.

"Kocaman beş oğlum var," dedi Sally.

Her zaman ilk düşünülen olmak gibi en basitinden bir bencilliği, en barizinden bir arzusu vardı onun; hâlâ öyle olduğu için sevgi duydu ona Clarissa. "İnanmıyorum!" diye haykırdı, geçmişi düşünüp tepeden tırnağa hazla tutuşarak.

Ama heyhat, Wilkins; onu istiyordu Wilkins; sesinde sanki tüm konukların kulağı bükülmeliymiş, ev sahibesi de kendine gelip uçarılığı bir yana bırakmalıymış gibi emreden bir otoriteyle, bir isim anons etti Wilkins:

"Başbakan," dedi Peter Walsh.

Başbakan mı? Gerçekten o muydu? Ellie Henderson hayretler içinde kalmıştı. İşte Edith'e anlatılacak bir şey!

Başbakan'a gülüp onunla alay edemezdi insan. Öyle sıradan görünüyordu ki. Bir tezgâhın arkasına koyup bisküvi falan satın alabilirdiniz ondan – adamcağız baştan aşağı sırmalı şeritlerle donanmıştı. Gerçi hakkını vermek gerekirdi, önce Clarissa'nın sonra Richard'ın eşliğinde herkesi sırayla dolaşırken, gayet iyi yapmıştı bu işi. Önemli bir şahsiyet gibi görünmeye çalışıyordu. Seyretmesi eğlenceliydi. Hiç kimse bakmıyordu ona. Herkes konuşmaya devam ediyordu, ancak besbelliydi ki hepsi onu tanıyor ve yanlarından geçerken, hepsinin temsil ettiği İngiliz toplumunun sembolü olan bu şahsın görkemini iliklerine kadar hissediyorlardı. Dantelleri içinde gayet hoş, gayet güçlü kuvvetli görünen yaşlı Lady Bruton, onun yanına kayıverdi; birlikte küçük bir odaya çekildiler, oda bir anda gözetlenir oldu, koruma altına alındı, davetlilerin arasında bir tür kıpırtı ve hışırtı açıktan açığa dalga dalga yayıldı: Başbakan!

Tanrım, Tanrım, şu İngilizlerin züppeliği! diye aklından geçirdi Peter Walsh, köşesinde dururken. Sırma dantellere bürünüp saygı gösterisinde bulunmaya nasıl da bayılırlardı! İşte! Şu mutlaka – vallahi de öyle – Hugh Whitbread! Önemli şahsiyetlerin etrafında dolanıp koku almaya çalışıyor, hayli şişmanlamış, hayli ağarmış, o takdire değer Hugh!

Her zaman adeta görev başındaymış gibi görünür, diye düşündü Peter, ayrıcalıklı bir sır küpü o, sadece saraydan bir uşak tarafından sızdırılmış ve yarın tüm gazetelerde yer alacak ufak bir dedikodu bile olsa, savunmak için uğrunda öleceği sırları istifleyen biri. Böyleydi onun bebek çıngırakları, incik boncukları; onlarla oynaya oynaya, bu İngiliz özel okullu adam tipini tanıma ayrıcalığına ermiş herkesin saygı ve sevgisinin tadını çıkararak, saçlarını ağartmış, yaşlılığın kıyısına gelmişti. Kaçınılmaz olarak insanlar Hugh hakkında bu tür şeyler uyduruyordu; onun tarzıydı bu; Peter'ın binlerce mil uzakta denizaşırı bir yerde *Times*'da okuduğu o takdire değer mektupların tarzıydı; Peter sırf babunların gevezeliklerini ve karılarını döven Hintli ırgatları duymakla yetinme pahasına bile olsa, bu habis velvelenin dışında kaldığı için Tanrı'ya şükretmişti. Üniversitelerin birinden zeytuni tenli bir genç, yaltaklanır bir tavırla dikiliyordu yanında. Hugh onu himayesine alır, ilk adımı attırır, hayatta nasıl ilerleyeceğini öğretirdi. Zira en sevdiği şey iyilik yapmak, yaşlı hanımefendilerin kalplerini, hatırlanıyor olmanın sevinciyle çarptırmaktı; bu yaşlarında, acılar içindeyken, büsbütün unutulduklarını düşünürken, işte sevgili Hugh arabasıyla geliyor, geçmişten söz ederek, basit şeyleri hatırlayarak, evde yapılmış pastayı överek, bir saat geçiriyordu onlarla, oysa ne zaman istese bir düşesle birlikte pasta yiyebilirdi, görünüşe bakılırsa da muhtemelen o hoş meşguliyetle epey vakit geçiriyordu. Her şeye hükmeden, herkesi bağışlayan Tanrı onu mazur görebilirdi. Peter Walsh'un ise merhameti yoktu. Elbette kötü adamlar vardır, ama Tanrı biliyor ya, bir trende bir genç kızın beynini dağıttığı için asılan alçaklar, her şey hesaba katıldığında Hugh Whitbread'den ve onun iyiliğinden daha az zarar verir! Şimdi bakar mısınız ona, Başbakan'la Lady Bruton ortaya çıktığında, parmak uçlarında dans eder gibi ilerliyor, el pençe divan duruyor, Lady Bruton geçerken ona bir şey, mahrem bir şey söyleme ayrıcalığına sahip olduğunu sezdiriyor tüm dünyaya. Lady Bruton durdu. O güzel, yaşlı başını salladı. Galiba küçük bir yaltakçılık için teşekkür ediyordu ona, çünkü devlet dairelerinde ufak tefek işlerini kendisi adına halledecek dalkavukları, küçük memurları vardı hanımefendinin, karşılığında o da onları öğle yemeğine davet ediyordu. Ama on sekizinci yüzyıla uzanıyordu Lady Bruton'ın kökleri. Bir diyeceği yoktu ona.

Şimdi de Clarissa, kırlaşmış saçlarının vakarıyla, ışıldayarak, kurula kurula yürüyor, salon boyunca Başbakan'ına eşlik ediyordu. Kulaklarında küpeler, üstünde gümüşi yeşil bir denizkızı elbisesi vardı. Dalgalarla inip çıkarak, saçlarını örerek, hâlâ o doğuştan yeteneğiyle o anda yaşıyor, var oluyor, her şeyi o anda kavrayıp toparlıyor gibiydi; geçerken, dönerken, şalı başka bir kadının elbisesine takılırken, onu kurtarırken, gülerken, hepsini kendine en uygun ortamda dolaşan bir yaratığın mükemmel rahatlığı ve edasıyla yapıyordu. Ne var ki yıllar dokunup geçmişti ona; tıpkı çok berrak bir akşam vakti dalgaların üzerinde batan güneşi aynasında gören bir denizkızı gibiydi. Bir duyarlık esintisi geçmişti içinden; haşinliği, iffet taslaması, katılığı, tamamen ısınıp yumuşamıştı; önemli görünmek için elinden geleni yapan o kalın sırma şeritli adamla vedalaşıp ona iyi şanslar dilerken, tarif edilemez bir vakar; harikulâde bir içtenlik vardı duruşunda; sanki tüm dünyaya şans diliyordu ve şimdi de ucundan kenarından her şeyle ilgilenmesi gerektiğinden, izin isteyip gitmek zorundaydı. Böyleydi Clarissa'nın düşündürdükleri. (Ama âşık değildi Peter.)

Başbakan gerçekten nezaket göstermişti gelmekle, öyle hissediyordu Clarissa. Onunla birlikte salonun bir ucundan öbürüne yürürken, orada Sally'nin, şurada Peter'ın, gayet hoşnut görünen Richard'ın, belki hayli gıpta etme eğilimindeki tüm o insanların önünden geçerken, o ânın sarhoşluğunu; kalbin kendi sinirlerinin o aşina genleşmesini hissetmişti, ta ki yüreği doygun, dinelmiş, titreyene dek – evet, ama neticede diğer insanların hissettiği şeydi bu, çünkü her ne kadar bunu seviyor, o ürperişi ve sızıyı hissediyorsa da, hâlâ bu görünüşlerin, bu zaferlerin (eski dostu sevgili Peter'ın onu son derece zeki bulması mesela) bir kofluğu vardı; mesafeliydiler, yüreğin içinde değildiler; belki de yaşlanıyor olduğu için, ama artık eskisi gibi tatmin etmiyorlardı onu; sonra birdenbire, Başbakan'ın merdivenlerden inişini izlerken, Sir Joshua'nın manşonlu küçük kız gravürünün altın yaldızlı çerçevesi hızla Kilman'ı getirdi aklına; düşmanı Kilman'ı. Bu doyurucuydu işte; bu sahiciydi. Ah nasıl da nefret ediyordu ondan – kızışmış, riyakâr, kokuşmuş; bütün o güce sahip olan; Elizabeth'i baştan çıkaran kadın; çalmak ve kirletmek için gizlice içeri sızan kadın (Ne saçma! derdi buna Richard). Ondan nefret ediyordu; onu seviyordu. Düşmanlardı insanın istediği, dostlar değil – ne Mrs. Durrant ve Clara, ne Sir William ve Lady Bradshaw, ne de Miss Truelock ve Eleanor Gibson (yukarıya çıktıklarını görüyordu). İsteyen bulurdu onu. Kendisini partiye adamıştı o!

İşte eski dostu Sir Harry.

"Sevgili Sir Harry!" dedi, o zarif yaşlı adamın yanına giderek; tek başına tüm St. John's Wood(*)'daki herhangi iki akademik ressamdan daha fazla kötü tablo üretmişti o (hep günbatımında su birikintilerinde durup rutubeti içine çeken ya da belli bir hareket çeşitliliği içinde ön ayaklardan birini kaldırma ve boynuzları sallama yoluyla "Yabancının Yaklaşması"nı temsil eden sığırların resimlerini yapmıştı – dışarıda yemek yeme, yarışları izleme gibi tüm faaliyetlerini günbatımında gölcüklerde durup rutubeti içine çeken sığırlara göre ayarlardı).

"Neye gülüyorsunuz?" diye sordu ona Clarissa. Zira Willie Titcomb, Sir Harry ve Herbert Ainsty hep birlikte gülüyordu. Ama hayır. Sir Harry, Clarissa Dalloway'e (ondan ne kadar hoşlansa da; tipinin mükemmel bir örneği olduğunu düşünüp resmini yapmakla tehdit etse de) müzikhol hikâyelerini anlatamazdı. Partisi hakkında takıldı ona. Konyağına hasret kalmıştı. Bu ortamlar beni aşıyor, dedi. Ama ondan dizine oturmasını istemeyi imkânsız kılan o lanet olası, meşakkatli yüksek sosyete inceliklerine rağmen, Clarissa Dalloway'i seviyordu; ona saygı duyuyordu. Derken, ellerini Sir Harry'nin (Dük ve Leydiye dair) kahkahasının sıcaklığına uzatan o avare bataklık yakamozu ihtiyar Mrs. Hilbery çıkageldi; salonun öbür ucundan işittiği o kahkaha, eğer sabah erken uyanmışsa ve bir fincan çay için hizmetçisini çağırmak istememişse, ara sıra içini daraltan bir konuda, yani ölümün kaçınılmazlığı noktasında onu rahatlatmış gibiydi.

"Hikâyelerini bize anlatmıyorlar," dedi Clarissa.

"Sevgili Clarissa!" diye haykırdı Mrs. Hilbery. Bu gece, diyordu, ilk kez gri bir şapkayla bir bahçede yürürken gördüğü annesine öyle benziyordu ki.

Hakikaten de Clarissa'nın gözleri dolmuştu. Annesi bir bahçede yürüyordu ha! Ama heyhat, gitmek zorundaydı.

(*) Londra'da bir sanat okulu. (ç.n.)

Çünkü orada Milton üzerine ders veren Profesör Brierly, o küçük Jim Hutton (böyle bir parti için bile kravatla yeleği bir araya getirmekten ya da saçlarını yatıştırmaktan âcizdi) ile konuşuyordu ve bayağı çekiştiklerini bu mesafeden bile görebiliyordu Clarissa. Zira Profesör Brierly pek tuhaf bir tipti. Kendisiyle yazar bozuntuları arasındaki bütün o diplomalara, onur derecelerine, öğretim üyeliklerine karşın, kendi tuhaf bileşimine; olağanüstü bilgisine ve çekingenliğine; içtenlikten yoksun soğuk cazibesine; züppelikle harmanlanmış masumiyetine uygun olmayan bir atmosferden derhal kuşkulanırdı; eğer bir hanımın taranmamış saçları, bir gencin çizmeleri kendisine âsilerin, coşkulu gençlerin, sözümona dâhilerin mensup olduğu kesinlikle çok itibarlı bir yeraltı dünyasının varlığını hissettirirse, ürperir, ufak bir baş sallama ve burun kıvırmayla – Pöh! – Milton'ın hakkını verebilmek için itidalin değerini; klasikler üzerine azıcık da olsa eğitim görmenin önemini ima ederdi. Clarissa görebiliyordu ki Profesör Brierly, küçük Jim Hutton (siyah çorapları çamaşırhanede olduğu için kırmızıları giymişti) ile Milton konusunda anlaşamıyordu. Araya girdi.

Bach'ı sevdiğini söyledi. Hutton da seviyordu. Aralarındaki bağ buydu ve Hutton (çok kötü bir şairdi) her zaman Mrs. Dalloway'in sanatla ilgilenen müstesna hanımefendiler arasında açık ara farkla en iyisi olduğunu hissederdi. Bu kadar kuralcı olması tuhaftı ama. Müziğe yaklaşımı hiç mi hiç kişisel değildi. Hayli bilgiçlik taslayan bir kadındı. Ama nasıl da çekici görünüyordu! Evini çok hoş döşemişti, ah şu profesörleri de olmasaydı! Pek akıl kârı değildi ama Clarissa'nın da onu kapıp götüresi ve arka odadaki piyanonun önüne oturtası vardı. Çünkü harikulâde çaldığını biliyordu.

"Ama şu gürültü!" dedi Clarissa. "Ah şu gürültü!"

"Başarılı bir partinin alâmeti." Profesör kibarca başını sallayıp zarif adımlarla uzaklaştı.

“Milton’a dair bilmediği yok şu dünyada,” dedi Clarissa.

“Öyle mi sahiden?” dedi Hutton. Hampstead’in her köşesinde Profesör’ün taklidini yapardı: Milton üzerine konuşan Profesör; itidal üzerine konuşan Profesör; zarif adımlarla uzaklaşan Profesör.

Ne var ki şu çiftle de konuşması gerekiyordu Clarissa’nın. Lord Gayton ve Nancy Blow ile.

Aslında partinin gürültüsüne algılanır düzeyde katkıda bulunmuyordu *onlar.* Sarı perdelerin yanında yan yana dururlarken (algılanır düzeyde) konuşmuyorlardı. Az sonra başka bir yere gideceklerdi birlikte; hiçbir zaman hiçbir durumda söyleyecek pek bir şeyleri olmazdı zaten. Bakınırlardı; hepsi buydu. Bu yeterliydi. Çok temiz, çok sağlıklı görünüyorlardı, kadın kayısı çiçeği rengi pudra sürmüş, boyanmıştı, oysa erkek adeta ovularak yıkanmış, durulanmıştı; bir kuşun gözlerine sahipti, öyle ki hiçbir top onu geçemez, hiçbir vuruş şaşırtamazdı. Vururdu, sıçrardı, tam isabetle, tam yerinde. Dizginlerinin ucunda midillilerin ağızları titrerdi. Memleketinde şeref madalyaları, atalarından kalma anıtlar, kilisede asılı sancakları vardı. Görevleri; kiracıları; annesi ve kız kardeşleri vardı; bütün gün Lordlar Kamarası’ndaydı; işte bunlardan – kriketten, kuzenlerden, filmlerden – söz ediyorlardı, Mrs. Dalloway yanlarına geldiğinde. Lord Gayton müthiş beğenirdi onu. Miss Blow da. Öyle cana yakın bir tavrı vardı ki.

“Sizleri görmek ne hoş, ne iyi ettiniz de geldiniz!” dedi. Lordlara bayılırdı; gençliğe bayılırdı; Paris’in en ünlü tasarımcıları tarafından muazzam bir bedel karşılığında giydirilen Nancy, orada dururken sanki bedeni kendiliğinden yeşil bir fırfır fışkırtmış gibi görünüyordu.

“Dans da olsun istemiştim,” dedi Clarissa.

Zira gençler konuşamazdı. Hem neden konuşsunlar ki? Onlara yetiyordu bağrışıp çağrışmak, sarılıp kucaklaşmak, salınıp sallanmak, şafak sökerken kalkmak; midillilere şeker taşımak; o sevimli çov-çovların burunlarını öpüp okşamak; sonra da tepeden tırnağa ter içinde tatlı tatlı ürpererek suya dalıp yüzmek... Ama neticede İngiliz dilinin muazzam olanakları, duyguları paylaşmak için bahşettiği güç (onların yaşındayken, Peter ile ikisi bütün bir akşamı tartışarak geçirirlerdi) onlara göre değildi. Onlar gençlik çağında donup kalacaktı. İleride kendi topraklarındaki insanlara karşı son derece iyi, ama yalnız başlarına muhtemelen hayli sıkıcı olacaklardı.

"Ne yazık!" dedi Clarissa. "Dans da olur diye ummuştum."

Harikulâde bir şeydi gelmiş olmaları! Ama dans ne mümkün! Odalar hıncahınç doluydu.

İşte şalına sarınmış yaşlı Helena Hala. Yazık ki Clarissa ayrılmak zorundaydı Lord Gayton ile Nancy Blow'dan. Yaşlı halası Miss Parry vardı orada.

Zira Miss Helena Parry ölmemişti: Miss Parry hayattaydı. Seksenini geçmişti. Merdivenleri bastonla ağır ağır çıkıyordu. Bir koltuğa oturtulmuştu (Richard ilgilenmişti bu konuyla). 1870'lerin Burma'sını bilenler hep Miss Parry'nin yanına götürülüyordu. Peter nereye gitmişti? Eskiden ne iyi dosttular! Hindistan'ın ya da hatta Seylan'ın bile sözü geçse, gözleri (sadece biri camdı) yavaş yavaş derinleşir, mavileşir, dalar, artık insanları görmezdi – Kral naiplerine, generallere, isyanlara dair ne duygu yüklü anıları ne de görkemli hayalleri vardı – orkidelerdi onun gördüğü, dağ geçitleriydi, bir de kendisi, altmışlı yıllarda Hintli ırgatların sırtında ıssız dorukları aşarken; ya da orkideleri (daha önce hiç görülmemiş, şaşırtıcı çiçekleri) söküp çıkarmak için aşağıya inerken; onların suluboya resimlerini yapardı; boyun eğmez bir İngiliz kadınıydı, savaş tam kapısına bir bomba atsa, olsa olsa sadece orkideler ve altmışlı yıllarda Hindistan'da seyahat eden kendisinin hayali üzerine daldığı derin düşünceleri aksattığı için huysuzlanırdı – ama işte buradaydı Peter.

"Gel de, Helena Hala'ya Burma'dan söz et," dedi Clarissa.

Oysa Peter akşam boyunca Clarissa ile tek laf etmemişti!

"Biz daha sonra konuşuruz," dedi Clarissa, onu beyaz şalına sarınmış, yanında bastonuyla oturan Helena Hala'ya götürürken.

"Peter Walsh," dedi Clarissa.

Hiçbir anlam ifade etmemişti bu.

Clarissa Helena Hala'yı davet etmişti. Yorucuydu, gürültülüydü burası; ama Clarissa davet etmişti. O da gelmişti. Ne yazık ki Londra'da yaşıyordu Richard ile Clarissa. Keşke sayfiyede yaşasalardı, Clarissa'nın sağlığı bakımından daha iyi olurdu. Ama Clarissa sosyal hayatı her zaman çok sevmişti.

"Peter Burma'daydı," dedi Clarissa.

Ah! Burma'nın orkideleri hakkındaki küçük kitabı için Charles Darwin'in söylediklerini hatırlamaktan kendini alamadı Helena Hala.

(Clarissa'nın Lady Bruton ile konuşması gerekiyordu.)

Kuşkusuz şimdi unutulmuştu Burma'nın orkideleri hakkındaki kitabı, ama 1870'ten önce üç baskı yaptığını söyledi Peter'a. Şimdi hatırlıyordu onu. Bourton'a gelmişti (Peter Walsh da, Clarissa'nın kendisini sandalla gezmeye çağırdığı o gece, tek söz etmeden onu salonda bırakıp gittiğini hatırladı).

"Richard sizinle öğle yemeğinde çok hoş vakit geçirmiş," dedi Clarissa, Lady Bruton'a.

"Richard çok yardımcı oldu bana," diye yanıtladı Lady Bruton. "Bir mektup yazmama yardım etti. Ya siz nasılsınız?"

"A gayet iyiyim!" dedi Clarissa. (Lady Bruton politikacıların eşlerinin hasta olmasından hiç hoşlanmazdı.)

"İşte Peter Walsh da şurada!" dedi Lady Bruton (zira Clarissa'yı sevse de, ona söyleyecek bir şey bulamazdı hiç. Bir sürü meziyeti vardı Clarissa'nın, ama hiçbir ortak yanları yoktu. Richard, daha az çekici olan ama işinde kendisine daha çok yardım edebilecek bir kadınla evlenseydi daha iyi olabilirdi. Artık kabineye girme şansını kaybetmişti.) "İşte Peter Walsh," dedi, adından söz ettirebilecekken bunu yapmamış olan (kadınlarla başı dertteydi hep) o sevimli günahkârla, o pek yetenekli adamla tokalaşırken, tabii bir de eski dost Miss Parry. O harika hanımefendi!

Lady Bruton, siyahlara bürünmüş, hayalî bir muhafız alayı askeri gibi Miss Parry'nin koltuğunun yanında duruyor, Peter Walsh'u öğle yemeğine davet ediyordu; samimiydi; ama havadan sudan konuşmuyordu, Hindistan'ın bitkileri ve hayvanları hakkında hiçbir şey hatırlamıyordu. Orada bulunmuştu elbette; üç genel vali döneminde yaşamıştı; bazı Hintli sivillerin, eşine az rastlanır mükemmel insanlar olduğunu düşünüyordu; ama ne büyük bir trajediydi – Hindistan'ın durumu! Başbakan az önce anlatıyordu kendisine (şalının içinde büzülmüş ihtiyar Miss Parry'nin umurunda değildi Başbakanın az önce ona ne anlattığı), Lady Bruton da Peter'ın görüşünü almak istiyordu, yeni dönmüştü ya her şeyin tam göbeğinden, Sir Sampson'ı da onunla buluşturacaktı, zira bu delilik, hatta bu kötülük de diyebilirdi bir asker kızı olarak, gerçekten de uykusunu kaçırıyordu geceleri. Artık yaşlı bir kadındı, pek bir şeye yaramazdı. Ama evi, hizmetkârları, iyi dostu Milly Brush – Peter hatırlıyor muydu onu? – kısacası hepsi emrine âmâdeydi, eğer yararlı olabilirlerse. Çünkü İngiltere'den hiç söz etmezdi ama bu insanlar adası, bu aziz mi aziz diyar, kanındaydı onun (Shakespeare okumasa da) ve şayet bir kadın miğfer takıp ok atabilseydi, hücum birliklerine önderlik edip barbar göçebeleri yılmaz bir adaletle yönetebilseydi, sonra da bir kilisede bir kalkanın altında sessizce uzanıp yatsaydı ya da kadim bir yamaçta çimenlerle kaplı bir tümsekten ibaret kalsaydı, o kadın Millicent Bruton olurdu. Cinsiyeti ve biraz da okul kaçkınlığı nedeniyle mantık yetisinden yoksun olduğundan (*Times*'a bir mektup yazmak imkânsızdı onun için), İmparatorluk kavramıyla hep iç içe olmuştu ve baston yutmuş gibi duruşunu da, sağlam tavrını da o zırhlı tanrıçayla(*) ilişkisine borçluydu, öyle ki ölümünden sonra bile, ruhanî bir biçimde de olsa, üzerinde İngiliz bayrağının artık dalgalanmadığı bir topraktan ya da ona bağlı bölgelerden ayrı düşünülemezdi. Ölülerin arasındayken bile İngiliz olmamak... Hayır, hayır! İmkânsız!

Ama (hani o eskiden tanıdığı) Lady Bruton muydu şu kadın? Peter Walsh muydu şu saçları ağarmış olan? Kendi kendine soruyordu (hani eskiden Sally Seton olan) Lady Rosseter. Şu kesinlikle ihtiyar Miss Parry idi – kendisi Bourton'da kaldığı sıralarda pek aksi olan o yaşlı hala. Koridor boyunca çırılçıplak koşmasını ve Miss Parry'nin huzuruna çağrılmasını nasıl unutabilirdi! Bir de Clarissa! Ah Clarissa! Sally onu kolundan yakaladı.

Clarissa onların yanında durdu.

"Ama kalamam," dedi. "Daha sonra gelirim. Bekleyin," dedi, Peter ile Sally'ye bakarak. Beklemeleri gerek, demek istiyordu, bütün bu insanlar gidene kadar.

"Döneceğim," dedi, eski dostlarına bakarak; Sally ile Peter tokalaşıyor, Sally hiç kuşkusuz geçmişi hatırlayarak gülüyordu.

Ne var ki sesinden adeta acıtarak çıkartılmıştı o eski büyüleyici zenginlik; gözleri o ateşli parlaklığını yitirmişti, hani o purolar içtiği, süngerini almak için koridor boyunca çırılçıplak koştuğu, hani Ellen Atkins'in "Ya beylerle karşılaşsaydı?" diye sorduğu zamanki ışıltısını. Ama herkes affederdi onu. Gece acıktığı için kilerden bir tavuk çalmıştı; yatak odasında puro içerdi; paha biçilmez bir kitabı sandalda bırakmıştı. Ama herkes tapıyordu ona (belki babası dışında). Sıcaklığındandı, canlılığından-

(*) Britanya'nın tarihsel simgesi olan, zırhlı ve silahlı tanrıça Britannia. (ç.n.)

dı bu – resim yapardı, yazardı. Köydeki yaşlı kadınlar bugüne dek hiç unutmamışlardı "o kırmızı pelerinli, çok zeki görünen arkadaşını" sormayı. En olmayacak kişiyi, Hugh Whitbread'i

(işte oradaydı, eski dostu Hugh, Portekiz sefiriyle konuşuyordu), kendisini sigara odasında öpmekle suçlamıştı, kadınların oy hakkı olmalı dediği için ona verdiği cezaydı bu. Aşağılık erkeklerin oy hakkı vardı işte! Clarissa, aile dualarında onu alenen suçlamaktan vazgeçmesi için Sally'yi ikna etmek zorunda kaldığını da hatırlıyordu – cüretkârlığı, pervasızlığı, her şeyin merkezinde olma ve olay çıkarma merakıyla bunu yapabilirdi; Clarissa da bunun kaçınılmaz biçimde korkunç bir trajediyle, onun ölümüyle ya da büyük acılar çekmesiyle sonuçlanacağını düşünürdü o günlerde; oysa o herkesi şaşırtarak, yakasında koca bir çiçeği ve rivayete bakılırsa Manchester'da pamuklu dokuma fabrikaları olan dazlak bir adamla evlenmişti. Hem de beş oğlu olmuştu!

Sally ile Peter yan yana yerleşip oturmuşlardı. Sohbet ediyorlardı: öyle aşina geliyordu ki onların birlikte sohbet ediyor olmaları! Geçmişten söz edeceklerdi. Bu ikisiyle (Richard ile olduğundan bile fazla) paylaşmıştı geçmişini; bahçeyi, ağaçları, sesi olmadan Brahms söyleyen ihtiyar Joseph Breitkopf'u; salonun duvar kâğıdını; hasırların kokusunu. Sally bunun daima bir parçası olacaktı; Peter da öyle. Ama onları bırakıp gitmek zorundaydı. İşte şurada o hiç hoşlanmadığı Bradshaw'lar duruyordu.

Lady Bradshaw'un yanına gitmeliydi (simli griler içinde, havuzunun kenarında dengelenen bir ayıbalığı gibi, davetleri, düşesleri kolluyordu; tipik bir başarılı erkek eşi), Lady Bradshaw'un yanına gitmeli ve demeliydi ki...

Ama Lady Bradshaw onu bekliyordu zaten.

"Müthiş geç kaldık, sevgili Mrs. Dalloway; içeri girecek cesareti zor bulduk," dedi.

Kır saçları ve mavi gözleriyle gayet seçkin görünen Sir William da, evet, dedi; partinin cazibesine karşı koyamamışlardı. Richard ile Avam Kamarası'ndan geçirmek istedikleri şu yasa teklifi hakkında konuşuyordu herhalde. Onu Richard ile konuşurken görmek neden yüreğini sıkıştırıyordu ki Clarissa'nın? Ne ise öyle görünüyordu o; büyük bir doktor. Kesinlikle mesleğinin zirvesinde bir adam, çok güçlü, ama az çok yıpranmış. Zira düşünün ne vak'alar gelmişti önüne – bedbahtlığın en derinlerine batmış insanlar; cinnetin kıyısındaki insanlar; karı kocalar. İnsanı dehşete düşürecek güçlükte sorunlar hakkında hüküm vermek zorundaydı. Ancak – Clarissa'ya öyle geliyordu ki, insan Sir William'ın kendisini mutsuz görmesini istemezdi. Hayır, o adam görmemeliydi.

"Eton'daki oğlunuz nasıl?" diye sordu Lady Bradshaw'a.

Kabakulak olduğu için kriket takımına giremediğini söyledi Lady Bradshaw. Oğlundan daha çok babasının canı sıkılmıştı buna galiba, "kendisi de koca bir oğlandan başka bir şey olmadığı için."

Clarissa, Richard ile konuşan Sir Bradshaw'a baktı. Bir oğlana benzemiyordu – zerrece benzemiyordu bir oğlan çocuğuna.

Bir defasında Sir William'a danışmak için giden birine eşlik etmişti. Tamamen haklıydı adam; son derece mantıklıydı. Ama Tanrım – nasıl bir rahatlıktı tekrar sokağa çıkmak! Hatırlıyordu, hıçkırarak ağlayan perişan biri vardı bekleme odasında. Ama Sir William'da hoşlanmadığı ne vardı; tam tamına ne vardı, bilmiyordu Clarissa. Bir tek Richard hemfikirdi kendisiyle, "tadından hoşlanmıyordu, kokusundan hoşlanmıyordu onun." Ama olağanüstü yetenekliydi adam. Şu yasa tasarısı hakkında konuşuyorlardı. Bir vak'adan söz ediyordu Sir William, sesini alçaltarak. Savaş sonrası bunalımın gecikmeli etkileri hakkında söyledikleriyle ilgiliydi bu. Yasa tasarısında buna dair bir hüküm olması gerekiyordu.

Sesini alçaltarak, Mrs. Dalloway'i dişiliğin ortak sığınağına; kocaların parlak vasıflarından ve o iflah olmaz aşırı çalışma temayülünden duyulan ortak gururun sığınağına çekerek, mırıl mırıl anlatıyordu Lady Bradshaw (zavallı budala – yine de onu itici bulmuyordu insan), "tam biz yola çıkarken kocamı telefonla aradılar, çok hazin bir vak'a. Genç bir adam (Sir William'ın Mr. Dalloway'e anlattığı da bu işte) kendini öldürmüş. Savaşta ordudaymış." Ah! diye geçirdi içinden Clarissa, tam partimin ortasında, işte ölüm!

Yürümeye devam edip Başbakan'ın Lady Bruton ile sohbet etmiş olduğu küçük odaya girdi. Belki de biri vardı orada. Ama hiç kimse yoktu. Koltuklar hâlâ Başbakan'la Lady Bruton'ın izlerini koruyordu; kadın saygıyla yana doğru dönmüş, erkek otoriter bir havada dosdoğru oturmuştu. Hindistan hakkında konuşmuşlardı. Hiç kimse yoktu odada. Partinin şaşaası yerle bir olmuştu birden, olanca şıklığıyla tek başına buraya girmesi öyle tuhaftı ki.

Ne diye partisinde ölümden söz etmişti Bradshaw'lar? Genç bir adam kendini öldürmüştü. Partisinde bundan söz etmişlerdi – Bradshaw'lar ölümden söz etmişti. Kendini öldürmüştü o – ama nasıl? Bedeni her zaman bunu yaşardı Clarissa'nın, bir kaza haberi kendisine ilk kez, aniden verildiğinde, elbisesi alev alırdı, bedeni yanardı. O genç adam pencereden atmıştı kendini. Hızla yükselmişti zemin; körü körüne, çürüte çürüte, içinden geçmişti o sivri uçlu, paslı demirler. Uzanıp kalmıştı orada, beyninde bir güm, güm, güm, sonra boğucu bir siyahlık. Böyle görüyordu onu. Ama neden yapmıştı ki bunu? Ve partisinde ne diye bundan söz etmişti ki Bradshaw'lar!

Bir defasında bir şilin atmıştı Serpentine'e, o kadar. Ama o genç adam hayatını fırlatıp atmıştı. Onlar yaşamaya devam ediyordu (geri dönmesi gerekecekti, odalar hâlâ kalabalıktı; insanlar geldikçe geliyordu). Onlar (gün boyu Bourton'ı, Peter'ı,

Sally'yi düşünmüştü), onlar yaşlanacaktı. Orada önemli olan bir şey vardı; kendi hayatında etrafı gevezelikle sarılmış, bozulmuş, örtbas edilmiş; her gün yozlaşma, yalanlar, boşboğazlık içinde damla damla akıp giden bir şey. O genç adam bunu korumuştu. Ölüm bir meydan okumaydı. Ölüm, bir iletişim kurma çabasıydı, insanlar kendilerinden gizemli bir biçimde kaçan merkeze erişmenin imkânsızlığını hissediyordu; yakınlık uzaklaşıyordu; çılgınca sevinçler solup gidiyordu; tek başınaydı insan. Ölümde bir kucaklaşma vardı.

Ama kendini öldüren bu genç adam – hazinesini elinde tutarak mı atlamıştı? "Eğer ölseydim şimdi, en büyük mutluluk olurdu bu" diye geçirmişti içinden Clarissa, bir zamanlar beyazlar içinde aşağıya inerken.

Ya da şairler ve düşünürler vardı. Diyelim ki o genç adamda da bu tutku vardı ve Sir William Bradshaw'a gitmişti; ünlü bir doktordu o, ama Clarissa'ya göre müphem bir biçimde kötücül, cinsiyetsiz, şehvetsiz, kadınlara karşı son derece nazik, ama tarife sığmaz bir zorbalığa – insanın ruhunu zorlamaya yani – gücü yeten biriydi, eğer bu genç adam ona gitmişse, Sir William da onu kudretiyle böyle zorlamışsa, o zaman (şimdi gerçekten hissediyordu bunu), "Hayat çekilmez oldu; bunun gibi adamlar çekilmez kılıyor hayatı," demiş olamaz mıydı?

Ayrıca (daha bu sabah hissetmişti bunu) o dehşet; o ezici yetersizlik duygusu da vardı; annenizle babanız, sonuna kadar yaşayın diye, birlikte sakince yürüyün diye elinize vermişti bu hayatı; kalbinin derinliklerinde müthiş bir korku vardı. Şimdi bile, çoğu kez, eğer Richard şurada oturmuş *Times* okuyor olmasaydı, kendisi de bir kuş gibi dertop olup sonra yavaş yavaş yeniden canlanarak, çubukları birbirine sürter gibi bir şeyi öbürüne ekleyerek, içinde kabaran o ölçülemez hazzı coşkuyla göklere çıkaramasaydı, mutlaka ölürdü. Clarissa kurtulmuştu. Ama o genç adam öldürmüştü kendini.

Her nedense bu Clarissa'nın felaketiydi – utancıydı. Cezasıydı bir bakıma, kendisi burada üstünde gece elbisesiyle dikilip durmaya mahkûmken, orada bir erkeğin, şurada bir kadının bu derin karanlıkta dibe vurup yok oluşunu seyretmek. Oysa kendisi hile yapmıştı; azar azar aşırmıştı. Hiçbir zaman tamamen takdire değer olmamıştı. Sükseydi istediği, Lady Bexborough ve başka ne varsa. Bir zamanlar da Bourton'daki terasta yürümüştü.

Tuhaftı, inanılmazdı; ömründe hiç o zamanki kadar mutlu olmamıştı. Hiçbir şey yeterince yavaş değildi; hiçbir şey aşırı uzun sürmüyordu. Koltukları düzeltip bir kitabı raftaki yerine iterken düşünüyordu da, hiçbir zevk, gençliğin zaferleriyle işi bittikten sonra, kendini yaşama süreci içinde kaybedip, onu güneş doğarken, güneş batarken bir haz sarsıntısı ile tekrar bulmanın zevkiyle yarışamazdı. Birçok defa Bourton'da, diğerleri konuşurken, gökyüzüne bakmaya gitmiş, ya da onu akşam yemeğinde insanların omuzları arasından görmüştü; Londra'da uyuyamadığı zamanlar da görmüştü onu. Pencereye doğru yürüdü.

Aptalca da olsa, öyle hissediyordu ki kendisine ait bir şey vardı bu gökte, Westminster'ın tepesindeki bu gökyüzünde. Perdeleri araladı; baktı. Ah, ama bir de ne görsün! Karşı odadaki yaşlı hanım gözlerini dikmiş bakıyordu kendisine! Yatmaya gidiyordu herhalde. Ve gökyüzü. Ağırbaşlı bir gökyüzü olacak, diye düşünmüştü, güzel yüzünü öteye çeviren gölgeli bir gökyüzü olacak. Ama oradaydı işte – giderek incelen uçsuz bucaksız bulutların hızla kapladığı kül rengi bir gökyüzü. Bu yeniydi onun için. Rüzgâr kuvvetlenmiş olmalıydı. Karşı odadaki kadın yatmaya gidiyordu. Büyüleyiciydi o yaşlı hanımın etrafta dolaşmasını, odayı boydan boya geçmesini, pencereye gelmesini izlemek. O da kendisini görebiliyor muydu acaba? Büyüleyiciydi, insanlar salonda hâlâ gülüşüp bağrışırken, o yaşlı hanımın tek başına sessizce yatmaya gidişini izlemek. Şimdi panjuru indiriyordu. Saat çalmaya başladı. Genç adam kendini öldürmüştü; ama ona acımıyordu Clarissa; saat bir, iki, üç kez vururken, acımıyordu ona, bütün bunlar sürüp giderken. İşte! Yaşlı hanım ışığını söndürmüştü! Bütün ev karanlıktı şimdi, bütün bunlar sürüp giderken, diye tekrarladı ve o sözcükler geldi aklına. *Korkma artık güneşin kızgınlığından.* Diğerlerinin yanına dönmeliydi artık. Ama ne olağanüstü bir gece! Bir şekilde ona – kendini öldürmüş olan genç adama – çok benzediğini hissediyordu. Onun böyle yapmış olmasından hoşnut hissetti kendini; diğerleri yaşamaya devam ederken o atıp gitmişti bunu. Saat çalıyordu. Kurşundan halkalar havada eriyordu. Ama dönmeliydi. Diğerlerine katılmalıydı. Sally ile Peter'ı bulmalıydı. Küçük odadan çıkıp salona girdi.

"Ama Clarissa nerede?" dedi Peter. Kanepede Sally ile birlikte oturuyordu. (Bunca yıldan sonra ona sahiden de "Lady Rosseter" diyemiyordu.) "Nereye gitti bu kadın?" diye sordu. "Clarissa nerede?"

Sally'nin tahminine göre, ki Peter da aynı fikirdeydi, orada ikisinin de tanımadığı, belki ancak gazetelerde resimlerini gördükleri önemli kişiler, politikacılar vardı ve Clarissa onlara nazik davranmak, onlarla konuşmak zorundaydı. Onlarla birlikteydi. Hoş, Richard Dalloway kabineye girememişti işte. Başarılı olamamıştı, öyle sanıyordu Sally. Kendi hesabına hemen hiç okumuyordu gazeteleri. Ara sıra Richard'ın adının geçtiğini görüyordu. Ama zaten – eh, kendisinin çok yalnız bir hayatı vardı, "ıssız yerlerde" derdi herhalde Clarissa, büyük tüccarlar, büyük imalatçılar, neticede, bir şeyler yapan erkekler arasında. Ama o da bir şeyler yapmıştı!

"Beş oğlum var!" dedi Peter'a.

Aman Tanrım, nasıl da değişmişti! Anneliğin yumuşaklığı sinmişti üstüne, bencilliği de. Son buluşmaları, Peter hatırlıyordu, ay ışığında karnabaharlar arasında olmuştu, yapraklar "işlenmemiş bronz gibi" demişti Sally, edebiyata meyli vardı ya; bir de gül koparmıştı. O korkunç gece, çeşmenin yanındaki olaydan sonra, onu bir aşağı bir yukarı yürütüp durmuştu Sally; gece yarısı trenine yetişecekti Peter. Ah, Tanrım, ağlamıştı!

Eski numarası bu onun, diye geçirdi aklından Sally, heyecanlandığında bir çakıyı habire açıp kapamak. Peter Walsh ile ikisi çok sıkı fıkıydı, onun Clarissa'ya âşık olduğu ve bir öğle yemeğinde Richard Dalloway ile ilgili o korkunç, o gülünç olay patlak verdiği sıralarda. Sally "Wickham" demişti Richard'a. Neden "Wickham" denmesindi ki Richard'a? Clarissa birden parlamıştı! O günden sonra görüşmemişlerdi Clarissa ile, son on yılda belki en çok beş-altı defa görmüşlerdi birbirlerini. Peter Walsh da Hindistan'a çekip gitmişti; onun mutsuz bir evlilik yaptığını hayal meyal duymuştu Sally, çocukları olup olmadığını bilmiyordu, kendisine de soramıyordu, zira bayağı değişmişti Peter. Canlılığını hayli yitirmiş görünüyordu, ama şimdi daha yumuşak başlı olduğunu hissediyordu; hakiki bir sevgi besliyordu ona, çünkü gençliğinin bir parçasıydı, kendisine verdiği o küçük Emily Brontë kitabı da hâlâ duruyordu, hem yazacaktı elbette Peter, değil mi? Yazmaya niyeti vardı ya o günlerde.

"Yazdın mı?" diye sordu, o güçlü, biçimli elini Peter'ın dizine, onun hatırladığı şekilde açıp koyarak.

"Tek kelime dahi yazmadım!" dedi Peter Walsh, Sally de güldü.

Hâlâ çekiciydi, hâlâ bir şahsiyetti Sally Seton. Peki, kimdi bu Rosseter? Düğün günü iki kamelya takmış göğsüne – Peter'ın tüm bildiği buydu onun hakkında. "Binlerce hizmetkârları, kilometrelerce seraları var" diye yazmıştı Clarissa; bunun gibi bir şey. Sally çınlayan bir kahkahayla doğruladı bunu.

“Evet, yılda on bin sterlin gelirim var,” dedi – vergiden önce mi sonra mı, hatırlamıyordu, çünkü “tanışmalısın” dediği, “hoşlanacaksın” dediği kocası hallediyordu tüm bunları onun için.

Sally’nin üstü başı dökülüyordu eskiden. Büyük dedesine Marie Antoinette’in vermiş olduğu yüzüğü rehine koymuştu Bourton’a gelmek için – doğru mu biliyordu Peter?

A evet, diye hatırladı Sally; hâlâ kendisindeydi Marie Antoinette’in büyük dedesine verdiği o yakut yüzük. O günlerde beş parasızdı ve Bourton’a gitmek her zaman korkunç bir sıkıntı demekti. Ama ona öyle çok şey ifade ediyordu ki Bourton’a gitmek – aklını koruduğuna inanıyordu bunun; kendi evinde öyle mutsuzdu ki. Ama hepsi geçmişte kaldı, hepsi bitti, diyordu Sally. Mr. Parry ölmüştü; Miss Parry hâlâ hayattaydı ha! Ömrümde hiç böyle bir şok yaşamamıştım, dedi Peter. Onun ölmüş olduğundan kesinlikle emindi. Evlilik de başarılı olmuş herhalde, diye tahminde bulundu Sally. Ve şurada, perdelerin yanında duran, pembeler içindeki o çok hoş, çok vakur genç kız Elizabeth olmalıydı.

(Bir kavak gibi, bir ırmak gibi, bir sümbül gibi o, diye düşünüyordu Willie Titcomb. Ah, şimdi sayfiyede olup canının istediğini yapabilse çok daha keyifli olmaz mıydı? Zavallı köpeğinin ulumasını duyabildiğinden emindi Elizabeth.) Clarissa’ya zerrece benzemiyor, dedi Peter Walsh.

“Ah, Clarissa!” dedi Sally.

Sally’nin hissettiği buydu sadece. Clarissa’ya sonsuz minnet borcu vardı. Dosttu onlar, tanıdık bildik değil, gerçek dost; bugün bile hâlâ Clarissa’yı beyazlar içinde, eli kolu çiçeklerle dolu, evde dolaşırken görür gibiydi – bugün bile tütün fideleri ona Bourton’ı anımsatıyordu. Ama – anlıyor muydu Peter? – bir şey eksikti Clarissa’da. Neydi o eksik olan? Albenisi vardı; olağanüstü bir albenisi vardı onun. Ama açık konuşmak gerekirse (Peter da eski bir dost, hakiki bir dosttu, öyle hissediyordu Sally, birlikte olmamanın önemi var mıydı, mesafelerin önemi var mıydı? Birçok kez yazmak istemişti ona, ama yırtıp atmıştı, yine de Peter'ın anladığını hissediyordu, çünkü yaşlandıkça insanlar söylenmeyen şeyleri de anlar ya, o da yaşlıydı artık, o gün öğleden sonra Eton'daki oğullarını yoklamaya gitmişti, kabakulak olmuşlardı orada), gerçekten açık konuşmak gerekirse, Clarissa bunu nasıl yapabilmişti? – yani nasıl Richard Dalloway ile evlenebilmişti? Bir sporcu, yalnızca köpeklerle ilgilenen bir adam. Kelimenin tam anlamıyla ahır kokardı odaya girdiğinde. Sonra da bütün bunlar ha? Şöyle bir salladı elini.

Hugh Whitbread'di şu işte, üstünde beyaz yeleğiyle yürüyüp geçen; kendinden hoşnutluğu, kendi konforu dışında gözü hiçbir şeyi görmeyen şu donuk, şişman adam.

"Tanımayacak *bizi*," dedi Sally, ama aslında kendisinin de cesareti yoktu – demek Hugh idi o! O takdire değer Hugh!

"Peki, ne yapıyor şimdi?" diye sordu Peter'a.

"Kralın çizmelerini boyuyordur ya da Windsor'da şişeleri sayıyordur," diye yanıtladı onu. Şu sivri dili hâlâ yerli yerindeydi Peter'ın! "Ama açık konuş, Sally," diyordu o da. "Şu öpücük var ya, hani Hugh'nunki?"

Dudaktan, diye temin etti onu Sally, bir akşam sigara odasında. Pür hiddet doğruca Clarissa'ya gitmişti. Hugh böyle şeyler yapmazdı, öyle demişti Clarissa, o takdire değer Hugh! Hugh'nun çorapları istisnasız en güzel çoraplardı ömründe gördüğü – şimdi de smokini. Mükemmel! Peki, çocukları var mıydı?

"Bu salondaki herkesin Eton'da altı oğlu var," dedi Peter, kendisi hariç. Şükürler olsun, hiç yoktu onun. Ne oğlu, ne kızı, ne de karısı. "Eh, aldırıyormuş gibi görünmüyorsun," dedi Sally. Hem onların hepsinden daha genç duruyor, diye düşündü.

Ama birçok bakımdan aptalca bir şeydi, dedi Peter, böyle evlenmek; "tam bir budalaydı karım," dedi, "yine de şahane zaman geçirdik." İyi de nasıl olabilir bu? diye merak etti Sally; ne demek istiyordu Peter? Ve ne tuhaftı onu tanımak ama başına gelen tek bir şeyi bile bilmemek. Hem bunu gururdan mı söylemişti acaba? Büyük ihtimal, çünkü neticede (her ne kadar sıradanlıktan uzak, tuhaf bir tip, bir tür şakacı cin olsa da) yaralıyordu onu mutlaka bu yaşta yersiz yurtsuz, evsiz barksız, yapayalnız bir adam olmak. Bak ama bize gelip haftalarca kalmalısın, dedi Sally. Elbette isterdi Peter, çok isterdi onlarda kalmayı. İşte o zaman ortaya döküldü her şey. Onca yıldır Dalloway'lerin onlara bir defa bile gelmediğini söyledi Sally. Defalarca davet etmişlerdi. Clarissa (Clarissa'ydı elbette) gelmek istememişti. Çünkü, dedi Sally, Clarissa bir züppeydi özünde – kabul etmek gerekirdi ki bir züppeydi o. Ve işte buydu aralarına giren, kani olmuştu buna. Clarissa onun kendisinden daha alt düzeyde bir evlilik yaptığını düşünüyordu, çünkü kocası bir madencinin oğluydu, oysa bununla gurur duyuyordu Sally. Sahip oldukları her kuruşu o kazanmıştı. Küçücük bir çocukken (sesi titredi) kocaman çuvallar taşımıştı.

(Ve bu minval üzere saatlerce devam edip gidecek, diye geçirdi içinden Peter; madencinin oğlu, herkesin onun Clarissa'dan daha alt düzeyde bir evlilik yaptığını düşünmesi; beş oğlu; bir de neydi o öbür şey? – ha, bitkiler, ortancalar, Arap yaseminleri, Süveyş Kanalı'nın kuzeyinde asla yetişmeyen, çok ama çok nadir melez zambaklar; ama Sally'de, Manchester yakınında bir banliyöde tek bir bahçıvanın yardımıyla, tarhlar dolusu vardı bunlardan, kesinlikle tarhlar dolusu! Anneliğe yatkın bir yapısı olmadığı için Clarissa bütün bunlardan kaçıyordu.)

Sahi, züppe miydi Clarissa? Evet, birçok bakımdan. Ama neredeydi bunca zamandır? Geç oluyordu artık.

"Yine de," dedi Sally, "Clarissa'nın bir parti verdiğini duyunca *gelmemezlik* edemeyeceğimi hissettim – tekrar görmeliydim onu (Hem de Victoria Sokağı'nda kalıyorum, kapı komşu sayılırız). Bu durumda davetsiz misafir olarak geliverdim. Ama," diye fısıldadı, "ne olur söyle bana. Kimdir bu?"

Mrs. Hilbery idi o; kapıyı arıyordu. Çünkü çok geç olmuştu artık! Hem, diye söyleniyordu kendi kendine, gece ilerledikçe, herkes çıkıp gittikçe, insan eski dostları buluyor; sessiz kuytu köşeleri ve en güzel manzaraları. Etraflarını büyülü bir bahçenin sardığını biliyorlar mı acaba, diye soruyordu. Işıklar, ağaçlar, parıldayan harika göller ve gökyüzü. Yalnızca birkaç fener var arka bahçede, demişti Clarissa Dalloway! Oysa bir sihirbazdı o! Bir park olmuştu orası... Ve adlarını bilmiyordu ama dostlar olduğunu biliyordu onların, adsız dostlar, sözsüz şarkılar, daima en iyisi. Gelgelelim, öyle çok kapı, öyle umulmadık yerler vardı ki, yolunu bulamıyordu.

"Yaşlı Mrs. Hilbery o," dedi Peter; ya şu kimdi acaba? Akşam boyunca perdenin yanında hiç konuşmadan dikilip duran hanımefendi? Yüzü yabancı gelmemişti; Bourton'dan tanıyor olmalıydı onu. Pencerenin yanındaki büyük masada iç çamaşırlarını biçen kadındı mutlaka. Davidson mıydı adı?

"A, Ellie Henderson o," dedi Sally. Clarissa bayağı sert davranırdı ona. Bir kuzendi, çok yoksuldu. Clarissa *sahiden* sert davranırdı insanlara.

Bir hayli sertti, dedi Peter. Oysa, dedi Sally, o duygusal tavrıyla, Peter'ın onda eskiden sevdiği, ama taşkınlığa kaçabildiği için şimdi biraz ürktüğü o coşkunun ani bir hücumuyla – arkadaşlarına karşı nasıl da cömertti Clarissa! Ve bunun ne kadar az rastlanır bir özellik olduğunu düşünürdü insan, bazen geceleri ya da Noel günü, nimetlerini saydığı zaman o arkadaşlığı ilk sıraya koyardı Sally. Gençtiler; ondandı işte. Temiz kalpliydi Clarissa; ondandı işte. Peter Sally'nin duygusal olduğunu düşünecekti. Öyleydi, evet. Zira söylenmeye değer tek şeyin insan ne hissediyorsa o olduğuna inanıyordu artık. Cin fikirli geçinmek aptallıktı. İnsan ne hissediyorsa onu söylemeliydi.

"Ama ben," dedi Peter Walsh, "ne hissettiğimi bilmiyorum ki."

Zavallı Peter, diye düşündü Sally. Clarissa neden gelip onlarla konuşmamıştı ki? Peter'ın özlem duyduğu buydu. Biliyordu Sally. Sadece Clarissa'yı düşünüyor ve huzursuzca çakısıyla oynayıp duruyordu işte.

Hayatı basit bulmadığını söyledi Peter. Clarissa ile ilişkileri de basit olmamıştı. Bu da berbat etmişti hayatını. (Sally Seton ile ikisi öyle yakın dosttular ki, bunu söylememek saçma olurdu.) İnsan iki kere âşık olamıyor, dedi Peter. Sally ne diyebilirdi ki? Yine de, sevmiş olmak daha iyiydi (ama duygusal bulacaktı onu Peter, öyle iğneleyici bir dili vardı ki eskiden). Manchester'a gelip onlarda kalmalıydı. Doğru söylüyorsun, dedi Peter. Hepsi çok doğru. Londra'da yapması gerekenleri halleder halletmez gelip onlarda kalmayı çok isterdi.

Hem Clarissa, onu Richard'ı bir ömür boyu sevdiğinden daha çok sevmişti, Sally emindi bundan.

"Yok canım!" dedi Peter (Sally bunu söylememeliydi, fazla ileri gidiyordu). O iyi adam – işte orada, salonun öbür ucundaydı, her zamanki gibi nutuk çekiyordu, aziz eski dost Richard. Kiminle konuşuyor? diye sordu Sally, kim şu pek seçkin görünümlü adam? Issız yerlerde yaşadığı için doymak bilmez bir merakla öğrenmek isterdi insanların kim olduğunu. Ama Peter bilmiyordu. Görünüşünden pek hoşlanmadım, dedi, muhtemelen kabineden bir bakan. Hepsinin içinde Peter'a en iyi görünen Richard'dı, en tarafsız olan yani.

"Peki, ne yapıyor Richard?" diye sordu Sally. Kamu hizmeti diye tahmin ediyordu. Peki, birlikte mutlular mıydı? (Kendisi son derece mutluydu); çünkü itiraf etmesi gerekirse, hiçbir şey bilmiyordu onlar hakkında, hep yapar ya insan, alelacele sonuçlara varıyordu sadece, çünkü her gün birlikte yaşadığı kişiler hakkında bile ne bilebilirdi ki insan? Birer mahpus değil miydik hepimiz? Hücresinin duvarını kazıyan bir adam hakkında harika bir oyun okumuş ve bunun hayat için de geçerli olduğunu hissetmişti – duvarı kazıyıp durur insan. İnsan ilişkilerinden umudunu kesince (öyle zordu ki insanlar), çoğu kez bahçeye çıkıp, erkeklerin ve kadınların ona hiç vermediği bir huzuru çiçeklerinden alırdı Sally. Ama hayır, dedi Peter, lahanalardan hoşlanmıyordu; insanları tercih ederdi o. Gençler gerçekten de güzel, dedi Sally, salondan geçen Elizabeth'i izleyerek. Ne kadar da farklı onun yaşındaki Clarissa'dan! Kişiliğine dair bir fikri olabilir miydi Peter'ın? Ağzını hiç açmak istemiyordu, değil mi? Çok değil, daha değil, diye kabul etti Peter. Bir zambağa benzediğini söyledi Sally, bir havuzun kenarındaki bir zambağa. Ama Peter hiçbir şey bilmediklerini kabul etmedi. Her şeyi biliyoruz biz, dedi; en azından kendisi biliyordu.

Ama bu ikisi, diye fısıldadı Sally, şimdi gelen bu ikisi (sahiden de gitmesi gerekecekti eğer Clarissa birazdan gelmezse), demin Richard ile konuşan bu seçkin görünüşlü adamla onun hayli sıradan görünüşlü karısı – bu tür insanlar hakkında ne bilebilirdi insan?

"Lanet olası şarlatanlar olduklarını," dedi Peter, onlara şöyle bir göz atarak. Sally'yi güldürmüştü.

Ama Sir William Bradshaw bir tabloya bakmak için kapıda durdu. Resmin köşesinde gravürcünün adını aradı. Karısı da baktı. Sir William Bradshaw sanatla çok ilgilenirdi.

Gençken, dedi Peter, başkalarını doğru dürüst tanıyamayacak kadar heyecanlıdır insan. Şimdi yaşlanınca, ki tam elli iki yaşındaydı (Sally ise elli beşindeydi; vücudum o yaşta, diyordu, ama kalbim yirmisinde bir kızınki gibi); şimdi olgunlaşınca, dedi Peter, insan izleyebiliyor, anlayabiliyor ve duygunun gücünü de kaybetmiyor. Bak bu doğru, dedi Sally. Her geçen yıl daha derinden, daha tutkuyla hissediyordu. Artıyor o güç, dedi Peter, belki heyhat, ama insan sevinmeliydi de buna – kendi deneyiminde artmaya devam ediyordu o güç. Hindistan'da biri vardı. Sally'ye ondan söz etmek isterdi. Sally'nin onu tanımasını isterdi. Kadının evli olduğunu söyledi. İki küçük çocuğu vardı. Hepsi mutlaka gelmeli Manchester'a, diyordu Sally, buradan çıkıp gitmeden söz vermeliydi Peter.

"İşte Elizabeth," dedi Peter, "bizim hissettiğimizin yarısını bile hissetmez o, henüz değil." "Ama" dedi Sally, Elizabeth'in babasına doğru gidişini izlerken, "birbirlerine düşkün olduklarını görebiliyor insan." Onun babasına doğru gidiş tarzından hissedebiliyordu bunu.

Zira babası orada durmuş Bradshaw'larla konuşurken ona bakıp, şu güzel kız da kim, diye düşünmüştü. Ve birdenbire onun kendi Elizabeth'i olduğunu ve onu tanımamış olduğunu fark etmişti, pembe elbisesiyle öyle güzel görünüyordu ki! Elizabeth de, Willie Titcomb ile konuşurken, babasının kendisine baktığını hissedip onun yanına gitmişti; parti artık neredeyse bittiği için, giden insanlara, yerlere saçılmış ıvır zıvırla gitgide boşalan odalara bakarak birlikte durdular orada. Ellie Henderson bile gidiyordu, hemen hemen en sonuncu olarak; gerçi kimse onunla konuşmamıştı ama o zaten Edith'e anlatmak için görmek istemişti her şeyi. Richard ile Elizabeth de hayli hoşnuttular partinin bitmesinden; Richard kızıyla gurur duyuyordu. Bunu ona söylemeye de niyetlenmemişti, ama kendini tutamadı. Ona baktığını ve bu güzel kız kim acaba diye merak ettiğini söyledi. Demek kendi kızıydı o! Elizabeth'i gerçekten mutlu etmişti bu. Ama zavallı köpeği uluyup duruyordu.

"Richard gelişme kaydetmiş. Haklısın," dedi Sally. "Gidip onunla konuşayım. İyi geceler diyeyim. Beynin ne önemi var," dedi Lady Rosseter, ayağa kalkarken, "kalple kıyaslandığında?"

"Ben de geliyorum," dedi Peter, ama bir an için oturup kaldı orada. Nedir bu korku? Nedir bu coşku? diye düşündü için için. Nedir beni bu olağanüstü heyecanla dolduran şey?

Clarissa bu, dedi.

Çünkü oradaydı işte.